SALLY ROONEY

NORMAL İNSANLAR

Can Çağdaş

Normal İnsanlar, Sally Rooney
İngilizce aslından çeviren: Emrah Serdan
Normal People
İlk baskı (çeviride kaynak alınan basım): Faber&Faber, 2018

1. basım: 2019
13. basım: Ekim 2022, İstanbul
Bu kitabın 13. baskısı 15 000 adet yapılmıştır.

Dizi editörü: Cem Alpan
Düzelti: Mert Tokur
Mizanpaj: Bahar Kuru Yerek

Kapak illüstrasyonu: Molly Bounds
Kapak uygulama: Furkan Pehlivan

Baskı ve cilt: Melisa Matbaacılık Yayıncılık San ve Dış Tic. Ltd.
Maltepe Mah. Davutpaşa Çiftehavuzlar Sk. No:16 Acar San. Sit.
Zeytinburnu, İstanbul
Sertifika No: 45099

ISBN 978-975-07-4117-3

CAN SANAT YAYINLARI
YAPIM VE DAĞITIM TİCARET VE SANAYİ A.Ş.
Maslak Mah. Eski Büyükdere Cad. İz Plaza Giz, No: 9/25 Sarıyer/İstanbul
Telefon: (0212) 252 56 75 / 252 59 88 / 252 59 89 Faks: (0212) 252 72 33
canyayinlari.com
yayinevi@canyayinlari.com
Sertifika No: 43514

SALLY ROONEY

NORMAL İNSANLAR

ROMAN

İngilizce aslından çeviren
Emrah Serdan

Sally Rooney'nin Can Yayınları'ndaki diğer kitabı:

Güzel Dünya, Neredesin?, 2022

SALLY ROONEY, 1991'de İrlanda'da doğdu ve Trinity College'dan mezun oldu. İlk romanı *Conversations with Friends* 2017'de (*Arkadaşlarla Sohbetler*, Monokl Yayınları, 2019), *Beautiful World, Where Are You?* 2021'de (*Güzel Dünya, Neredesin?*, Can Yayınları, 2022) yayımlandı. *Normal İnsanlar* Hulu ve BBC tarafından diziye aktarıldı. Öykü ve yazıları *The Dublin Review, The White Review, The Stinging Fly*'da yayımlanmıştır. Halen Dublin'de yaşıyor.

EMRAH SERDAN, 1986'da Şişli'de doğdu. İstanbul Bilgi Üniversitesi Karşılaştırmalı Edebiyat Bölümü'nden mezun olduktan sonra Oxford Üniversitesi'nde İngiliz ve Dünya Edebiyatı üzerine yüksek lisans yaptı. Edebiyat dersleri vermekte, editörlük ve çevirmenlik faaliyetlerini sürdürmektedir.

"Yerinde bir tabirle başkalaşım adı verilen, zihin yapısında meydana gelen değişimin ardındaki sırlardan bir tanesi de, bir başkası üzerimizde olmadık bir etki yaratmadığı ve bizi gözlerimizi açmaya zorlamadığı müddetçe yerin de göğün de çoğumuza herhangi bir şey açığa vurmadığıdır."

George Eliot, *Daniel Deronda*

Ocak 2011

Connell kapıyı çaldığında Marianne açıyor. Okul üniforması hâlâ üzerinde ama kazağını çıkarmış, o yüzden yalnız bluz ve etek var üzerinde. Ayakkabıları da yok, uzun çoraplarıyla geziyor.

Ha, selam, diyor Connell.

Girsene.

Marianne arkasını dönüyor ve koridorda ilerliyor. Kapıyı arkasından kapatıp peşinden gidiyor Connell. Mutfakta birkaç adım ötede Connell'ın annesi Lorraine lastik eldivenlerini çıkarmakla meşgul. Marianne tezgâha sıçrıyor, içinde çay kaşığı bıraktığı krem çikolata kavanozunu alıyor.

Marianne bugün hazırlık sınavı sonuçlarını aldığınızı anlatıyordu, diyor Lorraine.

Edebiyatınkini aldık, diyor Connell. Ayrı ayrı gelecekler. Çıksak mı hadi?

Lorraine lastik eldivenleri dikkatle katlıyor ve lavabonun altındaki yerine koyuyor. Sonra saçlarını çözüyor. Bu kısmı arabada da yapabilirdi gibi geliyor Connell'a.

Duydum ki sınavın iyi geçmiş, diyor annesi.

Sınıf birincisi oldu, diyor Marianne.

Evet, diyor Connell. Marianne de iyi not aldı. Gidelim mi artık?

Lorraine önlüğünü çözerken birden duruyor.

Acelemiz mi vardı, diyor.

Connell ellerini cebine sokuyor, asabiyetle iç çekecekken durduruyor kendini, ama sert bir nefes alarak durduruyor, bu yüzden de yine iç çekmiş gibi oluyor.

Yukarı çıkıp kurutucuyu boşaltayım, diyor Lorraine. Sonra çıkarız. Olur mu?

Bir şey demiyor Connell, yalnız başını eğiyor Lorraine odadan çıkarken.

Alır mısın biraz? diyor Marianne.

Krem çikolata kavanozunu uzatıyor. Ellerini iyice ceplerine sokuyor Connell, sanki tüm bedenini ceplerine sokmak istermiş gibi.

Yok, sağ ol, diyor.

Fransızca sonuçlarını aldın mı bugün?

Dün geldi.

Sırtını buzdolabına verip Marianne'in kaşığı yalamasını izliyor. Okulda Marianne'le birbirlerini tanımıyormuş gibi yapıyorlar. Marianne'in özel yolu olan beyaz köşkte yaşadığı, Connell'ın annesinin temizlikçi olduğu biliniyor ama kimsenin bu gerçekler arasındaki özel ilişkiden haberi yok.

A1 almışım, diyor Connell. Almancadan ne aldın?

A1, diyor Marianne. Hava mı atıyorsun?

Altı yüz alacaksın, değil mi?

Omuzlarını silkiyor Marianne. Sen alırsın kesin, diyor. Sen benden akıllısın sonuçta.

Hiç canını sıkma. Ben herkesten akıllıyım.

Marianne sırıtıyor şimdi. Okuldakileri küçümsediğini asla gizlemiyor. Hiç arkadaşı yok, öğle teneffüsünü roman okuyarak tek başına geçiriyor. Çoğu açık açık nefret ediyor ondan. Marianne on üç yaşındayken babası ölmüş, onun hakkında da akıl hastası gibi bir şeyler söylendiğini duymuştu Connell. Okuldaki en akıllı insan olduğu doğru. Onunla böyle baş başa kalmak hoşuna gitmiyorsa da, bir yandan onu etkileyecek şeyler söylemesem nasıl olurdu, diye de düşünmeden edemiyor.

Edebiyatta sınıf birincisi değilsin ama, diyor ona Connell.

Aldırışsız, diliyle dişlerini temizliyor Marianne.

Belki beni azıcık ittirsen fena olmaz Connell, diyor.

Connell kulaklarının kızardığını hissediyor. Marianne muhtemelen sadece düşüncesiz, bir şey ima ettiği yok, ediyorsa da yalnızca onu dolaylı yoldan aşağılamak için, çünkü ne de olsa kendisi okulda bir tiksinti nesnesi olarak biliniyor. Kalın tabanlı çirkin ayakkabılar giyiyor, makyaj yapmıyor. İnsanlar bacaklarını tıraş etmediğini de söylüyorlar. Connell, bir keresinde Marianne'in kafeteryada üzerine çikolatalı dondurma döktüğünü duymuştu; kızlar tuvaletine gidip bluzunu çıkardığını ve lavaboda yıkadığını. Herkes biliyor bu hikâyeyi, duymayan kalmadı. İstese, Connell'a göstere göstere merhaba diyebilirdi okulda. Öğleden sonra görüşürüz, diyebilirdi herkesin önünde. Hiç şüphesiz Connell'ı rahatsız bir durumda bırakırdı ki normalde Marianne'in hoşuna gidecek bir şey bu. Yine de hiç yapmadı.

Bugün Miss Neary'yle ne konuşuyordunuz? diyor Marianne.

Ha. Hiç. Bilmem. Sınavlar işte.

Marianne kavanozun içindeki kaşıkla oynuyor.

Sana yazıyor mu o kadın? diyor Marianne.

Connell kaşıkla oynamasını izliyor. Kulakları hâlâ kıpkırmızı, hissedebiliyor.

Niçin öyle söyledin? diyor.

Tanrım, onunla ilişkiniz falan mı var yoksa?

Ne alaka, yok. Bu konuda şaka yapmak çok mu hoşuna gitti?

Pardon, diyor Marianne.

Gözlerinde odaklanmış bir ifade var, Connell'ın gözlerinden içeri, kafasının ardına bakıyormuş gibi.

Haklısın, komik değil, diyor sonra. Özür dilerim.

Connell başını eğiyor, bir süre etrafı seyrediyor, ayakkabısının ucunu fayansların arasındaki çizgiye sokuyor.

Bazen yanımda bir acayip davranıyor gibi hissediyorum, diyor. Ama kimselere söylemem bunu.

Derste bile sana cilve yapıyor bence.

Gerçekten öyle mi dersin?

Marianne başını sallıyor. Connell boynunu sıvazlıyor. Miss Neary ekonomi öğretmeni. Connell'ın ona sözümona hisleri okulda herkesin dilinde. Bazıları onu Facebook'ta eklemeye çalıştığını bile söylüyor ki böyle bir şey yapmadı, yapmaz da. Açıkçası ne bir şey yapıyor ne de ona bir şey söylüyor, asıl o sesini çıkarmadan otururken ona bir şeyler yapan ve söyleyen, kadının kendisi. Miss Neary bazen dersten sonra kalmasını isteyip ona hayatı hakkında sorular soruyor; bir keresinde kravatının düğümüne de dokunmuştu. Kadının kendisine nasıl davrandığını kimseye anlatamaz çünkü hava atmaya çalıştığını düşüneceklerdir. Ders sırasında anlatılanlara kafasını veremeyecek kadar utanç ve sıkıntı duyuyor, öylece oturup önündeki çubuk grafikler birbirine geçene kadar boş boş ders kitabını seyrediyor.

Herkes ondan hoşlandığımı falan söyleyip duruyor, diyor Connell. Hiç öyle değil aslında. O bana öyle davrandığında karşılık verdiğimi düşünüyor musun?

Gördüğüm kadarıyla hayır.

Farkında olmadan avuçlarını okul gömleğine siliyor Connell. Miss Neary'den hoşlandığından herkes öyle emin ki artık kendi içgüdülerinden şüphe ediyor. Ya kendi algısının ötesinde ya da ardında bir yerde gerçekten arzuluyorsa bu kadını? Arzunun nasıl bir his olduğunu tam olarak biliyor sayılmaz. Ne zaman seks yapacak olsa o kadar stres duyuyor ki neredeyse hiç keyif almıyor, bu da onu kendisiyle alakalı bir sorun olduğu, kadınlara yakınlaşamadığı, gelişimsel bir bozukluğu olduğu konusunda şüphelenmeye sevk ediyor. Sonrasında yattığı yerde şunu düşünüyor: O kadar nefret ettim ki resmen midem bulanıyor. Kendisi böyle biri mi acaba? Miss Neary masasının önünde eğildiğinde hissettiği mide bulantısı, cinsel heyecanı hissetme biçimi mi? Nereden bilebilir ki?

İstersen senin yerine Mr. Lyons'a giderim, diyor Marianne. Bana bir şeyler anlattığını söylemem, kendimin fark ettiğini söylerim.

Hey Tanrım, sakın ha. Bu konuda kimseye bir şey söyleme, tamam mı?

İyi, tamam.

Ciddi mi değil mi anlamak için yüzüne bakıyor Connell, sonra başını eğerek onu onaylıyor.

Sana bu şekilde davranması senin suçun değil, diyor Marianne. Sen kötü bir şey yapmıyorsun ki.

Connell sessizce, O halde neden herkes ondan hoşlandığımı düşünüyor? diyor.

Belki seninle konuştuğunda yüzün kızardığı için. Gerçi her şeye kızarıyorsun sen, yüzünün renginden dolayı.

Kısa, keyifsiz bir kahkaha atıyor Connell. Sağ ol, diyor.

Öyle ama.

Evet, farkındayım.

Şu an da kızarıyorsun bu arada, diyor Marianne.

Connell gözlerini yumuyor, dilini damağına yapıştırıyor. Marianne'in güldüğünü duyabiliyor.

İnsanlara karşı neden bu kadar katısın? diyor.

Katı falan değilim. Kızarman da umurumda değil, kimseye de söylemem.

Kimseye söylememen sana istediğini söyleme hakkını vermiyor.

Peki, diyor Marianne. Pardon.

Connell arkasını dönüp pencereden bahçeye bakıyor. Bahçeden çok bir "avlu" sayılır aslında. Bir tenis kortu, taştan bir kadın heykeli var. "Avlu"ya bakıyor ve yüzünü pencerenin serin nefesine doğru yaklaştırıyor. İnsanlar Marianne'in bluzunu lavaboda yıkaması olayını anlatırlarken komikmiş gibi davranıyorlar ama Connell işin aslının başka türlü olduğunu düşünüyor. Marianne okulda kimseyle beraber olmadı, kimse onun kıyafetlerini çıkardığını görmedi, erkeklerden mi kızlardan mı hoşlandığını bile bilen yok, kimseye söylemiyor. İnsanlar bu konuda ona içerliyor; Connell'a göre hikâyeyi anlatıp durmalarının nedeni bu, görmelerine izin verilmeyen bir şeye aval aval bakabilmek için.

Seninle kavga etmek istemiyorum, diyor Marianne.

Etmiyoruz ki.

Benden muhtemelen nefret ediyorsun, biliyorum, ama aslında benimle bir sen konuşuyorsun.

Senden nefret ettiğimi söylemedim ki, diyor.

Bu laf dikkatini çekmiş olmalı ki başını kaldırıyor Marianne. Connell, şaşkın, bakışlarını çevirdiği yerden ayırmıyor ama gözucuyla Marianne'in kendisini izlediğini görüyor. Marianne'le konuştuklarında, aralarında mutlak bir mahremiyet hissi olduğunu hissediyor. Ona her şeyi, en tuhaf şeyleri bile anlatabileceğini, Marianne'in laflarını kimseye yetiştirmeyeceğini biliyor. Onunla yalnız kalmak, bir kapıyı açıp normal hayatı terk etmeye ve kapıyı arkasından kapatmaya benziyor. Ürkmüyor ondan, aslında Marianne epey rahat biri sayılır, yine de elinde olmadan yanında şaşkın davranmasından, normalde söylemeyeceği şeyleri söylememesinden dolayı Connell onunla olmaktan korkuyor.

Birkaç hafta önce holde Lorraine'i beklerken Marianne bornozuyla aşağı inmişti. Sıradan beyaz bir bornozdu, normal bir şekilde bağlamıştı. Saçları ıslaktı, yüzü krem sürülmüş gibi parlıyordu. Connell'ı gördüğünde merdivende bir an duraksamış ve demişti ki: Burada olduğunu bilmiyordum, pardon. Telaşa kapılmış bir hali vardı belki ama öyle aşırı da değil. Sonra da odasına dönmüştü. O gittikten sonra Connell holde beklemişti. Biliyordu ki giyiniyordu odasında; aşağı indiğinde üzerindeki kıyafetler de kendisini holde gördükten sonra giymeyi seçtiği kıyafetler olacaktı. Her neyse, zaten Marianne tekrar gözükene kadar Lorraine'in işi çoktan bittiğinden onun ne giydiğini görememişti. Çok da umurunda olduğundan değildi. Okulda bundan kimseye bahsetmemişti tabii, ne Marianne'i bornozuyla gördüğünü ne onun telaşa kapıldığını; kimseyi ilgilendirmezdi bu durum.

Biliyor musun senden hoşlanıyorum, diyor Marianne.

Birkaç saniye boyunca hiçbir şey söylemiyor Connell; sonra aralarındaki mahremiyet hissi öyle şiddetleniyor ki neredeyse yüzünde ve gövdesinde fiziksel bir baskı hissediyor. Sonra Lorraine boynuna kaşkolunu bağlayarak mutfağa dönüyor. Açık olmasına karşın yine de kapıyı hafifçe tıklatıyor.

Hazır mısın? diyor.

Evet, diyor Connell.

Her şey için sağ ol, Lorraine, diyor Marianne. Haftaya görüşürüz.

Connell çoktan mutfaktan dışarı doğru yürürken annesi arkasından diyor ki: İnsan bir hoşça kal der, değil mi ama? Omzunun üzerinden bakmak için dönüyor ama Marianne'le göz göze gelemediğini fark ediyor, onun yerine yere doğru konuşuyor. Tamam, hadi görüşürüz, diyor. Cevabı beklemiyor.

Arabada annesi emniyet kemerini takıp başını sallıyor. Biraz daha nazik olsan ya, diyor. Okulda da rahat bırakmıyorlar kızcağızı.

Anahtarı kontağa sokup dikiz aynasına bakıyor Connell. Naziğim ben, diyor.

Çok hassas bir kız aslında, diyor Lorraine.

Başka bir şey konuşabilir miyiz?

Lorraine yüzünü buruşturuyor. Connell ön camdan dışarı bakıp, görmemiş gibi davranıyor.

Üç Hafta Sonra

(ŞUBAT 2011)

Tuvalet masasına oturmuş, aynada yüzünü seyrediyor. Yanakları ve çenesi civarında hatları belirsiz. Yüzü teknolojik bir cihaz, gözleriyse kırpışan iki imleç gibi. Ya da ayın titrek, çarpık bir şeyin üzerindeki yansımasına benziyor. Her şeyi aynı anda ifade ediyor ki bu hiçbir şey ifade etmemekten farksız. Akşam için makyaj yapmak, karara varıyor ki, utanç verici olacak. Gözlerini kendisinden ayırmadan, parmağını açık bir şeffaf dudak merhemi kabına daldırıp dudaklarına sürüyor.

Aşağıda, paltosunu askısından aldığı sırada ağabeyi Alan oturma odasından çıkıyor.

Nereye? diyor Alan.

Dışarı.

Dışarı dediğin neresi?

Kollarını paltosundan içeri sokup yakasını düzeltiyor Marianne. Gergin hissediyor şimdi; sessizliğinin tereddütten çok küstahlık ifade ettiğini umuyor.

Öyle işte, yürüyüşe, diyor.

Alan kapının önüne dikiliyor.

Arkadaşlarınla buluşmaya çıkmadığını biliyorum, diyor. Çünkü hiç arkadaşın yok, yalan mı?

Hayır, yok.

Uysal bir gülümseme iliştiriyor yüzüne Marianne,

bu gülümsemenin ağabeyini yatıştıracağını ve kapının önünden çekileceğini umuyor. Bunu yapmak yerine Alan soruyor: Ne diye öyle bakıyorsun?

Nasıl? diyor.

Yüzündeki o tuhaf gülümseme.

Sonra taklit ediyor onu, dişlerini göstererek çirkin çirkin sırıtıyor. Gülümsüyor olsa da canlandırışındaki zorlama ve abartı öfkeli görünmesine neden oluyor.

Arkadaşın olmadığı için memnun musun? diyor.

Değilim.

Gülümsemesini bozmadan geriye iki adım atıyor Marianne, sonra dönüp mutfağa doğru yürüyor. Mutfakta bahçeye açılan bir kapı var. Alan peşinden geliyor. Kolundan çekip, kapıdan geri çeviriyor onu. Marianne dişlerinin kenetlendiğini hissediyor. Alan'ın parmakları paltosunun altında kolunu sıkıştırıyor.

Gidip anneme söyleyeyim deme sakın, yoksa, diyor Alan.

Yok, diyor Marianne, söylemem. Çıkıp biraz yürüyeceğim sadece. Teşekkürler.

Alan kolunu bırakınca bahçe kapısından çıkıyor, ardından kapatıyor. Dışarıda hava birden çok soğuk geliyor Marianne'e, dişleri takırdamaya başlıyor. Evin etrafından dolaşıyor, özel yolu geçip sokağa iniyor. Alan'ın sıktığı kolu zonkluyor. Cebinden telefonunu çıkarıp mesaj yazmaya başlıyor, sürekli yanlış tuşlara basıyor, siliyor ve yeniden yazıyor. Nihayet gönderiyor: Geliyorum. Telefonu cebine koyamadan cevap geliyor: Tamamdır görüşürüz.

Geçen dönemin sonunda okulun futbol takımı bir turnuvada finale kalmış, o sınıftaki tüm öğrenciler son üç dersten izinli sayılıp maça gönderilmişti. Marianne ilk defa seyrediyordu takımı. Spora ilgisizdi; beden dersi onda kaygı uyandırırdı. Maça giderken serviste kulaklığını takıp müzik dinledi, kimse onunla konuşmadı. Dışarıda: siyah inekler, yeşil çayırlar, kahverengi damlı beyaz evler. Futbol takımındakiler otobüsün üst katında toplanmış su içiyorlar, moral vermek için birbirlerinin sırtına şaplaklar atıyorlardı. Marianne gerçek hayatın çok uzakta bir yerde olduğu ve onsuz gerçekleştiği hissine kapılmıştı; yerini öğrenebilecek, bir parçası olabilecek miydi, bilmiyordu. Okuldayken bu hisse sık sık kapıldığı olurdu ama bu hisse gerçek hayatın nasıl göründüğüne ya da ne hissettirdiğine dair kesin bir görüntü eşlik etmezdi. Tek bildiği, gerçek hayat başladığında, artık onu hayal etmesine gerek kalmayacağıydı.

Maç boyunca hava açıktı. Saha kenarında durup tezahürat yapmaları için maça getirilmişlerdi. Karen ve diğer kızlarla birlikte kalenin yakınında duruyordu Marianne. Kendisi dışında herkes okul tezahüratlarını ezbere biliyor gibiydi; daha önce hiç duymamıştı sözlerini. Devre arasında skor hâlâ sıfır sıfırdı, Miss Keaney herkese meyve suyu ve enerji barları dağıttı. İkinci yarıda takımlar yer değiştirdi; okulun forvetleri Marianne'in durduğu yerde oynamaya başladılar. Connell Waldron santrfordu. Parlak beyaz şortu, arkasında dokuz yazan formasıyla görebiliyordu onu. Sağlam ve dik bir duruşu vardı, sahadaki diğer oyunculara kıyasla öne çıkıyordu. Bedeni fırçayla çizilmiş uzun ve zarif bir çizgiye benziyordu. Top kendi taraflarına geldiğinde biraz koşuşturuyor, en fazla bir elini havaya kaldırıyordu, sonra yine olduğu yerde beklemeye devam ediyordu. Onu izlemek keyifliydi; Marianne, Connell'ın nerede durduğunu bildiğini ya da önemsediğini sanmıyordu. Bir gün dersten sonra onu seyrettiğini söylediğinde Connell ona gülecek, tuhafsın, diyecekti.

Yetmişinci dakikada Aidan Kennedy topu sahanın sol kanadına getirdi ve Connell'a pas verdi; Connell penaltı çizgisinden şut çekti ve top defans oyuncularının üzerinden geçerek ağlarla buluştu. Herkes çığlığı bastı, Marianne bile; Karen kolunu Marianne'in beline dolayıp sıktı. Hep birlikte seviniyorlardı; aralarındaki sıradan sosyal ilişkiler büyülü bir şekilde erimiş gibiydi. Miss Keaney ıslık çalıyor, durduğu yerde tepiniyordu. Connell ve Aiden, uzun zaman sonra kavuşan iki kardeş gibi kucaklaştılar. Connell güzel çocuktu. Marianne onu birisiyle seks yaparken görmeyi ne kadar istediğini fark etti; kendisi olması gerekmiyordu, herhangi biri de olabilirdi. Onu seyretmek bile yeterince güzeldi. Marianne kendisini okuldaki diğer insanlardan daha farklı, daha garip yapanın bu düşünceler olduğunu biliyordu.

Marianne'in sınıf arkadaşlarının tümü okulu çok seviyor, normal buluyor. Her gün aynı üniformayı giymek, keyfî kurallara daima uymak, uygunsuz davranışlar tespit edilmek üzere sürekli izlenmek ve takip edilmek, bunlar onlar için normal şeyler. Okulda baskı gördüklerini hissetmiyorlar. Geçen yıl tarih öğretmeni Mr. Kerrigan onu derste camdan bakarken yakalamış, sınıftaki kimse Marianne'i savunmayınca öğretmenle bağrışmışlardı. Her sabah bir kostüm giyip tüm gün kocaman bir binada oradan oraya güdülürken, bir de gözlerini istediği yere hareket ettirememesi, göz hareketlerinin bile okul kurallarının yetki alanına girmesi resmen akıl almaz geliyordu Marianne'e. Camdan dışarı bakıp hayaller kurarsan bir şey öğrenemezsin, demişti Mr. Kerrigan. Çoktan tepesi atmış olan Marianne ise cevabı yapıştırmıştı: Hiç kendinizi kandırmayın, benim sizden öğrenecek bir şeyim yok.

Connell geçenlerde bu olayı hatırladığını söylemişti. Başta Marianne'in Mr. Kerrigan'a sert çıktığını düşünmüştü, neticede hocalar arasında makul olanlardan biri sayılırdı. Ama söylediklerini de anlıyorum, diye eklemişti Connell. Okulda biraz hapsedilmiş hissettiğini, bunu anlıyorum. Camdan dışarı bakmana izin vermeliydi, bence de öyle. Kimseye bir zararın yoktu ki.

O gün mutfakta ondan hoşlandığını söyledikten sonra Connell evlerine daha sık gelmeye başlamıştı. Annesini almak için erken gelip oturma odasında pek bir şey söylemeden bekler ya da şöminenin önünde, elleri cebinde, dururdu. Marianne niçin geldiğini hiç sormazdı. Biraz konuşurlardı ya da Marianne konuşur, Connell başını sallardı. Connell *Komünist Manifesto*'yu okumasını önermişti, beğeneceğini düşünüyordu; unutmasın diye kitabın adını yazmak istemişti. *Komünist Manifesto*'nun ne olduğunu biliyorum, demişti Marianne. Omuz silkmişti Connell; peki. Sonra, gülümseyerek, eklemişti: Bana üstünlük taslamaya çalışıyorsun ama, yani, sen de daha okumamışsın bile. Böyle söyleyince gülmüştü Marianne; o gülünce Connell da gülmüştü. Gülerken birbirlerine bakamıyorlardı; ya odanın köşelerine ya da ayaklarına bakıyorlardı.

Connell onun okul hakkındaki hislerini anlıyor gibiydi; fikirlerini duymayı sevdiğini söylüyordu. Derste yeterince duyuyorsun ya, dedi Marianne. Connell ciddi bir sesle cevapladı: Derste farklı davranıyorsun, aslında öyle biri değilsin sen. Marianne'in birinden diğerine zahmetsizce geçtiği bir dizi kimliği olduğunu düşünüyor gibiydi. Bu şaşırttı Marianne'i, çünkü genelde ne yapsa ya da ne söylese aynı kalan tek bir kimliğin içinde hapsolduğunu hissederdi. Geçmişte denemek amacıyla farklı biri olmaya çalışmış, ama becerememişti. Connell'la durum farklıysa bu farklılık onun kendi içinde, kişiliğinde değil aralarındaki ilişkide, dinamikteydi. Bazen Connell'ı güldürürdü, diğer zamanlardaysa ketum, anlaşılmaz birini bulurdu karşısında; o gittikten sonra Marianne heyecan ve endişe duyar, hem hayat dolu hem de tamamen bitkin hissederdi.

Önceki hafta, *Bundan Sonrası Ateş*'i ödünç vermek için çalışma odasına girdiğinde Connell peşinden geldi. Gömleğinin ilk düğmesini çözmüş, okul kravatını gevşetmiş bir halde kitap raflarını inceliyordu. Marianne kitabı buldu ve ona uzattı; Connell pencere kenarındaki koltuğa oturup arka kapağa baktı. Sonra yanına oturdu ve Connell'a, arkadaşları Eric ve Rob'un okul dışında bu kadar kitap okuduğunu bilip bilmediklerini sordu.

Onlar böyle şeylerle ilgilenmezler, dedi Connell.

Etraflarındaki dünyayla ilgilenmiyorlar yani.

Connell, Marianne arkadaşlarını eleştirdiğinde her zaman yaptığı gibi kaşlarını çatarak, ifadesiz yüzünü buruşturdu. Aynı şekilde değil, dedi. Kendi ilgi alanları var. Irkçılık gibi şeyler konusunda kitaplar okuyacaklarını sanmam.

Evet, kiminle seks yaptıklarını anlatmakla meşguller de ondan, dedi Marianne.

Bir an duraksadı Connell; bu saptamayı duyar duymaz kulakları dikilmişti, ancak nasıl cevap vereceğini bilemiyor gibiydi. Biraz öyleler, doğru, dedi. Onları savunduğum yok, sinir tipler olduklarını biliyorum.

Bu seni rahatsız etmiyor mu?

Tekrar duraksadı Connell. Genelinde hayır, dedi. Bazen çizgiyi aşan şeyler yaptıkları oluyor ve bu da beni rahatsız ediyor tabii. Ama sonuçta arkadaşlarım. Senin için durum farklı.

Marianne yüzüne baktı; ama Connell kitabın sırtını inceliyordu.

Niçin farklı olsun? diye sordu Marianne.

Omuz silkti Connell, kitabın kapağıyla oynuyordu. Marianne sinirlendiğini hissetti. Yüzüne ve ellerine sıcak basmıştı birden. Arka kapaktaki yazının tamamını okumasına rağmen Connell hâlâ kitaba bakıyordu. Bedeninin mevcudiyetini bir mikroskopla inceliyor gibi yakından duyumsuyordu Marianne; Connell'ın nefes alıp verişi bile onu hasta edebilecek kadar güçlüydü sanki.

Geçen gün benden hoşlandığını söyledin ya, dedi. Mutfakta, okuldan bahsederken hani.

Evet.

Arkadaş olarak mı demek istedin?

Marianne bakışlarını bacaklarına çevirdi. Üzerinde fitilli kadifeden bir etek vardı; pencereden gelen ışıkta üzerine yapışan iplik parçalarını görebiliyordu.

Hayır, sadece arkadaş olarak değil, dedi.

Ha, tamam. Merak ettim de.

Oturduğu yerde başını sallamaya devam etti Connell.

Ben de ne hissettiğim konusunda kararsızım, dedi sonra. Aramızda bir şey olursa okulda rahatsızlık çıkabilir.

Kimsenin bilmesi gerekmiyor.

Connell bakışlarını kaldırarak tüm dikkatiyle ona baktı. Marianne kendisini öpeceğini anladı, öptü de. Dudakları yumuşaktı. Dilini hafifçe ağzına sokmuştu. Sonra öpüşme sona erdi ve uzaklaştı Connell. Elindeki kitabı hatırlamış gibi yaparak yine bakmaya başladı.

Güzeldi, dedi Marianne.

Başını eğdi Connell, yutkundu, bakışlarını tekrar kitaba çevirdi. Öyle mahcuptu, öpücüğün sözünün edilmesini öyle yadırgamış gibi görünüyordu ki, Marianne kendini tutamayıp güldü. Connell paniklemiş gibiydi.

Tamam, dedi Connell. Niçin gülüyorsun şimdi?

Yok bir şey.

Daha önce kimseyle öpüşmemiş gibi davranıyorsun.

Öpüşmedim ki, dedi Marianne.

Elleriyle yüzünü örttü Connell. Kendine hâkim olamayıp tekrar güldü Marianne; Connell da gülüyordu şimdi. Kulakları kızarmıştı, başını sallıyordu. Birkaç saniye sonra ayağa kalktı, kitap hâlâ elindeydi.

Gidip okuldakilere yetiştirme, tamam mı? dedi Marianne'e.

Sanki gidip okuldakilere anlatacağım da.

Odadan çıktı Connell. Marianne güçsüz, sanki un ufak oluyormuş gibi koltuktan yere attı kendini; bacaklarını bir oyuncağınki gibi açmıştı önünde. Oturduğu yerde Connell'ın belki de onu sınamak için evine geldiğini, şimdi de sınavı geçtiğini düşünüyordu, bu öpücük şu anlama gelen bir iletişimdi: Sınavı geçtin. Daha önce kimseyi öpmediğini söylediğinde Connell'ın nasıl güldüğünü düşündü. Başkası öyle gülse acımasız bulurdu ama o öyle değildi. Düştükleri duruma birlikte gülüyorlardı ama bu durumu nasıl tarif ederdi, komik olan neydi, Marianne tam da biliyor sayılmazdı.

Ertesi sabah Almanca dersinden önce birbirlerini kaloriferlerden iten, çığlık çığlığa bağıran sınıf arkadaşlarını izledi. Ders başladığında, Alman bir kadının gidemediği bir partiden bahsettiği bir kaset dinlediler. *Es tut mir sehr leid*. Öğleden sonra kar yağmaya başladı; boz taneler pencerelerden aşağı süzülüyor ve çakılların üzerinde eriyordu. Gördüğü ve hissettiği her şey bedenine hitap ediyor gibiydi: dersliklerdeki ağır koku, iki ders arasında çalan cızırtılı zil, basketbol sahası etrafındaki karanlık, kasvetli, hayalet gibi ağaçlar. Mavi çizgili beyaz defterlere farklı renkli kalemlerle işlenen notların rutin meşguliyeti. Connell her zamanki gibi okulda ne Marianne'le konuşuyor ne de yüzüne bakıyordu. Connell'ın fiil çekimi yapmasını, kaleminin ucunu çiğnemesini derste uzaktan seyrediyordu. Aralarındaki sır, içinde keyifli bir ağırlık yaratıyor, hareket ettiğinde leğen kemiğine bastırıyordu.

Ertesi ve ondan sonraki gün Connell'ı okulda görmedi. Perşembe öğleden sonra annesi gene çalışıyordu, Connell erkenden onu almaya geldi. Kimse evde olmadığı için

Marianne mecburen kapıyı açtı. Üniformasını çıkarmıştı, siyah kot pantolon ve sweatshirt giymişti Connell. Onu gördüğünde Marianne'in içinden, kaçıp yüzünü saklamak geldi. Lorraine mutfakta, dedi. Sonra döndü, odasına çıktı ve kapısını kapattı. Yüzünü gömdüğü yastıkta nefes alıyordu. Kim oluyordu ki bu Connell? Sanki çok yakından tanıyormuş gibi geliyordu Marianne'e ama böyle hissetmeye hakkı var mıydı? Sırf bir kez damdan düşer gibi onu öptü, sonra kimseye söylememesini tembihledi diye? Birkaç dakika sonra kapısının vurulduğunu duydu, yatağında doğruldu. Efendim, dedi. Connell kapıyı açtı ve izni olup olmadığını sorgulayan bir ifadeyle baktıktan sonra içeri girdi, kapıyı ardından kapattı.

Bozuk musun bana? diye sordu.

Hayır. Niye olayım?

Connell omuz silkti. Boş boş yatağa doğru yürüdü ve oturdu. Bağdaş kurmuş, ayak bileklerini tutarak oturuyordu Marianne. Bir şey söylemeden bir süre oturdular. Sonra yanına sokuldu Connell. Bacağına dokundu; Marianne kendini yastığa bıraktı. Cesurca, kendisini tekrar öpüp öpmeyeceğini sordu. Sence? dedi Connell. Marianne bu cevabı gayet manidar ve sofistike buldu. Sonra öpmeye başladı gerçekten. Marianne bunun hoşuna gittiğini söyledi ve o hiçbir şey söylemedi. Kendisinden hoşlanması için, hoşlandığını kendisine söylemesi için her şeyi yapabileceğini hissetti. Connell elini okul bluzunun altına soktu. Kulağına fısıldadı Marianne: Üstümüzdekileri çıkaralım mı? Connell'ın eli sutyenindeydi. Kesinlikle olmaz, dedi. Aptalca bir şey yapıyoruz zaten, Lorraine aşağıda. Annesinden böyle ismiyle bahsederdi. O buraya hiç çıkmaz, dedi Marianne. Connell başını salladı: Hayır, yapmayalım, dedi. Doğruldu ve Marianne'e baktı.

Baştan çıkar gibi oldun, dedi Marianne.

Pek sayılmaz.

Seni baştan çıkardım.

Başını sallıyor, gülümsüyordu. Tuhaf kızsın, dedi.

Şimdi evinin önünde, arabasını park ettiği yerde duruyor Marianne. Connell ona adresi yollamıştı, 33 numara: Kaba sıvalı duvarları, tül perdeleri olan, beton kaplı, minik bahçeli bir sıra ev. Üst kat penceresinde yanan ışığı görüyor Marianne; onun daha önce girmediği, hatta görmediği bir evde yaşadığına inanmakta zorlanıyor. Üzerinde siyah bir kazak, gri bir etek, siyah renk ucuz iç çamaşırı var. Bacakları özenle alınmış, pürüzsüz koltukaltları deodoranla beyaza boyalı, biraz da burnu akıyor. Zili çalıyor ve merdivende adımlarını duyuyor. Kapıyı açıyor Connell. Marianne'e içeri girmesini söylemeden önce omzunun üzerine bir bakış atıp, kimsenin onları görmediğinden emin oluyor.

Bir Ay Sonra

(MART 2011)

Üniversite başvurularından bahsediyorlar. Marianne çarşafı üzerine çekmiş, uzanmış; Connell'sa kucağında onun Macbook'uyla yatakta oturuyor. Marianne, Trinity'de tarih ve siyaset bilimine başvuru yaptı bile. Connell ise Galway'de hukuku yazdı ama her an değiştirebilir, çünkü, Marianne'in de söylediği gibi, hukukla ilgilenmiyor aslında. Avukat olduğunu, kravat falan takıp gezdiğini, insanların hüküm giymesinde rol oynadığını gözünün önüne getiremiyor. Aklına başka bir şey gelmediği için yazdı bu bölümü aslında.

Senin edebiyat okuman lazım bence, diyor Marianne.

Gerçekten böyle mi düşünüyorsun, dalga geçmiyorsun ya?

Böyle düşünüyorum tabii. Okulda sevdiğin tek ders. Hem boş zamanlarında da hep kitap okuyorsun.

Connell bilgisayara boş boş bakıyor, sonra gözlerini Marianne'in üzerine serili, göğsüne leylak rengi üçgen bir gölge düşüren ince, sarı çarşafa çeviriyor.

Tüm boş zamanımda değil, diyor Connell.

Gülümsüyor Marianne. Artı, sınıflar kız dolu olur, hatunların gözdesi olursun işte.

İyi. Ama iş olanaklarından çok emin değilim.

Ay kimin umurunda? Ekonominin içine sıçılmış zaten.

Bilgisayarın ekranı karanlığa gömülüyor; Connell önündeki dörtgene dokunarak tekrar uyandırıyor. Üniversite başvuru sayfası suratına bakıyor.

Marianne ilk sevişmelerinden sonra geceyi onun evinde geçirmişti. Connell daha önce hiç bakire bir kızla yatmamıştı. Toplamda birkaç kızla birlikte olmuştu, her defasında da okulda duymayan kalmamıştı. Yaptıklarını, daha sonra soyunma odasında tekrar dinlemek zorunda kalıyordu: Yanlışları, hatta daha da beteri, o acınası sevecen olma çabaları, abartılı bir şekilde taklit ediliyordu. Marianne'le durum farklıydı, çünkü her şey yalnızca aralarında olup bitiyordu; en tuhaf ve zor şeyler bile. Ona istediğini yapabilir ya da söyleyebilirdi ve kimsenin ruhu bile duymazdı. Bunu düşünmek başını döndürüyor, sersem ediyordu Connell'ı. O gece ona dokunduğunda ıpıslaktı Marianne, gözlerini tepeye dikmiş ve demişti ki: Aman Tanrım, evet. Bunu söyleme hakkı da vardı, kimse bilmeyecekti. Marianne'e bu şekilde dokunurken bile boşalacağından korkuyordu.

Ertesi sabah holde onu öperek uğurladığında ağzında alkalin tadı aldı, diş macunu gibi. Teşekkürler, dedi Marianne. Connell kendisine niçin teşekkür edildiğini anlayamadan, dönüp gitti. Çarşafları çamaşır makinesine attı Connell, yüklükten temiz nevresim çıkardı. Marianne'in ne kadar ağzı sıkı, bağımsız fikirli biri olduğunu düşünüyordu; evine gelip kendisiyle yatmasına izin veriyor ve üstelik kimseye söyleme ihtiyacı da hissetmiyordu. Hiçbir şeyin anlamı yokmuşçasına bir şeylerin olmasına izin veriyordu.

Öğleden sonra Lorraine geldi. Daha anahtarları masaya bırakmasına kalmadan durup sordu: Çamaşır makinesi mi çalışıyor? Connell başıyla onayladı. Annesi eğilip yuvarlak camdan içeriye, çarşaflarının köpüklü suyun içinde dönüp durduğu hazneye baktı.

Sormayacağım, dedi.

Neyi?

Connell tezgâha yaslanırken annesi su ısıtıcıyı doldurdu.

Çarşaflarını neden yıkadığını, dedi. Sormayacağım.

Sırf suratı boş kalmasın diye gözlerini devirdi Connell. Hep kötü şeyleri aklına getiriyorsun, dedi.

Kahkahayı bastı Lorraine, sonra su ısıtıcıyı altlığına yerleştirip düğmeye bastı. Kusura bakma, dedi. O okuldaki en hoşgörülü anne benimdir herhalde. Korunduğun müddetçe istediğini yapabilirsin.

Bir şey demedi Connell. Su ısınmaya başlamıştı; Lorraine dolaptan temiz bir kupa aldı.

Ee? dedi. Öyle mi?

Ne öyle mi? Sen yokken kimseyle korunmasız ilişkiye girmedim herhalde. Daha neler.

Söyle bakalım, adı ne?

Hışımla odadan çıktı Connell ama merdivenden çıkarken annesinin arkasından güldüğünü duyabiliyordu. Oğlunun hayatından hep bir eğlence çıkarıyordu.

Pazartesi günü okulda Marianne'e bakmamaya, onunla karşılaşmamaya çalıştı. İçinde iri ve sıcak bir şey gibi taşıyordu sırrını, sanki dökmeden oradan oraya götürdüğü bir tepsi dolusu sıcak içecek gibi. Marianne her zamanki halinde, bir şey olmamış gibi davranıyordu; dolapların orada yine kitap okumakla, anlamsız tartışmalara karışmakla meşguldü. Salı öğle yemeği saatinde Rob, Connell'ın annesinin Marianne'lerin evinde çalışması hakkında sorular sormaya başladı, Connell'sa sadece yemeğini yedi ve renk vermemeye çalıştı.

Sen kendin hiç girdin mi oraya? dedi Rob. O köşke yani.

Connell cips paketindekileri avucuna döktü, sonra pakete baktı. Birkaç defa girdim, evet, dedi.

İçerisi nasıl?

Omuz silkti Connell. Bilmem, dedi. Büyük yer tabii.

Doğal ortamında nasıl biri? dedi Rob.

Ne bileyim.

Seni uşağı sanıyordur, değil mi?

Connell elinin tersiyle ağzını sildi. Yağlıydı ağzı. Cipsi fazla tuzluydu, başına ağrı girmişti.

Sanmam, dedi Connell.

Annen onun hizmetçisi değil mi ki?

Temizlik yapıyor sadece. Haftada iki gün gidiyor, pek karşılaşmıyorlar bence.

Marianne onu küçük bir zille yanına çağırmıyor mu yani? dedi Rob.

Bir şey söylemedi Connell. Marianne'le aralarındaki durumu henüz anlamış sayılmazdı. Rob'la konuştuktan sonra kendine her şeyin bittiğini söyledi; nasıl olduğunu görmek için bir defa yatmışlardı, bir daha görüşmeyecekti onunla. Yine de tüm bunları kendine söylerken aklında başka bir yer, başka bir sesle ona diyordu ki: Evet görüşeceksin. Bilincinin önceden hiç bilmediği bir parçası, açıklanması mümkün olmayan, sapkın ve gizli arzuların peşinden gitme içgüdüsüydü bu. O gün öğleden sonra sınıfta, arka sıralardan matematik dersini dinlerken ya da *rounders* oynaması gerekirken hayal etti onu. O küçük ıslak ağzını düşünürken bir anda nefessiz kalıyor, ciğerlerini güçlükle tekrar dolduruyordu.

Akşamüstü okuldan sonra Marianne'in evine gitti. Ne yaptığını düşünmemek için arabada yol boyunca sesini sonuna kadar açıp radyo dinlemişti. Birlikte yukarı çıktıklarında bir şey söylemedi, konuşmasına izin verdi. Ne güzel, deyip duruyordu. Ne güzel bir duygu. Hamur gibi yumuşak ve beyazdı bedeni. İçine kusursuz bir şekilde sığıyor gibiydi. Bedensel olarak çok doğru geliyordu ona; insanların cinsel sebeplerden niçin delice şeyler yaptığını o an anladı. Hatta geçmişte ona yetişkinlerin dünyası hakkında gizemli gelen pek çok şeyi anladı. Ama niye Marianne'di bu insan? Sonuçta çekici değildi. Bazılarına göre okuldaki en çirkin kızdı. Kim onunla böyle bir şey yapmak isterdi ki? Yine de her şeye rağmen, kendi nasıl biri olursa olsun, orada, onunlaydı. Hoşuna gidiyor mu sorularını duymuyormuş gibi yaptı. Elleri ve dizleri üzerinde olduğu için onun yüzünü göremiyor ve aklından geçenleri okuyamıyordu. Marianne birkaç saniye sonra kısık bir sesle şöyle dedi: Yanlış bir şey mi yapıyorum? Connell gözlerini yumdu.

Hayır, dedi. Hoşuma gidiyor.

O an hırıltılı bir nefes aldı Marianne. Connell onun kalçalarını kendine doğru çekti, sonra hafifçe bıraktı. Marianne boğuluyor gibi bir ses çıkardı. Connell aynısını tekrarladığında gelmek üzere olduğunu söyledi. Güzel, dedi Connell. Sanki hiçbir şey daha sıradan olamazmış gibi söylemişti bunu. O gün Marianne'in evine gelme kararı bir anda çok doğru ve zekice geldi; belki de hayatında yaptığı en zekice şey buydu.

Bitirdikten sonra kondomu nereye atacağını sordu. Marianne yastıktan kafasını kaldırmadan: Yerde kalsın, dedi. Yüzü pembe ve ıslaktı. Söylediğini yaptı Connell ve sırtüstü uzanıp avizeyi seyretti. Senden çok hoşlanıyorum, dedi Marianne. Connell keyifli bir hüzünle sarmalandığını hissetti, gözleri yaşarır gibi oldu. Duygusal acı anları böyle, anlamsız ya da anlaşılmaz şekillerde buluyordu insanı. Marianne'in son derece özgür bir hayatı vardı, bunu görebiliyordu. Connell ise çeşitli kaygılarla kapana kıstırılmıştı. Başkalarının hakkında ne düşündüğünü önemsiyordu. Hatta Marianne'in ne düşündüğünü de önemsiyordu, bu kadarı belliydi artık.

Birçok defa Marianne hakkındaki düşüncelerini daha iyi anlayabilmek için kâğıda dökmeye çalışmıştı. Nasıl göründüğünü ve konuştuğunu kelimelerle harfiyen ifade etmeyi çok istiyordu. Saçlarını ve giysilerini. Öğle teneffüsünde yemekhanede okuduğu *Swann'ların Tarafı*'nın karanlık bir Fransız resmiyle süslü kapağı ve nane renkli sırtı. Sayfaları çeviren uzun parmakları. Başkalarıyla aynı hayatı yaşamıyordu Marianne. Bazen öyle görmüş geçirmiş laflar ediyordu ki Connell cahil hissediyordu yanında; bazen de çok toy geliyordu. Zihninin nasıl çalıştığını anlamak istiyordu. Konuşurlarken Connell bir şey söylemeyip sessiz kalacak olsa Marianne daha iki saniye geçmeden "Ne?" diye sorardı. Bu "Ne?" sorusunda Connell için çok şey gizli: Marianne'in onun sessizliklerine yönelttiği, başta soruyu sormasına neden olan adli ilgi bir yana; mutlak bir iletişim arzusu, söylenmeyen her şey aralarında istenmeyen bir sekteye sebep olacakmış düşüncesi de vardı. Tüm bunları, yan tümcelerle dolu bağlaçsız, bazen soluksuz noktalı virgüllerle bağlanmış cümleler halinde yazıyor; gelecek nesillerce incelenmesi için muhafaza etmek istercesine Marianne'in birebir kopyasını sözcüklerle yaratmaya çalışıyordu. Sonra ne yaptığını görmemek için sayfayı çeviriyordu.

Ne düşünüyorsun? diye soruyor Marianne şimdi.

Saçını kulağının arkasına atıyor.

Üniversite, diyor Connell.

Trinity'de edebiyata başvurmalısın.

Yine boş boş sayfaya bakıyor Connell. Son zamanlarda aslında iki ayrı insan olduğu hissinden kopamıyor; yakında sahip olacağı tam zamanlı kimliğe karar vermek ve diğerini geçmişte bırakmak zorunda kalacağını hissediyor. Carricklea'de bir hayatı var, dostları var. Galway'de üniversiteye başlarsa aslında aynı arkadaş grubuyla kalabilir ve planladığı hayatını sürdürebilir; iyi bir üniversite bitirir, güzel bir sevgili edinir. İnsanlar rahatının yerinde olduğunu düşünür. Diğer yandan Marianne gibi Trinity'ye de gidebilir. O zaman hayat farklı olur. Yemek davetlerine gitmeye, Yunanistan'ın ekonomik kurtarma paketi hakkında sohbetler etmeye başlar. Biseksüel olduğu ortaya çıkan tuhaf tipli kızlarla yatabilir. *Altın Defter*'i okudum, diyebilir onlara. Doğru, okudu gerçekten de. Oradan sonra bir daha Carricklea'ye dönmez, bir başka yere gider; Londra'ya ya da Barcelona'ya. Herkes başarılı olduğunu düşünmeyebilirdi; bazıları her şeyi mahvettiğini düşünecekti, bazıları da onu tamamen unutacaktı. Peki ya Lorraine ne düşünürdü? Mutlu olmasını, başkalarının ne söylediğini düşünmemesini isterdi. Ama ya tüm arkadaşlarının bildiği o eski Connell? O insan bir anlamda ölmüş, daha da kötüsü, diri diri gömülmüş olacak, toprağın altında çığlık çığlığa bağıracaktı.

O zaman ikimiz de Dublin'de olacağız, diyor Connell. Karşılaşsak beni tanımıyor gibi yaparsın kesin.

Marianne başta bir şey söylemiyor. Sessiz kaldıkça endişeleniyor, belki gerçekten de kendisini tanımazlıktan geleceğinden korkuyor Connell. İlgisine layık olmayacağı düşüncesi Connell'ı paniğe sürüklüyor; yalnız Marianne konusunda değil, geleceği, önündeki olasılıklar konusunda da.

Sonra Marianne diyor ki: Asla tanışmıyormuşuz gibi yapmam, Connell.

Sessizlik birden çok gerginleşiyor. Connell birkaç saniye kıpırdamadan yatıyor. Marianne'i okulda tanımıyormuş gibi yaptığı doğru ama aslında konuşmak istediği mesele bu değildi. Olması gereken şeydi bu. Okulda her gün görmezlikten geldiği Marianne'le gizli gizli ne yaptığını duyacak olsalar hayatı kararır. Koridorda yürürken insanlar gözlerini ondan ayırmaz, sanki Connell bir seri katil ya da daha fena biriymiş gibi. Arkadaşları onun sapkın biri olduğunu düşünmüyor; Marianne

Sheridan'a güpegündüz, tek damla içki içmemişken: Ağzına boşalabilir miyim? diye soran biri olduğundan şüphelenmiyorlar. Arkadaşlarının yanında normal davranıyor. Marianne'le kendi odasında kimsenin onları rahatsız etmediği ayrı bir hayatları var; bu iki dünyanın karışması için bir sebep yok. Yine de tartışmadaki konumunu kaybettiğini ve istemediği halde konunun açılmasına fırsat verdiğini düşünüyor ve bir şey söyleme gereği hissediyor.

Yapmaz mıydın sahiden? diyor.

Hayır.

Peki o halde, Trinity'de edebiyat yazacağım.

Gerçekten mi? diyor Marianne.

Evet. Zaten iş bulmak öyle pek de umurumda değil.

Gülümsüyor Marianne, bir kavgayı kazanmış gibi hissediyor. Ona bu hissi vermek Connell'ın hoşuna gidiyor. Bir an için iki dünyanın, hayatının iki versiyonunun bir arada olması, Connell'ın bir kapıyla birinden diğerine geçmesi mümkünmüş gibi geliyor. Marianne gibi birinin saygısını kazanıp okulda sevilen biri olmayı sürdürebilir, gizli fikirlere ve tercihlere sahip olabilir, anlaşmazlığa gerek yok, hiçbir zaman birini öbürüne tercih etmek zorunda değil. Küçük bir dalavereyle iki ayrı varoluşa sahip olabilir, hayatında ne yapacağına ya da nasıl bir insan olacağına dair o kaçınılmaz soruyu asla cevaplamak zorunda kalmayabilir. Bu düşünce öyle teselli ediyor ki Connell'ı, birkaç saniyeliğine Marianne'den gözlerini kaçırıyor, bu inancı birazcık daha sürdürebilmeye çalışıyor. Biliyor ki onun yüzüne baktığında artık buna inanması mümkün olmayacak.

Altı Hafta Sonra

(NİSAN 2011)

İsmi bir listede yazılı. Kapı görevlisine kimliğini gösteriyor. İçerisi loş, mağaramsı ve hafiften mor renkte; iki yanında uzun parmaklıklar ve basamaklar dans pistine iniyor. Ekşimiş alkol, tenekemsi bir kuru buz kokusu geliyor burnuna. Bağış komitesindeki bazı kızlar çoktan masanın etrafında toplanmış, listeleri incelemekle meşgul. Selam, diyor Marianne. Dönüp ona bakıyorlar.

Selam, diyor Lisa. Ne güzel olmuşsun öyle.

Harika görünüyorsun, diyor Karen.

Rachel Moran bir şey söylemiyor. Rachel'ın okulda en popüler kız olduğunu herkes biliyor, ama söylemeleri yasak. Buna karşılık herkes sosyal hayatlarının hiyerarşiyle düzenlendiğini bilmiyormuş gibi; bazılarının tepede, bazılarının ortalarda, bazılarınınsa daha da aşağıda olduğunun farkında değilmiş gibi yapmak durumunda. Marianne bazen kendini en alt basamakta görse de diğer zamanlarda hiç merdivende değilmiş, aşağısı-yukarısından etkilenmiyormuş gibi hissediyor; çünkü ne popülerlik peşinde ne de elde etmek için uğraşıyor. Baktığı yerden merdivenin kime ne fayda sağladığı meçhul, en tepedekiler için bile. Kolunu ovuşturup, Teşekkürler, diyor. İçki isteyen var mı? Bar tarafına gidecektim.

İçki içmediğini sanıyordum, diyor Rachel.

Ben bir şişe meyveli şarap isterim, diyor Karen. Alırım diyorsan.

Marianne'in denediği tek alkollü içki şarap, ama bara geldiğinde cin tonik söylemeye karar veriyor. Barmen o konuşurken gözlerini memelerinden ayırmıyor. Erkeklerin yalnız filmlerde ve televizyonda böyle davrandığını sanan Marianne, bu deneyimden kadınsılığına dair ufak bir heyecan duymuyor değil. Bedenini sıkıca saran ince siyah bir elbise var üzerinde. Artık gece başladı sayılır ama mekân hâlâ bomboş. Masaya döndüğünde Karen içkisi için abartıyla teşekkür ediyor. Dert değil diyor Marianne, elini sallayarak.

İnsanlar nihayet teker teker geliyor. Gümbür gümbür bir Destiny's Child remiksiyle müzik başlıyor; Rachel, Marianne'e piyango biletlerini uzatıp nasıl fiyatlandırdıklarını açıklıyor. Mezuniyet dansının bağış komitesine muhtemelen dalgasına almışlardı Marianne'i, yine de etkinlikleri düzenlemeye yardım etmesi gerekiyor. Elinde bilet koçanı, diğer kızların çevresinde dolaşıyor. Bu insanları belli bir mesafeden, neredeyse bir biliminsanı gibi izlemeye alışkın; bu akşamsa onlarla konuşması ve kibarca gülümsemesi gerektiğinden bir gözlemci değil, davetsiz misafir, üstelik beceriksiz olanından. Birkaç kişiye bilet satıyor, çantasındaki keseden para üstü veriyor, tekrar içki alıyor, sonra ara ara kapıya bakıp, hayal kırıklığıyla gözlerini çeviriyor.

Çocuklar da bayağı gecikti, diyor Lisa.

Onca çocuk arasında Marianne kimlerin kastedildiğini biliyor: Lisa'nın bir dargın bir barışık olduğu sevgilisi Rob ile arkadaşları Eric, Jack Hynes ve Connell Waldron. Gecikmeleri Marianne'in de gözünden kaçmış sayılmaz.

Gelmezlerse Connell'ı gerçekten geberteceğim, diyor Rachel. Daha dün kesin geleceğiz dedi.

Marianne bir şey demiyor. Rachel çoğu zaman Connell'dan bu şekilde bahsediyor, dert ortağıymış gibi aralarında geçen özel konuşmalardan söz ediyor. Connell onun bu davranışlarını görmezden geliyor ama yalnız oldukları zamanlarda Marianne'in bu konudaki dokundurmalarını da duymazdan geliyor.

Rob'larda içmeye başlamışlardı, oradadırlar, diyor Lisa.

Bu gidişle zom halde gelecekler buraya, diyor Karen.

Marianne çantasından telefonunu çıkarıp Connell'a mesaj çekiyor: Yokluğunuz üzerinden hararetli bir tartışma dönüyor. Gelmeyi düşünüyor musunuz? Otuz saniye içinde yanıt geliyor: Jack kustu da her yeri batırdı, onu taksiye bindirdik ama geliyoruz. İnsanlarla sosyalleşme nasıl gidiyor. Marianne cevap yazıyor: Okulun yeni popüler kızı ben oldum. Adımı haykırarak dans pistinde omuzlarında gezdiriyorlar beni. Telefonunu çantasına geri koyuyor. Hiçbir şey şimdi dönüp de şunu söylemek kadar keyifli olmazdı: Birazdan çıkıyorlarmış. Bir anda yükseleceği mertebe korkunç, hayret verici olurdu; nasıl da yerinden oynatırdı her şeyi, yerle bir ederdi.

Carricklea, Marianne'in hayatında yaşadığı tek yer de olsa pek bildiği bir kasaba sayılmaz. Anacaddedeki barlarda içmeye hiç gelmediği gibi, bu akşamdan önce kasabanın tek gece kulübüne de yolu düşmedi. Knocklyon Sitesi'ne hiç uğramadı. Centra Market'ın yanından ve kilise otoparkının arkasından geçen, ince plastik poşetleri akıntısında sürükleyen bulanık ve çamurlu nehrin adını da bilmiyor, nehrin daha sonra nereye gittiğini de. Söyleyecek biri var mı ki? Bir tek okula, pazar günü mecburen götürüldüğü kiliseye ve kimse yokken Connell'ların evine gitmek için evinden çıkıyor. Sligo kasabasına gitmek ne kadar sürüyor bilse de –yirmi dakika– civardaki kasabaların yerleri ve Carricklea'ya kıyasla büyüklükleri onun için muamma. Coolaney, Skreen, Ballysadare; tüm bu kasabaların Carricklea civarında olduklarına emin ve her biri ona tanıdık geliyor, ama sorsalar hiçbirinin yerini gösteremez. Spor merkezini içeriden hiç görmedi. Metruk şapka fabrikasına içmeye de gitmedi, yanından arabayla geçtiyse de.

Keza kasabadaki hangi ailelerin iyi aile sayıldığını hangilerinin sayılmadığını bilmesi de mümkün değil. Böyle bir şeyi bilmek isterdi Marianne, sırf daha bir hevesle reddedebilmek için. Kendisi iyi, Connell kötü bir aileden, o kadarını biliyor. Carricklea'da Waldron'lar adı çıkmış bir aile. Lorraine'in ağabeylerinden biri hapse girip çıkmış –Marianne sebebini bilmiyor–, bir diğeri de birkaç yıl önce kavşakta motosikletiyle kaza yapmış, ölümden dönmüş. Sonra bir de Lorraine'in on yedi yaşında hamile kalıp çocuğu doğurmak için okulu bırakması var tabii. Buna rağmen Connell bugünlerde tam evlenilecek adam olarak görülüyor. Çalışkan, futbol takımında santrfor, yakışıklı, hem kavgalara da bulaşmıyor. Herkes seviyor onu. Sakin bir çocuk. Marianne'in annesi bile tasvip ediyor onu: O çocuk Waldron'lara hiç benzemiyor, diyor. Marianne'in annesi avukat. Babası da avukattı.

Geçtiğimiz hafta Connell "hayalet" diye bir şeyden bahsetti ona. Marianne daha önce duymadığı için ne olduğunu sordu. Kaşları havaya kalktı Connell'ın. Hayalet işte, dedi. Hayalet site var ya, Mountain View. Okulun arkasında hani. Marianne okulun arkasında devam eden inşaatı fark etmişti ama oraya bir site yaptıklarının, birilerinin orada yaşadığının farkında değildi. İnsanlar oraya içmeye gidiyor, diye ekledi Connell. Ha, dedi Marianne. Nasıl bir yer olduğunu sordu. Keşke gösterebilseydim dedi Connell, ama hep birileri oluyor orada. Bazı şeyler için "keşke" deyip duruyor Connell. Keşke gitmesen, diyor Marianne'e giderken, ya da: Keşke bu gece kalabilsen. Gerçekten istese, gerçekleşebileceklerini biliyor Marianne. Connell ne istese oluyor, sonra istediği şey onu mutlu etmeyince surat asıyor.

Neyse, sonunda hayalet siteye götürdü onu. Bir akşamüstü arabasıyla gittiler; Connell önden indi ve kimsenin olmadığından emin olmak için etrafı dolaştı. Peşinden Marianne geldi. Evler kocamandı; çıplak beton cepheleri, bakımsız ön bahçeleri vardı. Pencere boşluklarından bazıları brandayla örtülüydü, rüzgârda gürültüyle dalgalanıyordu. Yağmur yağıyordu, ceketini arabada bırakmıştı. Kollarını kavuşturdu, gözlerini kısarak ıslak, taş damları seyretti.

İçeri bakmak ister misin? dedi Connell.

23 numaralı evin kapısı kilitlenmemişti. İçerisi daha sessiz, karanlıktı. Ev pislik içindeydi. Ayakkabısının ucuyla boş bir cider şişesini ittirdi Marianne. Yerler izmarit doluydu, sürüklenerek getirilmiş bir şilte dışında oturma odası bomboştu. Şilte rutubet ve kan lekeleriyle kaplıydı. Bayağı rezilmiş, dedi Marianne yüksek sesle. Connell sessizdi, etrafına bakıyordu.

Buraya çok geliyor musun? dedi Marianne.

Omuzlarını silkti Connell. Çok değil, dedi. Eskiden gelirdim, artık gelmiyorum.

Lütfen bu yatakta seks yapmadığını söyle.

Dalgın dalgın gülümsedi. Hayır, dedi. Hafta sonunda böyle şeyler mi yaptığımı sanıyorsun?

Biraz.

Buna cevap vermeyince, daha da kötü hissetti Marianne. Connell yerdeki üzerine basılmış bira kutusuna bir tekme savurdu; kutu yalpalayarak çift kanatlı kapılara çarptı.

Burası benim evin üç katı olmalı, dedi Connell. Ne dersin?

Neler düşündüğünü fark etmediği için aptal gibi hissetti Marianne. Olabilir, dedi. Daha üst katı görmedim tabii.

Dört yatak odalı.

Vay be.

Bomboş duruyor, kimseler yok, dedi. Satamıyorlarsa neden elden çıkarmıyorlar ki? Aptallığımdan sormuyorum, cidden merak ediyorum.

Omuzlarını silkti Marianne. Nedenini o da tam anlamıyordu.

Kapitalizmle alakası var herhalde, dedi.

Evet. Her şey öyle gerçi, sorun da bu, değil mi?

Başıyla onayladı Marianne. Sanki uykudan uyanmış gibi dönüp baktı Connell.

Üşüdün mü? dedi. Soğuk içine işlemiş gibi.

Marianne gülümsedi ve burnunu ovuşturdu. Connell üzerindeki siyah şişme montu çıkardı, Marianne'in omuzlarına bıraktı. Çok yakın duruyorlardı. Marianne, Connell için kendini yerlere atar, üstüne basıp geçmesine göz yumardı, Connell da biliyordu bunu.

Hafta sonu dışarı falan çıktığım zaman, dedi Connell, kızların peşinde koştuğum falan yok.

Marianne gülümsedi: Yok, onlar senin peşinde koşuyorlar herhalde.

Gülümsedi Connell, ayakkabılarına baktı. Çok tuhaf hayal ediyorsun beni.

Marianne elleriyle Connell'ın kravatını yakaladı. Hayatında ilk defa sarsıcı şeyler söyleyebiliyor, küfredebiliyordu, o yüzden de bol bol yapıyordu. Beni şurada yatırıp sikmeni istesem, yapar mıydın?

İfadesi değişmedi Connell'ın, ama dinlediğini göstermek için ellerini Marianne'in kazağının altında gezdirdi. Birkaç saniye sonra: Evet, dedi. İstesen yapardım, evet. Bana hep tuhaf şeyler yaptırıyorsun zaten.

O ne demek oluyor? dedi Marianne. Sana hiçbir şey yaptıramam ben.

Evet, yaptırabilirsin. Böyle şeyleri bir başkasıyla yapacağımı mı düşünüyorsun? Cidden, başkası için okuldan sonra bir yerlere gizli gizli girer miyim sanıyorsun?

Ne yapmamı istiyorsun? Uzak mı durayım senden?

Yüzüne baktı Connell; konuşmanın bu noktaya gelmesine şaşırmış gibiydi. Başını salladı: Böyle bir şey yapacak olsan...

Marianne yüzüne baktı ama Connell başka bir şey söylemedi.

Böyle bir şey yapacak olsam, ne olur? dedi.

Bilmiyorum. Artık görüşmek istemeseydin ne olurdu mu demek istedin? Bayağı şaşırırdım, çünkü bundan sen de hoşlanıyor gibisin.

Ya benden daha fazla hoşlanan birini bulursam?

Güldü Connell. Marianne suratını asıp arkasını döndü; Connell'dan kurtulup kollarıyla kendini sardı. Baksana, dedi Connell, ama Marianne dönmedi. Pas lekeleriyle kaplı iğrenç şilteye bakıyordu. Usulca yanına sokuldu Connell, saçlarını kaldırarak ensesinden öptü onu.

Güldüğüm için özür dilerim, dedi. Benimle görüşmek istemediğini söyleyerek kendimi güvensiz hissettirdin. Benden hoşlandığını sanıyordum.

Gözlerini yumdu Marianne. Hoşlanıyorum zaten, dedi.

İyi, senden daha fazla hoşlanan birisini bulacak olsan sinir olurdum, tamam mı? Madem sordun. Hoşuma gitmezdi. Oldu mu?

Arkadaşın Eric herkesin önünde bana kuru memeli dedi bugün.

Connell duraksadı. Nefesini duyuyordu Marianne. Duymadım, dedi.

Tuvalette bir yerdeydin herhalde. Tahta göğüslü dedi bana.

Siktirsin pislik herif. O yüzden mi keyifsizsin sen?

Omuzlarını silkti Marianne. Connell kollarıyla onun belini sardı.

Seni uyuz etmeye çalışıyor, dedi. Seninle en ufak şansı olduğuna inansa çok farklı konuşur. Onu küçümsediğini düşünüyor.

Marianne bir kez daha omuz silkti, altdudağını ısırdı.

Görünüşün konusunda endişelenmene gerek yok, dedi Connell.

Hımm.

Yalnızca aklın yüzünden hoşlanmıyorum senden.

Marianne aptal hissederek güldü.

Burnunu kulağına sürterek ekledi: Benimle artık görüşmek istemesen seni özlerdim.

Benimle yatmayı özler miydin? dedi Marianne.

Eliyle kalça kemiğine dokundu, Marianne'i kendisine çekti ve usulca: Evet, çok özlerdim, dedi.

Artık evine dönebilir miyiz?

Başını eğdi Connell. Birkaç saniye hareketsiz durdular; kollarıyla onu sarmıştı, nefesi kulağındaydı. Birçok insanın hayatı, diye içinden geçirdi Marianne, bir başkasıyla bu kadar yakınlaşamadan geçip gidiyor.

Üçüncü cin toniğinden sonra nihayet kapı çarparak açılıyor ve erkekler geliyor. Komitenin kızları kalkıp onlara sataşmaya, geç kaldıkları için onları azarlamaya başlıyor, böyle şeyler yapıyorlar. Marianne geride kalıp Connell'la göz göze gelmenin yollarını arıyor ama Connell karşılık vermiyor. Üzerinde beyaz bir gömlek, her yere giydiği Adidas ayakkabılar var. Diğerleri de gömlek giymiş ama onlarınki daha resmî, daha parlak; ayaklarında da deri ayakkabılar var. Havaya ağır, kesif bir tıraş losyonu kokusu hâkim. Eric, Marianne'in bakışını yakalıyor ve bir anda Karen'ı bırakıyor; bunu öyle abartıyla yapıyor ki etrafındaki herkes de bakıyor.

Bak sen, bu Marianne değil mi, diyor Eric.

Samimi mi davranıyor, dalga mı geçiyor hemen anlayamıyor Marianne. Connell dışında tüm erkekler ona bakıyor şimdi.

Ciddiyim, diyor Eric. Elbisen güzelmiş, çok seksi olmuşsun.

Rachel kahkaha atıp, Connell'ın kulağına bir şey fısıldıyor. Connell başını çeviriyor, gülmüyor. Marianne başına çöken ağırlıktan çığlık atarak ya da ağlayarak kurtulmak istiyor.

Gel biraz dans edelim, diyor Karen.

Marianne'in hiç dans ettiğini görmedim, diyor Rachel.

İyi işte, şimdi görürsün, diyor Karen.

Karen, Marianne'in elini tutuyor ve onu dans pistine götürüyor. Kanye West çalıyor, şu Curtis Mayfield şarkısından bir kısmı kullandığı. Bir elinde hâlâ bilet koçanı duruyor; terli olan diğeri, Karen'ın elinde. Dans pisti kalabalık; müziğin bası ayakkabılarından yükselip bacaklarını titreştiriyor. Karen kolunu Marianne'in omzuna dayayıp sarhoş bir sesle: Sen Rachel'ı takma, diyor, keyfi yok bu akşam. Marianne vücudunu müziğe uygun sallayarak başıyla onaylıyor. Sarhoş hissediyor şimdi; Connell'ı bulmak isteyen gözleri salonda dolaşıyor. Ânında görüyor onu; merdivenin başında. Kendisini seyrediyor. Müziğin sesi öyle yüksek ki, bedeninde nabız gibi atıyor. Connell'ın etrafındakiler konuşuyor, gülüşüyor. O ise hiçbir şey söylemeden Marianne'i izliyor. Bakışları altında hareketleri büyümüş ve abartılı geliyor Marianne'e; omzunda Karen'ın kolu şehvet dolu ve sıcak. Kalçalarını öne doğru sallayarak bir elini saçlarında gezdiriyor.

Kulağına fısıldıyor Karen: Geldiğinden beri seni seyrediyor.

Marianne önce Connell'a, sonra tekrar Karen'a bakıyor. Hiçbir şey söylemiyor, yüz ifadesiyle de hiçbir şey söylememeye çalışıyor.

Şimdi Rachel'ın sana niye ters davrandığını anlayabilirsin, diyor Karen.

Karen konuşurken nefesinde içtiği gazozlu şarabın kokusunu alabiliyor, dişlerindeki dolguları görebiliyor. Bir anda içi ısınıyor ona. Biraz daha dans ettikten sonra beraber el ele yukarı çıkıyorlar; suratlarında boş bir gülümsemeyle, nefes nefeseler. Eric ve Rob tartışıyormuş gibi yapıyorlar. Connell neredeyse fark ettirmeden Marianne'e yaklaşıyor, kolları birbirine değiyor. Elini yakalamak, parmak uçlarını bir bir emmek istiyor.

Rachel, Marianne'e dönüp soruyor: Bir zahmet gidip biraz bilet mi satsan acaba?

Marianne gülümsüyor; kendini beğenmiş, neredeyse küçümseyen bir tebessüm beliriyor yüzünde. Peki, diyor.

Şuradaki beyler almak istiyor galiba, diyor Eric.

Başıyla az önce kapıdan içeri giren yaşça büyük birkaç adamı işaret ediyor. Burada olmamaları gerekiyor; gece kulübü yalnız bileti olanların gireceğini söylemişti. Tanımıyor onları Marianne, belki birilerinin ağabeyleri ya da kuzenleridir; belki de yirmilerinde, okul bağış akşamlarına gelen adamlardır. Eric'in el salladığını görüp geliyorlar. Marianne belki çekiliş için bilet almak isterler diye çantasını açıyor.

Ne var ne yok, Eric? diyor adamlardan biri. Arkadaşınla tanıştırmayacak mısın?

Tanıştırayım, Marianne Sheridan, diyor Eric. Ağabeyini tanıyorsunuzdur. Alan, Mick'le aynı dönemdeydiler galiba.

Adam Marianne'i baştan aşağı süzerek sadece başıyla onaylıyor. Marianne onun bu ilgisini kayıtsızlıkla karşılıyor. Müziğin sesi, Rob'un Eric'in kulağına ne söylediğini duyamayacak kadar yüksek; ama Marianne kendisiyle alakalı olduğunu hissediyor.

Sana bir içki ısmarlayayım, diyor adam. Ne istersin?

Almayayım, sağ ol, diyor Marianne.

Adam omzuna kolunu atıyor o an. Uzun boylu, fark ediyor. Connell'dan uzun. Parmaklarıyla çıplak omzunu okşuyor. Kolunu silkmeye çalışıyor ama bırakmıyor adam. Arkadaşlarından biri gülmeye başlayınca, Eric de onlarla gülüyor.

Elbisen güzelmiş, diyor adam.

Bırakır mısın? diyor Marianne.

Dekoltesi de varmış, değil mi?

Elini bir anda omuzlarından içeri uzatıp sağ memesini herkesin gözü önünde sıkıştırıyor. Aniden çekiyor kendini adamdan, elbisesini yakasına kadar çekiyor ve yüzüne kan hücum ediyor. Gözleri yanıyor, adamın sıktığı yer acıyor. Arkasında diğerleri gülüyor. İşitebiliyor onları. Rachel'ın kahkahası Marianne'in kulaklarında tiz bir flüt sesi gibi çınlıyor.

Marianne ardına bakmadan kapıyı çarparak çıkıyor. Vestiyerin olduğu fuayede şimdi, çıkışın sağda mı solda mı olduğunu hatırlamıyor. Tüm bedeni sarsılmış. Vestiyer görevlisi iyi olup olmadığını soruyor. Marianne ne kadar sarhoş olduğunu anlamıyor artık. Soldaki kapıya doğru birkaç adım attıktan sonra sırtını duvara dayıyor ve yavaş yavaş aşağı kayarak yere oturuyor. Adamın sıktığı yerde memesi acıyor. Şakasına yapmamıştı, acıtmak istemişti canını. Yerde dizlerini göğsüne bastırmış, oturuyor şimdi.

Fuaye kapısı tekrar açılıyor ve Karen arkasında Eric, Rachel ve Connell'la içeri giriyor. Marianne'i orada görünce Karen ona doğru koşuyor; diğerleri oldukları yerde kalıyor, ne yapacaklarını bilemeyerek ya da bir şey yapmak istemeyerek öylece duruyorlar. Karen, Marianne'in önünde çömelip ellerinden tutuyor. Marianne'in gözleri yanıyor, nereye bakacağını bilmiyor.

İyi misin? diyor Karen.

İyiyim, diyor Marianne. Kusura bakmayın. Galiba içkiyi biraz abarttım.

Bırakın onu, diyor Rachel.

Eğlencesineydi, yanlış anlamayın, diyor Eric. Pat'i tanısanız sağlam çocuktur aslında.

Bence komikti, diyor Rachel.

Bunu duyunca Karen hışımla arkasındakilere dönüyor. Çok komik bulduysan ne diye geldin? diyor. En iyi arkadaşın Pat'in yanına gidip onunla arkadaşlık etsene? Madem genç kızları taciz etmeyi çok komik buluyorsun?

Marianne'in neresi genç be? diyor Eric.

Hepimiz gülüyorduk o sırada, diyor Rachel.

Bu doğru değil, diyor Connell.

Herkes o an dönüp ona bakıyor. Marianne ona bakıyor. Gözleri buluşuyor.

İyisin, değil mi? diyor ona.

Uf olduysa öp de iyileşsin, diyor Rachel.

Yüzü kızarıyor Connell'ın, elini alnına götürüyor. Herkesin gözü hâlâ üstünde. Marianne sırtında duvarın soğuğunu hissediyor.

Rachel, diyor Connell, bir siktirip gider misin?

O an gözleri büyümüş Karen ve Eric bakışıyorlar, Marianne ikisini de görüyor. Connell okulda hiç bu şekilde davranmaz ve konuşmaz. Bunca sene bir kez kavgacı davrandığını görmemişti Marianne, onu kışkırttıkları zaman bile. Rachel saçlarını savurup kulübe dönüyor. Kapı menteşeleri üzerinden tüm ağırlığıyla çarpıp kapanıyor. Connell alnını biraz daha ovuşturuyor. Karen sessizce bir şey söylüyor Eric'e, Marianne ne olduğunu anlamıyor. Connell sonra ona dönüp soruyor: Eve dönmek ister misin? Arabayla döneceğim, seni bırakırım. Başıyla onaylıyor Marianne. Karen yerden kaldırıyor onu. Connell sanki yanlışlıkla ona dokunmamak için ellerini ceplerine sokuyor. Olay çıkardığım için kusura bakma, diyor Karen'a Marianne. Aptal gibi hissediyorum. İçmeye alışkın değilim.

Senin suçun yok, diyor Karen.

Teşekkür ederim iyiliğin için, diyor Marianne.

Bir kez daha el sıkışıyorlar. Marianne, Connell'ın peşinden çıkıyor, otelin etrafından dolanıp arabasını park ettiği yere geliyorlar. Dışarısı karanlık ve serin, gece kulübünden gelen müziğin sesini belli belirsiz bir nabız halinde duyuyorlar. Ön koltuğa oturup kemerini takıyor. Connell şoför koltuğuna oturup anahtarı kontağa takıyor.

Olay çıkardığım için kusura bakma, diyor Marianne bir kez daha.

Sen bir şey çıkarmadın, diyor Connell. Asıl diğerlerinin aptallığının kusuruna bakma. Arada evinde parti veriyor diye bayılıyorlar Pat'e, ondan. Evinde parti veriyorsan başkalarına sataşabiliyormuşsun demek, ne bileyim.

Canımı yaktı. Yaptığı şey.

Connell bir şey söylemiyor o an. Avuçları direksiyonu yoğuruyor. Bacaklarına bakıp hızla nefes veriyor, öksürür gibi. Üzgünüm, diyor. Sonra arabayı çalıştırıyor. Birkaç dakika sessiz gidiyorlar; Marianne başını dayadığı camda alnının serinlediğini hissediyor.

Biraz bana gelmek ister miydin? diyor Connell.

Lorraine yok mu?

Omuz silkiyor Connell. Parmaklarının ucuyla direksiyona vuruyor. Yatmıştır bu saate, diyor. Seni eve bırakmadan biraz oturalım demiştim. İstemiyorsan oturmayız.

Ya hâlâ ayaktaysa?

Bu konularda bayağı rahat zaten. Cidden takacağını pek sanmıyorum.

Marianne camdan yanlarından geçen kasabayı seyrediyor. Ne söylediğini anlıyor Connell'ın: Annesinin bilmesini önemsemiyor. Belki de çoktan biliyordur.

Lorraine iyi bir anneye benziyor, diyor Marianne.

Evet. Öyledir.

Seninle gurur duyuyor olmalı. Şu okulda düzgün yetişen tek çocuk sensin.

Connell bakışını ona çeviriyor. Nasıl düzgün yetiştim? diyor.

O ne demek? Herkes seviyor seni. Herkesin aksine çok da iyi birisin.

Marianne'in çözemediği bir ifade beliriyor yüzünde; sanki kaşlarını kaldırıyor ya da çatıyormuş gibi. Evine geldiklerinde pencereler karanlık, Lorraine yatmış. Connell'ın odasında Marianne'le beraber uzanıp fısıldaşıyorlar. Marianne'e çok güzel olduğunu söylüyor. Bundan gizli gizli şüphelendiyse de ilk defa duyuyor bunu; bir başkasından duymak farklı geliyor. Göğsünde acıyan yere dokunuyor eliyle, Connell öpüyor onu. Ağlamış, yüzü ıslak. İyi misin? diye soruyor ona. Başını eğdiğinde saçlarını okşuyor ve: Üzülmekte çok haklısın var ya, diyor. Yüzünü Connell'ın göğsüne gömerek yatıyor Marianne. Yıkandıktan sonra sıkılmış, su damlatan yumuşak bir kumaş parçası gibi hissediyor.

Bir kızı asla dövmezsin, değil mi? diyor Marianne.

Olur mu, asla. Elbette hayır. Nasıl sorabilirsin bunu?

Bilmem.

Kızları istediği gibi döven biri olduğumu mu düşünüyorsun? diyor.

Yüzünü Connell'ın göğsüne sıkıca bastırıyor Marianne. Babam annemi döverdi, diyor. Birkaç saniye boyunca, inanılmaz uzun bir zaman gibi gelse de, hiçbir şey söylemiyor Connell. Sonra diyor ki: Tanrım. Üzgünüm. Bilmiyordum.

Önemli değil, diyor Marianne.

Seni hiç döver miydi?

Bazen.

Connell tekrar sessizleşiyor. Sonra eğilip alnından öpüyor onu. Seni asla incitmem, tamam mı? diyor. Asla. Bir şey söylemeden başıyla onaylıyor Marianne. Beni çok mutlu ediyorsun, diyor Connell. Eliyle saçlarını okşuyor ve ekliyor: Seni seviyorum. Öylesine söylemiyorum, gerçekten. Gözleri doluyor Marianne'in, yumuyor gözlerini. Daha sonra hatırladığında dahi dayanamadığı kadar etkileyecek bu an onu, şu an yaşıyorken bile farkında bunun. Kimsenin sevgisine değer olduğunu düşünmemişti Marianne. Ama şimdi yeni bir hayatı var, ilk ânı da bu; Marianne üzerinden yıllar geçtikten sonra bile aynı şeyi düşünecek: Evet, o andı işte, hayatımın başladığı an o andı.

İki Gün Sonra

(NİSAN 2011)

Annesi hemşire bulmaya giderken o yatak başında bekliyor. Bu üstündekiyle mi geldin sen? diyor anneannesi.

Hı? diyor Connell.

Bu kazak mı var sadece üstünde?

Ha, diyor. Evet.

Üşüteceksin. Sen de yatacaksın burada.

Sabah anneannesi Aldi otoparkında kayıp kalçası üstüne düşmüş. Buradaki bazı hastalar gibi yaşlı değil, daha elli sekiz yaşında. Marianne'in annesiyle yaşıt olmalı, diye düşünüyor Connell. Kalçası berbat durumda anneannesinin, muhtemelen kırmış; Connell da mecburen hastaneyi ziyaret etmesi için Lorraine'i Sligo kasabasına getirdi. Koğuşun öbür ucundaki yatakta biri öksürüyor.

İyiyim ben, diyor Connell. Dışarısı sıcak.

Hava durumu konusundaki yorumu canını yakmış gibi iç geçiriyor anneannesi. Muhtemelen yakıyor da, çünkü yaptığı her şey anneannesinin canını yakıyor, çünkü yaşadığı için nefret ediyor ondan. Mızmız bir ifadeyle süzüyor torununu.

Annene azıcık olsun çekmemişsin, değil mi? diyor.

Ya, diyor. Çekmedim.

Lorraine ve Connell dış görünüş olarak apayrılar.

Lorraine sarışın; köşeleri olmayan yumuşak bir yüzü var. Okuldaki çocuklar Lorraine'i çekici buluyor ve bunu Connell'a sık sık söylüyorlar. Muhtemelen beğenilecek bir tarafı vardır, neyse ne, kızmıyor bu laflara. Connell'ınsa daha koyu saçları, bir sanatçının elinden çıkmış suçlu tasvirine benzeyen sert bir yüzü var. Diğer yandan anneannesinin demek istediğinin dış görünüşüyle değil, kime çektiğiyle alakalı olduğunu biliyor. İyi, peki, o konuda da diyebileceği bir şey yok.

Connell'ın babasının kim olduğunu Lorraine dışında kimse bilmiyor. İstediği zaman sorabileceğini söylese de Connell'ın pek sorası yok. Arkadaşlarıyla dışarı çıktığı zamanlarda bazen babasının muhabbeti açılıyor; yalnız sarhoşken konuşabilecekleri kadar derin ve anlamlı bir mevzuymuş gibi. Connell'ın canını sıkıyor bu işler. Lorraine'i hamile bırakan adamı hiç düşünmüyor, neden düşünsün ki? Arkadaşları kendi babalarıyla kafayı bozmuş; ya onlar gibi olmaya ya da belli şekillerde onlardan farklı olmaya çalışıyorlar. Babalarıyla kavga ettikleri zaman çatıştıkları konu her zaman yüzeyde bir şey gibi gözükürken altında apayrı bir anlam saklıyor. Lorraine'le kavgalarındaysa konu en fazla ıslak havlusunu kanepesinde bırakması gibi bir şey oluyor, gerçekten de mesele bundan, havludan ibaret oluyor ya da Connell'ın ne denli umursamaz bir mizaca sahip olduğu konusunda ki aslında Connell, her yerde havlu bırakmasına rağmen Lorraine'in kendisini sorumlu bir insan olarak görmesini istiyor, Lorraine de eğer sorumlu bir insan olarak görmesini istiyorsa bunu hareketleriyle göstermesi gerektiğini söylüyor, falan filan.

Şubat sonunda Lorraine'i oy kullanması için sandığa götürürken, yolda annesi kime oy vereceğini sordu. Bağımsız adaylardan birine, dedi Connell dalgın dalgın. Güldü annesi. Dur tahmin edeyim, dedi. Şu Declan

Bree adındaki komüniste vereceksin. Connell tahrik olmadan yolu izlemeye devam etti. Bana sorarsan bu ülkeye biraz daha komünizm lazım, dedi sonra. Gözucuyla Lorraine'in gülümsediğini görebiliyordu. Seni o güzel sosyalist değerlerle büyüten benim, unuttun mu? Lorraine'in değerleri olduğu doğru. Küba'yla, Filistin'in özgürlüğü konusuyla ilgili. Gerçekten de Declan Bree'ye oy verdi Connell; Bree seçimi beşinci sayımda kaybetti. Mecliste koltuklardan ikisi Fine Gael'e, biri de Sinn Féin'e[1] gitmişti. Lorraine sonuçların rezillik olduğunu söyledi. Bir haydut takımı gider, öbürü gelir, dedi. Marianne'e mesaj attı Connell: FG mecliste, iyice boka battık. Cevap geldi: Franco'nun partisi. Bu lafın anlamına açıp bakması gerekti.

Geçen gece Marianne onu iyi yetişmiş biri olarak gördüğünü söylemişti. İyi biri olduğunu, herkesin onu sevdiğini söylemişti. Bu sözü sık sık düşündüğünü fark etti Connell. Düşünmesi güzel sözlerdi bunlar. *İyi birisin, herkes seviyor seni.* Kendini sınamak için bir süre düşünmemeyi deneyecek, sonra dönüp tekrar düşünecek ve iyi hissedip hissetmediğini görecekti; hissetti de. Her nedense, Marianne'in söylediklerini Lorraine'e söyleyebilmeyi istiyordu. Onun yüreğine su serpeceğini düşünüyordu, ama neden? Biricik oğlunun değersiz bir insan olmadığını mı anlayacaktı? Hayatını boşa harcamadığını mı görecekti?

Duydum ki Trinity Üniversitesi'ne gidiyormuşsun, diyor anneannesi.

Evet, yeterli puanı tutturabilirsem.

Nereden geldi Trinity aklına?

1. Fine Gael: İrlandalıların Ailesi; 1933'te kurulan liberal muhafazakâr parti. Sinn Féin: Biz Kendimiz; tüm İrlanda'nın İngiltere'den bağımsızlığını savunan sol parti. (Ç.N.)

Omuz silkiyor Connell. Gülüyor anneannesi, ama böyle küçümseyen türden. Merak etme, yeterince iyi senin için. Ne okuyacaksın bakalım?

Connell cebinden telefonu çıkarıp saate bakmamak için kendini zor tutuyor. Edebiyat, diyor. Trinity'yi ilk tercih olarak yazmasından teyzesi ve dayıları çok etkilendi, bu da onu utandırıyor. Girebilirse okuldan tüm masraflarını karşılayan burs alabilir ama yine de yazın tam zamanlı, dönem sırasında da en azından yarı zamanlı çalışması gerekecek. Lorraine üniversite yıllarında fazla çalışmamasını, kafasını derslerine vermesini istiyor. Connell buna üzülüyor; edebiyat, bitirince işe girebildiğin türden gerçek bir bölüm sayılmaz, şaka gibi bir şey sonuçta; böyle olunca da keşke hukuk seçseydim diyor.

Lorraine koğuşa dönüyor şimdi. Ayakkabıları fayansta alkış sesi gibi yankılanıyor. Annesine izinli olan uzman doktordan, Dr O'Malley'den ve çekilen röntgenden bahsetmeye başlıyor. Tüm bilgileri dikkatle veriyor, önemli olan şeyleri bir defter kâğıdına yazıyor. Sonunda anneannesi Connell'ı öpüyor ve koğuştan ayrılıyorlar. Lorraine beklerken koridorda ellerini dezenfektanla temizliyor. Sonra merdivenlerden iniyor, hastaneden çıkıyor ve parlak, nemli gün ışığına dönüyorlar.

Geçen günkü bağış gecesinden sonra Marianne ailesi hakkında ne cevap vereceğini bilemediği bir şey söyledi. Marianne'i sevdiğini söylemeye başladı. Bir anda ağzından çıkıverdi işte, sıcak bir şeye dokununca elini çekmek gibi. Marianne ağlıyordu işte, düşünmeden konuşmuştu neticede. Doğru muydu söylediği? Bunu bilebilecek kadar bilmiyordu ki. Başta doğru olduğunu düşündü, ne de olsa söyleyen kendisiydi, hem neden yalan söyleyecekti ki? Ama sonra bazen yalan söylediğini hatırladı, planlı ya da bilinçli bir şekilde olmasa da. Doğru ya da yanlış, Marianne'e ilk defa onu sevdiğini söyleme isteğini duymuş değildi ama ilk defa bu isteğe teslim olmuş ve söylemişti. Cevaben bir şey söylemesinin uzun sürmesinin ve karşılık vermeyebilirmiş gibi duraksamasının kendisini nasıl rahatsız ettiğini fark etmişti; karşılık verdiğinde kendisini daha iyi hissetmişti de, ama belki de bir anlamı yoktu bunun. Connell keşke başkalarının özel hayatlarını nasıl yaşadığını bilebilseydim diye düşündü, böylece onların örneğini izleyebilirdi.

Ertesi sabah Lorraine'in anahtarının sesini kapıda duyarak uyandılar. Dışarısı aydınlıktı, ağzı kurumuştu, Marianne doğrulmuş, üstünü giyiyordu. Tek söyleyebildiği şuydu: Özür dilerim, özür dilerim. Sonra uyuyakalmışlardı. Bir önceki gece eve bırakmak istemişti onu. Ayakkabılarını giymişti Marianne, sonra Connell da üstünü giyinmişti. Merdivene vardıklarında Lorraine elinde iki alışveriş poşetiyle koridorda duruyordu. Marianne'in üzerinde önceki gece giydiği kıyafet vardı, askılı siyah bir elbise.

Selam, tatlım, dedi Lorraine.

Marianne'in yüzü bir ampul gibi aydınlıktı. Davetsiz geldiğim için kusura bakmayın, dedi.

Connell ona dokunmadı, onunla konuşmadı. Göğsü ağrıyordu. Kapıdan çıkarken aynı şeyleri sayıklıyordu Marianne: Hoşça kal, üzgünüm, sağ ol, gerçekten üzgünüm. Daha Connell merdivenlerden inemeden kapıyı ardından kapatmıştı bile.

Lorraine gülmemek için kendini zor tutuyor gibi dudaklarını birbirine bastırmıştı. Şu poşettekileri yerleştirmeme yardım et, deyip birini uzattı. Connell onun peşinden mutfağa girdi, içindekine bakmadan poşeti masaya bıraktı. Ensesini ovuşturarak Lorraine'in aldıklarının paketlerini açmasını ve yerleştirmesini izledi.

Komik olan ne? dedi.

Sırf ben geldim diye böyle apar topar kaçmasına gerek yoktu ki, dedi Lorraine. Onu gördüğüme sevindim, biliyorsun çok severim Marianne'i.

Annesinin tekrar kullanılabilir plastik çantayı katlamasını seyretti.

Bilmediğimi mi düşünüyordun? dedi annesi.

Gözlerini birkaç saniyeliğine kapattı Connell, tekrar açtı. Omuz silkti.

Öğleden sonraları buraya birisinin geldiğini biliyordum, dedi Lorraine. Onun evinde çalıştığımı da biliyorsun sonuçta.

Bir şey söyleyemeden başını eğdi Connell.

Ondan bayağı hoşlanıyor olmalısın, dedi Lorraine.

Niçin öyle söylüyorsun?

Bu yüzden Trinity'ye gitmiyor musun?

Yüzünü ellerinin arasına aldı. Lorraine yine gülmeye başladı, Connell duyabiliyordu onu. Senin yüzünden gitmek istemiyorum şimdi, dedi.

Ay, hadi oradan.

Connell masaya bıraktığı alışveriş poşetine baktı ve bir paket spagetti çıkardı. Sıkılgan hareketlerle buzdolabının yanındaki dolaba götürüp, diğer makarnaların yanına yerleştirdi.

Marianne kız arkadaşın mı yani? dedi Lorraine.

Hayır.

O ne demek oluyor? Onunla yatıyorsun ama kız arkadaşın değil mi?

Hayatıma burnunu sokuyorsun ama, dedi Connell. Hoşuma gitmiyor, seni ilgilendirmez.

Poşete döndü ve bir kutu yumurtayı çıkardı, tezgâhta ayçiçek yağının yanına koydu.

Annesi yüzünden mi? dedi Lorraine. Seni uygun görmez diye mi?

Ne?

Görmeyebilir çünkü.

Uygun mu görmez? dedi Connell. Daha neler, ben ne yaptım ki ona?

Bizi biraz kendi sınıfından aşağıda bulabilir.

Mutfağın öbür ucundan annesinin market markalı mısır gevreğini dolaba yerleştirmesini izledi. Marianne'in ailesinin kendilerini Lorraine ve Connell'ın üzerinde görebileceği, onlarla ilişkiye girmeyecek bir mertebede olduklarını düşünebileceği hiç aklına gelmemişti. Bu düşünce karşısında tepesinin attığını fark etti şaşkınlıkla.

Nasıl yani, annesi onlara layık olmadığımızı mı düşünüyor? dedi.

Bilmem. Yakında anlarız belki.

Evlerini temizlemene itirazı yok ama oğlunun kızıyla vakit geçirmesini istemiyor öyle mi? Saçmalığa bak. Olaya gel, tam on dokuzuncu yüzyıldan kalma yani, gülerim ben buna.

Pek gülüyora benzemiyorsun ama, dedi Lorraine.

Gerçekten gülüyorum. Acayip matrak bir durum.

Lorraine dolabı kapattı, oğluna tuhaf bir bakış attı.

O halde bu gizli saklılığın manası ne? dedi Lorraine. Denise Sheridan yüzünden değilse. Marianne'in sevgilisi var da duymasını mı istemiyorsunuz?

Bu sorular fazla oluyor ama.

Demek sevgilisi var gerçekten.

Yok, dedi Connell. Ama bir soru daha cevaplamıyorum artık.

Kaşları kıpırdadı Lorraine'in, ama bir şey söylemedi. Connell masadaki boş poşeti buruşturdu, sonra avucunda poşetle öylece durdu.

Kimseye söylemeyeceksin, değil mi? dedi annesine.

Şüphelenmeye başlıyorum ama artık. Niçin kimseye söylemeyecekmişim?

Alabildiğine acımasız, cevap verdi: Çünkü sana faydası olmaz, benim başımı ağrıttığıyla kalır. Bir an düşündü, sonra kurnazca ekledi: Marianne'in de.

Eyvah, dedi Lorraine. Hiç bilmek istemiyorum galiba.

Beklemeye devam etti Connell, Lorraine'in kimseye söylemeyeceğine yeterince açık bir şekilde söz vermediğini hissetmişti; sonunda annesi bıkkınlıkla kaldırdı ellerini: Senin cinsel hayatından daha önemli dedikodularım var benim, tamam mı? Hiç merak etme.

Bunu duyunca yukarı çıktı Connell, gidip yatağına oturdu. O şekilde ne kadar oturduğunun farkında değildi. Marianne'in ailesini, ona layık olmadığı fikrini düşündü; bir önceki gece Marianne'in ona söylediklerini düşündü. Okuldaki erkeklerden, kızların bazen dikkat çekmek için hikâyeler uydurdukları, başlarına kötü şeyler geldiği gibi şeyler söylediklerini duymuştu. Marianne'in anlattığı da sahiden dikkat çekiciydi; babasının küçükken onu dövmesi hikâyesi. Hem babası öldüğüne göre, kendisini savunabilecek durumda değildi. Connell ona üzülsün diye yalan söylemiş olması mümkündü; diğer yandan yalan söylemediğinden adı gibi emindi Connell. Aksine, Marianne'in bunun ne kadar kötü olduğunu anlatmak konusunda kendini tuttuğunu düşünüyordu. Onun hakkında bunu bilmek, ona bu şekilde bağlı olmak midesini fena yapıyordu.

Dün olmuştu bunlar. Bu sabah her sabahki gibi okula erkenden gelmişti; kitaplarını dolaba yerleştirirken Rob ve Eric numaradan tezahürata başladılar. Çantasını yere bıraktı, duymuyor gibi yaptı. Eric koluna omzunu attı ve: Ee, anlat bakalım, dedi. Geçen gece hatuna bindin mi? Connell dolap anahtarını cebinde hissetti ve Eric'in kolunu omuzlarından silkti. Komiksin, dedi.

Ayrılırken samimi görüntüler sergilemişsiniz, dedi Rob.

Bir şey oldu mu aranızda? dedi Eric. Ölümü gör.

Hayır, herhalde olmadı, dedi Connell.

Nesi herhaldeymiş? dedi Rachel. Herkes farkında senden hoşlandığının.

Rachel pencere pervazına oturmuş, simsiyah mat çoraplı uzun bacaklarını ileri geri sallıyordu. Connell göz göze gelmedi onunla. Lisa dolapların yanında yere oturmuş, ödevini bitirmekle meşguldü. Karen daha gelmemişti. Keşke Karen gelmiş olsa, diye içinden geçirdi Connell.

Yok yok, kesin bindi hatuna, dedi Rob. Binse bile söylemez ki bu.

Yapmış olsan da lafım olmaz, dedi Eric; azıcık uğraşınca çirkin bir kız olmuyor.

Evet, bir de ruh hastası olmasa, dedi Rachel.

Connell dolabında bir şey arıyormuş gibi yapıyordu. Ellerinde ve yakasında ince, beyaz bir ter tabakası birikmeye başlamıştı.

Hepiniz adilik ediyorsunuz, dedi Lisa. Size ne zararı oldu Marianne'in?

Mesele Waldron'a ne zarar verdiği, dedi Eric. Nasıl dolaba saklanıyor, haline bak. Çıkar ağzından baklayı oğlum. Pompa oldu mu?

Hayır, dedi Connell.

Ben üzülüyorum kızın haline, dedi Lisa.

Ben de, dedi Eric. Bence kızın gönlünü almalısın, Connell. Marianne'i mezuniyet yemeğine davet et bence.

Hep bir ağızdan kahkahayı bastılar. Connell dolabını kapattı, sağ elinde gevşekçe tuttuğu okul çantasıyla odadan çıktı. Arkasından seslendiklerini duydu ama dönüp bakmadı. Tuvalete girdiğinde kendini bir kabine kilitledi. Sarı duvarlar üzerine geliyordu, suratı ter içinde sırılsıklamdı. Yatakta Marianne'e söyledikleri aklına geliyordu: Seni seviyorum. Korkunç bir histi, kamera kayıtlarında korkunç bir suç işlenişini seyretmeye benziyordu. Birazdan okulda olacaktı Marianne, kitaplarını çantasına koyacak, kendi kendine, dünyadan habersiz gülümseyecekti. *İyi birisin, herkes seviyor seni.* Derin, huzursuz bir nefes aldı ve sonra midesindekileri çıkardı.

Hastaneden çıkarken N16 yoluna dönmek için sola sinyal veriyor. Gözlerinin arkasında ağrı bastırıyor. İki kıyısında koyu ağaçların sıralı olduğu bulvarda ilerliyorlar.

İyi misin? diyor Lorraine.

Evet.

Bir şey var sende.

Bir nefes alıyor, emniyet kemeri göğsüne batıyor biraz; sonra nefes veriyor.

Mezuniyet dansına Rachel'ı davet ettim, diyor.

Ne?

Mezuniyet balosuna Rachel Moran'ı çağırdım.

Tam bir benzin istasyonunu geçeceklerken Lorraine cama tıklatıp: Kenara çek, diyor. Connell şaşkınlıkla annesine bakıyor. Ne oldu? diyor. Bir daha, bu kez daha sesli tıklatıyor, tırnakları camda ses çıkarıyor. Şuraya çek, diyor tekrar. Connell hemen dörtlüleri yakıyor, aynasına bakıyor ve kenara çekip arabayı durduruyor. Benzincide biri hortumla bir minibüs yıkıyor ve sular karanlık nehre akıyor.

Dükkândan bir şey mi alacaksın? diyor Connell.

Marianne mezuniyet dansına kiminle gidiyor?

Connell dalgın dalgın kavrıyor direksiyonu. Bilmiyorum, diyor. Laflayalım diye buraya park etmemi istemedin, değil mi?

Belki kimse davet etmez onu, diyor Lorraine. O yüzden gitmeyecek dansa.

Evet, olabilir. Ne bileyim.

Bugün öğle teneffüsünden dönüşte diğerlerinin ardında kalmıştı. Rachel'ın onu göreceğini ve kendisiyle bekleyeceğini biliyordu, emindi o kadarından. Yanına geldiği zaman da gözlerini yumacak, tüm dünyayı beyaz-gri bir renge boyayacak kadar kısmış ve sormuştu: Ne diyeceğim, mezuniyet dansına biriyle gidiyor musun? Hayır demişti Rachel. Onunla gitmek isteyip istemeyeceğini sormuştu Connell. Peki madem, demişti Rachel. Ne yalan söyleyeyim, biraz daha romantik bir şey bekliyordum ama. Cevap vermemişti buna Connell, çünkü yüksek bir uçurumdan aşağı atlamış ve ölmüş gibi hissediyordu, mutluydu da öldüğüne, artık yaşamak istemiyordu.

Marianne bir başkasını götüreceğini biliyor mu peki? diyor Lorraine.

Henüz bilmiyor. Söyleyeceğim.

Lorraine ağzını eliyle kapadığı için suratındaki ifadeyi çözemiyor Connell: Şaşırmış olabilir, endişelenmiş olabilir, kusacak da olabilir.

Aslında onu davet etmen gerekmez miydi? diyor annesi. Sonuçta her gün okuldan sonra sikiyorsun kızı.

Çirkin laflar ediyorsun.

Lorraine nefes alınca burnunun kanatları bembeyaz kesiyor. Nasıl ifade etmemi isterdin? diyor. Seks için kızı kullandığını söylesem daha doğru olur mu?

Sakin olur musun biraz? Kimse kimseyi kullanmıyor.

Nasıl susturdun acaba kızı? Başkalarıyla konuşursa başına kötü bir şey geleceğini mi söyledin?

Aman Yarabbim, diyor Connell. Tabii ki hayır. Anlaşmıştık aramızda, tamam mı? Olayı büyütüyorsun iyice.

Lorraine başını sallayarak dışarıya bakıyor. Connell endişeyle bir şey söylemesini bekliyor.

Okuldakiler onu sevmiyor, değil mi? diyor Lorraine. Duysalar hakkında söyleyeceklerinden korktun sen de.

Cevap vermiyor Connell.

Peki, ben söyleyeceğimi söyleyeyim, diyor Lorraine. Rezilsin. Utanıyorum senden.

Koluyla alnını siliyor Connell. Lorraine, diyor.

Kapıyı açıyor annesi.

Nereye gidiyorsun? diyor Connell.

Otobüsle dönerim eve.

Ne saçmalıyorsun? Biraz normal davran, olur mu?

Arabadan inmezsem, pişman olacağım laflar edeceğim.

Ne diyorsun ya? diyor Connell. Kiminle gittiğim ya da gitmediğimden sana ne? Seni ilgilendirmez.

Lorraine kapıyı ardına kadar açıp iniyor arabadan. Saçmalıyorsun iyice, diyor Connell. Lorraine cevaben suratına kapıyı var gücüyle çarpıyor. Direksiyonu sıkan avuçları acıyor ama ses çıkarmıyor Connell. Benim bu araba, benim! diyebiliyor ancak. Sana kapıyı çarpabilirsin dedim mi? Lorraine çoktan uzaklaşmaya başlamış; çantası hızlı adımlarla yürürken kalçasına çarpıyor. Köşeyi dönene kadar izliyor onu. İki buçuk yıl boyunca okuldan sonra benzincide çalışarak almıştı bu arabayı ve bir tek annesini ehliyeti yok diye onu oradan oraya götürmek için kullanıyor. Şimdi peşinden gidebilir, camı indirip binmesi için bağırabilir ona. Yapası da var, Lorraine muhtemelen onu duymazdan gelecek olsa da. Bunun yerine yerinde oturuyor, kafasını koltuk başlığına dayıyor ve aptalca nefes alıp verişini dinliyor. Pompaların arasında bir karga, gagasıyla yere atılmış bir cips paketini eşeliyor. Bir aile ellerinde dondurmalarla çıkıyor dükkândan. Petrol kokusu arabanın içini basıyor, bir baş ağrısı gibi ağır. Arabayı çalıştırıyor Connell.

Dört Ay Sonra

(AĞUSTOS 2011)

Marianne bahçede, güneş gözlüklerini takmış. Havalar birkaç gündür iyi, kolları çillenmeye başladı bile. Arka kapının açıldığını duyuyor ama kıpırdamıyor yerinden. Verandadan Alan'ın seslendiğini duyuyor: Senden sonra Annie Kearney varmış, beş yüz yetmiş almış! Marianne cevap vermiyor. Şezlongdan çimlere uzanıp elleriyle güneş losyonunu arıyor; sürmek için doğrulduğunda Alan'ın telefonda olduğunu fark ediyor.

Sizin sınıftan biri altı yüz almış ha! diye sesleniyor Alan.

Sol eline biraz losyon sıkıyor Marianne.

Marianne! diyor Alan. Sizinkilerden biri altı A1 almış!

Başını aşağı yukarı sallıyor Marianne. Yavaş yavaş dağıttığı krem sağ kolunda parlıyor. Alan altı yüz alanın kim olduğunu bulmaya çalışıyor. Marianne kim olduğunu hemen anlasa da renk vermiyor. Sol koluna losyon sürüyor, sonra da bir şey söylemeden, şezlonga tekrar uzanıyor, yüzünü güneşe dönerek gözlerini kapatıyor. Gözkapaklarının ardında yeşil ve kırmızı ışık dalgaları oynaşıyor.

İki bardak sütlü şekerli kahve içmek dışında kahvaltıda ve öğle yemeğinde bir şey yemedi bugün. Bu yaz pek iştahı yok. Sabahları kalktığında yanındaki yastıkta dizüstü bilgisayarını açıyor, haberleri okuyabilmek için gözlerinin diktörtgen ekran ışığına alışmasını bekliyor. Suriye hakkında uzun yazılar okuyor, sonra yazıları yazan gazetecilerin siyasi görüşlerini araştırıyor. Avrupa'daki borç krizi hakkında uzun yazılar okuyor, sonra küçük yazıları okumak için grafiklere yakınlaşıyor. Sonra ya dönüp biraz daha uyuyor ya da duşa giriyor veya uzanıp boşalana kadar kendiyle oynuyor. Günün geri kalanı ufak değişiklikler dışında benzer bir sıralamayı izliyor: Belki açıyor perdesini, belki açmıyor; belki kahvaltı yiyor, belki yalnız kahve içiyor; iki türlü de ailesini görmek istemediği için kahvaltısını alıp yukarı çıkıyor. Bu sabahki durum farklı elbette.

Duydun mu, Marianne, diyor Alan. Waldron'mış! Connell Waldron altı yüz almış!

Kıpırdamıyor Marianne. Alan telefondaki kişiye dönüyor: Yok, Marianne beş yüz doksan aldı sadece. Biri daha iyi puan aldı diye kesin hırsından çatlıyordur. Çatlıyor musun, Marianne? Alan'ı duyuyor ama bir şey söylemiyor Marianne. Gözlüğünün camlarının ardında gözkapaklarının içi yağlı gibi geliyor. Bir böcek kulağının dibinde vızıldayarak uzaklaşıyor.

Waldron yanında mı şimdi? diyor Alan. Versene konuşayım.

Niye arkadaşınmış gibi "Waldron" diyorsun ona? diyor Marianne. Doğru düzgün tanımıyorsun bile.

Alan bir elinde telefon, suratında pis bir gülümsemeyle dönüyor. Muhabbetimiz var, diyor. Geçen gün Eric'lerde gördüm onu.

Konuştuğuna pişman oluyor Marianne. Alan verandada bir aşağı bir yukarı yürüyor; çimlere indiğinde Marianne adımlarının hışırtısını duyuyor. Hattın öbür ucunda biri konuşmaya başlayınca Alan'ın yüzüne aydınlık, zoraki bir gülümseme yerleşiyor. Ne var ne yok? diyor. Helal olsun be, tebrikler. Connell'ın sesi alçak olduğundan, Marianne duyamıyor. Alan'ın suratında hâlâ aynı yapmacık gülümseme var. Başkalarının yanında hep böyle yalaka, yağcı bir tipe dönüşür.

Evet, diyor Alan. Onunki de iyi, evet. Seninki kadar değil ama! Beş yüz doksan almış. Vereyim mi, konuşur musun?

Marianne başını kaldırıyor. Aklınca şaka yapıyor Alan; Connell'ın hayır diyeceğini sanıyor. Arkadaşı olmayan, ezik bir tip olarak gördüğü kardeşiyle Connell'ın telefonda konuşmak isteyebileceğini düşünmüyor; özellikle de bu önemli gününde. Ama evet diyor Connell. Alan'ın yüzündeki gülümseme bir an dalgalanıyor. Tabii ki, diyor, ne zahmeti. Telefonu alması için Marianne'e uzatıyor. Marianne başını sallıyor. Alan fal taşı gibi açıyor gözlerini. Elini bir daha, sertçe uzatıyor. Alsana, diyor. Seninle konuşmak istiyormuş. Tekrar başını sallıyor Marianne. Alan telefonla sertçe göğsünden dürtüyor bu sefer. Seni istiyor, Marianne, diyor.

Konuşmak istemiyorum, diyor Marianne.

Alan'ın yüzünde vahşi bir öfke ifadesi beliriyor; gözlerinin akı büsbütün ortaya çıkıyor. Telefonla göğüskafesine vuruyor bu kez, Marianne'in canını acıtıyor. Bir selam ver, diyor. Marianne, Connell'ın sesinin ahizeden gelen cızırtılı sesini duyabiliyor. Güneş doğrudan yüzüne vuruyor şu an. Telefonu Alan'dan alıyor ve parmağının bir hareketiyle kapıyor telefonu. Birkaç saniye bahçede çıt çıkmıyor. Sonra kısık bir sesle konuşuyor Alan: Ne bok yemeye kapattın şimdi?

Konuşmak istemedim onunla, diyor Marianne. Söyledim sana.

O seninle konuşmak istiyordu.

Evet, farkındaydım.

Bugün hava aşırı derecede aydınlık; Alan'ın çimlere

vuran gölgesi canlı ve keskin duruyor. Telefon hâlâ Marianne'de, tam kavramadan avucunda tutuyor, ağabeyinin almasını bekliyor.

Connell nisanda Rachel Moran'ı mezuniyet dansına çağırdığını söyledi. Marianne yatağın kenarına oturup soğuk ve alaycı bir tavır takınınca, durumdan huzursuz olmuştu Connell. Ortada "romantik" bir durum olmadığını, Rachel'la sadece arkadaş olduklarını söylemişti.

Bizim sadece arkadaş olduğumuz gibi yani, dedi Marianne.

Yok, öyle değil, dedi Connell. Daha farklı.

Peki yatıyor musun onunla?

Hayır. Vaktim mi var sanki?

İstiyor musun ki? dedi Marianne.

Öyle bir niyetim yok şimdilik. O kadar doyumsuz değilim, sen varsın ya.

Marianne uzun uzun tırnaklarına baktı.

Şakaydı, dedi Connell.

Şaka olan kısmını pek anlamadım.

Bana kızgın olduğunu biliyorum.

Umurumda değil, dedi Marianne. Ama onunla yatmak istiyorsan bana söylemen gerekiyor bence.

Evet, öyle bir şey istersem söylerim de. Sorun buymuş gibi davranıyorsun ama bana pek öyle gelmiyor.

Marianne bir anda terslendi: Neymiş o zaman? Connell yüzüne boş boş baktı. Marianne yüzü kıpkırmızı, tekrar tırnaklarına bakmaya başladı. Sonra bir kahkaha attı, ne de olsa ruhsuz biri değildi, üstelik durum gerçekten de komikti; nasıl da küçük düşürmüştü kendisini Connell, nasıl özür dileyemiyor, suçunu itiraf dahi edemiyordu. Doğruca eve gidip yattı, deliksiz on üç saat uyudu.

Ertesi gün okula gitmeyi bıraktı. Hangi açıdan bakarsa baksın, dönmesi mümkün değildi. Başka kimse onu dansa davet etmeyecekti, orası kesindi. Bağış gecelerini tertiplemiş, mekânı ayarlamıştı ama kendisi katılamayacaktı. Herkes bilecekti durumu, bazıları memnun da olacaktı, halinden en çok anlayanlar bile onun yerine utanıp sıkılmakla kalacaklardı. Bunun yerine perdeleri çekip tüm günü odasında geçirmeye, olmadık saatlerde ders çalışıp uyumaya başladı. Annesi deliriyordu öfkeden. Kapılar çarpılmıştı. İki sefer Marianne'in yemeği çöpe dökülmüştü. Yine de sonuçta yetişkin bir kadındı artık, hayatta hiçbir güç bir daha onu okul forması giymeye, başkalarının dik dik bakışlarına ya da arkasından fısıldaşmalarına maruz kalmaya zorlayamazdı.

Okulu bıraktıktan bir hafta sonra mutfağa girdiğinde Lorraine'i yere çömelmiş, fırını temizlerken buldu. Lorraine hafiften doğruldu, bileğinin lastik eldivenin gerisindeki çıplak kısmıyla alnını sildi. Marianne yutkundu.

Selam, tatlım, dedi Lorraine. Birkaç gündür okulda yokmuşsun diye duydum. Her şey yolunda mı?

Evet, iyiyim, dedi Marianne. Okula dönmeyeceğim aslında. Evde kalınca daha çok çalıştığımı fark ettim.

Lorraine başını salladı: Keyfin bilir, dedi. Sonra fırının içini ovmaya koyuldu. Marianne portakal suyunu almak için buzdolabını açtı.

Oğlum telefonlarını açmadığını söylüyor, diye ekledi Lorraine.

Marianne duraksadı; mutfaktaki sessizlik kulaklarına çarpıyordu, fışkıran suyun her şeyi bastıran gürültüsü gibi. Evet, dedi. Açmıyorum galiba.

Aferin sana, dedi Lorraine. Seni hak etmiyor.

Marianne'in hissettiği rahatlama duygusu öyle ani ve şiddetliydi ki başta paniklediğini sandı. Portakal suyunu tezgâha bırakıp buzdolabını kapadı.

Lorraine, dedi, artık bu eve gelmemesini söyler misin ona? Seni almaya falan gelecekse mesela, eve girmese olur mu?

Bana soracak olsan bir daha bu eve adım atamaz. Sen hiç merak etme. Kendi evimden bile atasım var zaten.

Marianne hafif utanarak gülümsedi. Kötü bir şey yaptığından değil, dedi. Okuldaki diğer insanlara göre aslında çok da nazik davrandı.

Bunu duyan Lorraine ayağa kalktı ve eldivenlerini çıkardı. Hiçbir şey söylemeden kollarını Marianne'e doladı ve sıkıca sarıldı. Tuhaf, sıkılgan bir sesle konuştu Marianne: Bir şeyim yok. İyiyim ben. Beni merak etmeyin.

Connell hakkında söyledikleri doğruydu. O kadar kötü bir şey yapmamıştı. Onu, sosyal çevresinin kabul edebileceği bir insan olduğu konusunda aldatmamıştı; kendini kandıran Marianne'di. Gelgelelim kişisel bir deney için faydalanmıştı ondan ve Marianne'in faydalanmaya bu kadar istekli olmasına da şaşırmıştı. Ona acımıştı sonunda, ama sonra tiksinmişti de. Şimdi bir anlamda kendisi Connell'a üzülüyor; Marianne'le kendi rızasıyla yattığı ve bundan keyif aldığı gerçeğiyle hayat boyu yaşamak zorunda kalan oydu. Bu durum kendisinden çok sözümona sıradan ve sağlıklı bir insan olan Connell hakkında bir şey söylüyordu. Sınavlar dışında bir daha okula dönmedi Marianne. İnsanlar çoktan akıl hastanesine yattığını konuşmaya başlamışlardı. Hiçbirinin önemi kalmamıştı zaten.

Senden daha iyi bir puan aldığına kızdın mı? diyor ağabeyi.

Marianne gülüyor. Neden gülmesin ki? Carricklea'deki hayatı sona erdi artık; yeni bir hayata ya başlayacak ya da başlamayacak. Yakında eşyasını bavullara dolduracak: yün kazaklarını, eteklerini, iki ipek elbisesini. Çiçek desenli çay fincanı setini. Bir saç kurutma makinesi, bir tava, dört beyaz pamuklu havlu. Bir kahve demliği. Yeni bir varoluşun nesneleri.

Hayır, diyor Marianne.

Niçin hiç konuşmadın, o zaman?

Kendisine sor. Madem o kadar iyi arkadaşsınız, kendin sor. O biliyor neden.

Alan sol yumruğunu sıkıyor. Fark etmez, hepsi geçti. Marianne son zamanlarda Carricklea'de dolaşırken güneşli havalarda ne güzel bir yer olduğunu düşünüyor, kütüphanenin üzerinde tebeşir tozu gibi gezinen bulutları ve ağaçlarla sıralı caddeleri. Trafik ışığına geldiğinde yavaşlayan arabaların açık camlarından yayılan müziği. Marianne buraya ait olmak, sokakta yürürken insanları selamlamak ve gülümsemek nasıl olurdu merak ediyor. Hayatın burada, bu yerde yaşandığını, çok uzaklarda bir yerde sürmediğini hissetmek.

O ne demek? diyor Alan.

Connell Waldron'a niçin artık konuşmadığımızı sor diyorum. İstersen şimdi ara sor, ne söyleyeceğini ben de merak ediyorum.

Alan işaretparmağını ortasından ısırıyor. Kolu titriyor. Birkaç haftaya kalmadan Marianne başka insanlarla yaşıyor olacak, başka bir hayatı olacak. Ama kendisi başka biri olmayacak. Kendisi aynı, vücuduna hapsolmuş aynı insan olacak. Onu bu durumdan kurtarabilecek ya da gidebileceği bir yer yok. Başka bir yer, başka insanlar, ne fark eder ki? Alan parmağını bırakıyor ağzından.

Çok da ipliyordu seni, diyor. Adını bilmesine bile şaşırdım.

Yok, çok yakındık aslında. İstersen o kısmı da sorabilirsin. Duydukların seni biraz rahatsız edebilir yalnız.

Alan bir şey söyleyemeden içeriden birinin seslenmesi ve kapının kapanması duyuluyor. Anneleri geldi. Alan bakışlarını Marianne'e doğrultuyor ve yüzündeki ifade değişiyor; Marianne de yüzünün istemsiz kıpırdadığını hissediyor. Alan ona gözucuyla bakıyor. İnsanlar hakkında yalan konuşma, diyor. Bir şey söylemeden başıyla onaylıyor Marianne. Anneme sakın bir şey söyleme, diyor Alan. Marianne başını sallıyor. Evet, o da aynı fikirde. Ama söylese fark etmez aslında, çok da bir şey değişmez. Denise çok uzun zaman önce erkeklerin kendilerini ifade edebilmeleri için Marianne'e öfkelenmelerinde bir sakınca olmadığına karar vermişti zaten. Çocukken Marianne karşı koyardı bu duruma; şimdilerde sadece kopuyor çevresinden, bu olaylar onu ilgilendirmiyormuş gibi davranıyor, ki bir anlamda ilgilendirmiyor da. Denise bunun kızının soğuk ve sevimsiz kişiliğinin belirtisi olduğunu düşünüyor. Marianne'de "sıcaklık" olmadığını düşünüyor; kastettiği, kendisinden nefret eden insanlardan sevgi dilenmeyişi. Alan içeri giriyor şimdi. Marianne verandada sürgülü kapının kapandığını duyuyor.

Üç Ay Sonra

(KASIM 2011)

Connell partideki kimseyi tanımıyor. Kapıyı açan ve aldırmaz bir hareketle kendisini içeri buyur eden kişi, onu davet eden kişi değil. Onu davet eden kişi, beraber eleştirel kuram dersine girdikleri Gareth da henüz ortalarda yok. Connell tek başına partiye gitmenin kendisine kötü geleceğini biliyordu ama Lorraine telefonda iyi geleceğini söylemişti. Tanımıyorum kimseyi, demişti Connell. Tane tane anlatmıştı annesi: Çıkıp insanlarla tanışmazsan kimseyi tanımazsın zaten. Şimdi kalabalık bir odanın ortasında tek başına, ceketini çıkarsa mı çıkarmasa mı bilemeden duruyor. Bu şekilde yalnız durmak resmen ayıp geliyor ona. Herkesin varlığından rahatsızlık duyduğunu, gözünü dikmemeye çalıştığını hissediyor.

Tam kalkayım diye düşündüğü sırada Gareth içeri giriyor. Gareth'ı gördüğünde yaşadığı rahatlamayla, kendine nefreti bir kez daha içinde dalga dalga yükseliyor, neticede Gareth'ı iyi tanıdığı da, özellikle sevdiği de söylenemez. Gareth'ın uzattığı eli ümitsizce, anlamsızca sıkarken buluyor kendini. Yetişkinlik hayatında dibe vurduğu anlardan biri bu. İnsanlar tokalaşmalarını izliyor, Connell bundan emin. Seni görmek güzel, dostum, diyor Gareth. Seni görmek güzel. Çantanı beğendim, tam doksanlar valla. Connell'ın sırtındaki dümdüz lacivert sırt çantasını, partideki onlarca sırt çantasından ayıran hiçbir özellik yok.

Ha, diyor. Peki, sağ ol.

Gareth üniversite kulüplerine katılan popüler insanlardan. Dublin'deki özel okulların birinden mezun; kampüste herkes sürekli şöyle selamlıyor onu: Selam Gareth! Gareth, n'aber? Meydanın öbür ucundan selam gönderiyorlar bazen, sırf Gareth onlara el sallasın diye. Connell gözleriyle gördü bir keresinde. Eskiden beni de severlerdi, diyesi geliyor esprisine. Okulun futbol takımındaydım. Ama burada bu espriye kimse gülmez.

Bir şey içer misin? diyor Gareth.

Connell'ın çantasında altı kutu cider var ama karşısındaki bir şey söyleme gereği duyabilir diye çantasına dikkat çeken bir şey yapmaya çekiniyor. Eyvallah, diyor. Gareth köşedeki masaya gidiyor ve bir şişe Corona'yla dönüyor. Uyar mı? diyor. Gareth'ın alay ederek mi, yoksa cidden onu memnun etmek istediği için mi sorduğunu ilk başta anlamıyor Connell. Karar veremediğinden: İyi, idare eder, diyor, sağ ol. Üniversitedeki insanların hepsi böyle; önce sevimsiz ve kendini beğenmiş davranır, sonra ne kadar görgülü olduklarını göstermek için kendilerini yerin dibine sokarlar. Birasından bir yudum alırken Gareth onu izliyor. Sesinde hiçbir alay olmadan gülümsüyor ve diyor ki: Afiyet olsun.

Dublin'de hayat böyle. Connell'ın sınıftaki tüm arkadaşlarının konuşma biçimi aynı, hepsi kollarının altında aynı büyüklükte MacBook'larla geziyorlar. Seminerlerde fikirlerini şiddetle savunuyor ve ders ortasında tartışmalara giriyorlar. Basit fikirlere varamayan ve onları etkili bir şekilde ifade edemeyen Connell, başta diğer öğrencilerin yanında aşağılık duygusuna kapılıp ezilmişti; sanki yanlışlıkla kendisini katbekat aşan bir entelektüel seviyede bulduğunu, bu yüzden en basit konuları anlamakta bile yoğun çaba harcadığını düşünmüştü. Sonraları dersteki tartışmaların niçin bu kadar soyut olduğunu ve metinden örnekler içermediğini merak etmeye başlamış, insanların çoğunun verilen okumaları yapmadığını fark etmişti. Bu insanlar her gün üniversiteye geliyor, okumadıkları kitaplar hakkında hararetli tartışmalara giriyorlardı. Sınıf arkadaşlarının kendisi gibi olmadığını anlıyor şimdi. Fikir sahibi olmak, bu fikirleri güvenle ifade etmek onlar için kolay. Bilgisiz ya da küstah görünmekten korkmuyorlar. Aptal değilseler de kendisinden çok da akıllı sayılmazlar. Hayatlarını başka türlü yaşıyor bu insanlar, Connell onları muhtemelen asla anlamayacağını düşünüyor; onların da kendisini anlamayacaklarını, anlamaya çalışmayacaklarını biliyor.

Zaten hafta içi birkaç derse girdiğinden, geri kalan zamanı okuyarak dolduruyor. Akşamları geç saate kadar kütüphaneye kapanıp ders okumalarını, romanları, edebiyat eleştirisi kitaplarını okuyor. Yemeğe çıkacak arkadaşı olmadığından öğle saatinde de kitap okuyor. Hafta sonları takımının maçı varsa ilgili haberlere göz gezdiriyor, sonra maç öncesi yayınını izlemek yerine okumasına dönüyor. Bir akşam, tam *Emma*'da Mr. Knightley'nin Harriet'la evlenecek gibi olduğu yere geldiği sırada kütüphanenin kapanma saati gelmiş, kitabı kapatıp eve içinde garip bir sıkıntıyla dönmüştü. Romanlardaki olaylara bu şekilde kendisini kaptırmasını matrak buluyor. Romanlardaki insanların evlenmelerini bu kadar dert etmek ciddi bir entelektüel iş değilmiş gibi geliyor ona. Ama yalan değil, edebiyat duygulandırıyor onu. Profesörlerden biri "büyük sanat eserleriyle ilişkiye girmenin verdiği keyif," diyor buna. Böyle söyleyince neredeyse cinsel bir şey gibi geliyor. Mr. Knightley, Emma'nın elini öptüğünde Connell'da uyanan hissin bir anlamda aseksüel olduğu da söylenemez, cinsellikle alakası dolaylı olsa da. Bu Connell'a, gerçek insanları anlamak, onlarla yakın olmak için de okurken kullandığı hayal gücünden faydalanması gerektiğini işaret ediyor.

Dublin'li değildin, değil mi? diyor Gareth.

Yok. Sligo'luyum.

Hadi ya? Kız arkadaşım da Sligo'lu.

Gareth'in ne söylemesini beklediğini bilemiyor Connell.

Aa, diyor alçak bir sesle. Kaderin cilvesi.

Dublin'de insanlar İrlanda'nın batısından böyle garip tavırlara girerek, çok iyi bildikleri bir yabancı ülkeymiş gibi bahsediyorlar. Geçen gece Workmans'dayken Connell bir kıza Sligo'lu olduğunu söyleyince kız yüzünü ekşiterek demişti ki: Evet, tipinden belli. Böyle burnu büyük insanlara kapılıyormuş gibi hissediyor Connell. Bazen gece dışarı çıktıklarında, dar elbiselerini giymiş ve rujlarını özenle sürmüş gülümseyen kadınların arasındalarken ev arkadaşı Niall birini göstererek der ki: Kesin bu kızı beğenmişsindir sen. Her seferinde de tahta göğüslü, çirkin ayakkabılı, kibirli kibirli sigara içen kızın biri çıkardı. Connell da evet, kızı beğendiğini itiraf etmek durumunda kalır, hatta onunla konuşmaya çalışır, sonunda daha da kötü hissederek kös kös eve dönerdi.

Bakışlarını odaya çeviriyor Connell: Burada yaşıyorsun, öyle mi? diyor.

Evet, diyor Gareth. Bir yurt odasına göre fena değil, değil mi?

Yok, evet. Bayağı güzelmiş aslında.

Sen nerede yaşıyorsun?

Connell anlatıyor. Üniversitenin yakınında, hemen Brunswick Meydanı'nın orada bir dairede oturuyor. Niall'la kutu gibi bir odada kalıyorlar; duvara yapıştırdıkları tekli yatakları karşı karşıya duruyor. Aynı mutfağı paylaştıkları Portekizli iki öğrenci eve hiç gelmiyor. Evde bir rutubet sorunu var, geceleri içerisi Connell'ın karanlıkta nefesini görebileceği kadar soğuk oluyor ama Niall düzgün bir çocuk en azından. Belfast'lı; Trinity'deki insanların tuhaf tipler olduğunu düşünüyor, ki bu da rahatlatıcı bir şey. Niall'ın arkadaşlarıyla samimi sayılır, kendi sınıfındakilerin çoğuyla da tanışıklığı var ama oturup sohbet edebileceği kimse yok.

Carricklea'deyken Connell'ın utangaçlığı sosyal hayatını pek etkilemezdi; herkes kim olduğunu bildiği için kendisini tanıtması ya da kim olduğuna dair bir izlenim yaratması gerekmezdi. Kişiliği kendisinin dışında, bizzat yaptığı ya da ürettiği bir şeyden çok başkalarının fikirleriyle idare edilen bir şey gibi gelirdi Connell'a. Şimdilerdeyse görünmezlik, hiçlik duyuyor; kimseyi yanına çekmeye yetecek bir adı sanı yokmuş gibi geliyor. Dış görünüşü değişmediyse de kesinlikle çirkinleştiğini hissediyor. Giyim kuşamından rahatsız. Sınıftaki erkeklerin hepsi aynı yağlı deri ceket ve vişneçürüğü kanvas pantolondan giyiyor; isteyenin istediği gibi giyinmesine bir itirazı olmasa da, onlar gibi giyinse dangalak gibi duracağını düşünüyor Connell. Bir yandan kendi giysilerinin ucuz ve rüküş olduğunu da itiraf etmesi gerekiyor. Nuh Nebi'den kalma Adidas'ları dışında ayakkabısı yok; spor salonuna giderken bile onları ayağından çıkarmıyor.

Hafta sonlarında Carricklea'ye dönüyor, çünkü cumartesi öğleden sonraları ve pazar sabahları benzincide çalışıyor. Okuldan tanıdığı insanlar, üniversiteye gitmek ya da iş bulmak için çoktan ayrıldılar kasabadan. Karen ablasıyla Castlebar'da oturuyor şimdi; son sınavlardan beri onu görmedi Connell. Rob ve Eric, Galway'de işletme okuyor, kasabaya pek uğradıkları yok. Bazı hafta sonları Connell okuldan kimseye rastlamıyor. Akşamları evde oturup annesiyle televizyon izliyor. Tek başına yaşamak nasıl? diye sordu ona geçtiğimiz hafta. Gülümsedi annesi. Of, mükemmel, dedi. Kanepede havlusunu bırakan yok. Lavaboda pis bulaşık yok, müthiş. Keyifsiz, başını salladı Connell. Annesi şakayla dirsekledi onu. Ne dememi bekliyorsun? dedi. Geceleri hıçkıra hıçkıra ağlayarak uyuyorum mu diyeyim? Gözlerini devirdi Connell. Tabii ki hayır, diye mırıldandı. Annesi taşındığına sevindiğini, uzaklaşmanın ona iyi geleceğini söyledi. Uzaklaşmanın nesi iyiymiş? dedi Connell. Sen ömür boyu burada yaşadın, sana bir şey oldu mu? Ağzı açık baktı annesi. Beni buraya gömeceksin herhalde? dedi. Hayret bir şey, daha otuz beş yaşındayız. Gülümsemesini bastırdı Connell ama annesinin söylediğini komik buldu. İstesem yarın taşınırım, lafa bak, diye ekledi annesi. Her hafta senin asık suratını görmem hiç olmazsa. Bu kez Connell kendini tutamayıp kahkaha attı.

Gareth, Connell'ın duyamadığı bir şeyler söylüyor şimdi. İki dandik hoparlörden bangır bangır "Watch the Throne" çalıyor. Connell, hafiften Gareth'a doğru eğilip soruyor: Ne?

Kız arkadaşımla tanışmanız lazım dedim, diyor Gareth. Gel tanıştırayım seni.

Connell konuşmalarına ara vermekten memnun, peşi sıra sokak kapısından merdivenlere çıkıyor. Bina tenis kortlarına bakıyor; gece olduğu için kapıları kilitli kortlar boşken tekinsiz bir serinliğe sahip, sokak lambalarının altında kızıla boyalı görünüyorlar. Basamaklarda birkaç kişi duman altı sohbet ediyor.

Marianne, baksana, diyor Gareth.

Tam cümlesinin ortasında, sigarasından nefes alırken durup bakıyor Marianne. Elbisesinin üzerine kadife ceket giymiş, saçlarını arkada tel tokalarla tutturmuş. Sigarasını tutan eli ışıkta uzun ve uçucu görünüyor.

Ha, tamam, diyor Connell. Selam.

Marianne'in yüzünde bir anda, inanılmaz derecede devasa bir gülümseme belirerek çarpık ön dişlerini ortaya çıkarıyor. Ruj sürmüş. Herkes onu izliyor şimdi. Az önce diğerleriyle konuşuyordu, şimdiyse durup gözlerini Connell'a dikti.

Olacak şey değil, diyor. Connell Waldron! Gözlerime inanamıyorum.

Öksürüyor Connell; normal görünmeye çalışarak, telaşla: Ne zaman sigaraya başladın sen? diyor.

Gareth'a, arkadaşlarına dönüp ekliyor Marianne: Aynı okuldaydık. Gözlerini tekrar Connell'a çevirerek kendinden gayet memnun, soruyor: Ee, nasıl gidiyor? Omuz silkiyor Connell, mırıldanıyor: İyi işte, n'olsun, fena değil. Gözlerinde bir mesaj gizliymiş gibi bakıyor ona Marianne. Bir içki ister misin? diyor. Connell, Gareth'ın ona uzattığı şişeyi kaldırıyor. Sana bir bardak bulayım, diyor. İçeri gelsene. Basamakları çıkıp yanına geliyor Marianne. Omzunun üstünden bakarak: Birazdan dönerim, diyor. Bu lafından, basamaklarda duruşundan, Marianne'in bu partideki tüm insanlarla arkadaş olduğunu, pek çok arkadaşı olduğunu, mutlu olduğunu anlıyor Connell. Sonra kapı arkalarından kapanıyor ve kendilerini holde yalnız buluyorlar.

Mutfağa giriyorlar; içerisi boş, buraya temizlik hissi veren bir sessizlik hâkim. Camgöbeği yüzeylerle kullanım talimatları üzerlerine etiketlenmiş beyaz eşyalar uyumlu. Kapalı camda aydınlık odanın mavisi ve beyazı yansıyor. Aslında bardağa ihtiyacı olmasa da dolaptan ona bir bardak çıkarıyor Marianne, Connell da itiraz etmiyor. Ceketini çıkarırken Marianne, Gareth'la nereden tanıştıklarını soruyor. Connell aynı derslere girdiklerini söylüyor. Ceketini bir sandalyeye asıyor Marianne. Üzerinde uzunca bir gri elbise var; vücudunu ince ve narin gösteriyor.

Herkes tanıyor Gareth'ı, diyor Marianne. Çok dışadönük bir çocuk.

Kampüsün ünlülerinden, diyor Connell.

Gülüyor bu söze Marianne ve o an sanki her şey

normale dönmüş gibi oluyor; sanki birlikte azıcık değişik bir evrende yaşıyorlar ve aralarında kötü bir şey olmamış ama Marianne kendisine sevgili yapmış ve Connell yalnız, pek sevilmeyen biri gibi.

Bayılır duysa, diyor Marianne.

O komite senin bu komite benim geziyor sanki.

Gülümsüyor Marianne, gözlerini kısarak bakıyor ona. Dudaklarında koyu, şarap rengi bir ruj var; gözlerine de makyaj yapmış.

Özlemişim seni, diyor.

Bir anda böyle, beklemediği anda gelen bu lafı duyunca yüzü kızarıyor Connell'ın. Aklı başka yere gitsin diye birasını bardağa dökmeye başlıyor.

Evet, ben de seni, diyor. Sen okulu bırakınca endişelendim biraz. Epey dertlendim falan.

İyi de, okulda beraber zaman geçirmezdik ki.

Evet. Doğru. Galiba.

Peki Rachel'la ne oldu? diyor Marianne. Hâlâ beraber misiniz?

Yok, yazın oradayken ayrıldık.

Neredeyse samimi sanılacak kadar yapmacık bir sesle Marianne diyor ki: Hadi ya. Üzüldüm.

Marianne nisanda okuldan ayrıldıktan sonra Connell keyifsiz bir dönem geçirmişti. Öğretmenleri bu konuda onu karşılarına alıp konuştu. Rehber öğretmen, Lorraine'e "kaygıları" olduğunu söyledi. Normal davranmak için yeterli gücü kendinde bulamıyordu. Öğle teneffüsünde her zamanki yerinde oturuyor, lokmaları üzgün üzgün ağzına tıkıştırıyor, etrafında konuşan arkadaşlarını dinlemiyordu. Bazen adını söylediklerinde bile duymuyordu onları; bakması için kafasına bir şeyler fırlatır, ensesine şaplak atarlardı. Herkes anlamış olmalıydı bir derdi olduğunu. Halini düşününce utancından yerin dibine giriyor, Marianne'in ona hissettirdiklerini, onun yanında olmayı özlüyordu. Sürekli arıyor, her gün mesajlar atıyordu ama Marianne hiçbirine cevap vermiyordu. Annesi Marianne'in evine ayak basmasının yasak olduğunu söylemişti ama yasak olmasa da gideceğini düşünmüyordu Connell.

İçkiyi abartarak, diğer kızlarla tedirginlik ve sıkıntı içinde cinsel ilişkilere girerek unutmaya çalıştı. Mayısta bir partide Barry Kenny'nin yirmi üç yaşındaki, dil ve konuşma terapisi okumuş kız kardeşi Sinead'le yatmıştı. Sonrasında öyle kötü hissetmişti ki kusmuş ve mecburen Sinead'e sarhoş olduğunu söylemek durumunda kalmıştı. Bu konuda konuşabileceği kimsesi yoktu. Yalnızlıktan ıstırap içindeydi. Rüyalarında gene Marianne'in yanında olduğunu görüyor, yoruldukları zamanlardaki gibi onu kollarına alıp huzur içinde yattıklarını, fısıldaştıklarını hayal ediyordu. Sonra olanlar aklına geliyor, uyandığı zaman öyle bunalımlı hissediyordu ki kılını dahi kıpırdatamıyordu.

Bir haziran akşamı eve sarhoş gelmiş, Lorraine'e işte Marianne'i görüp görmediğini sormuştu.

Bazen görüyorum, dedi Lorraine. Niye sordun?

İyi mi peki, nasıl?

Söyledim ya, bence canı sıkkın.

Mesajlarıma falan da cevap vermiyor, dedi Connell. Aradığım zaman adımı görünce açmıyor da.

Çünkü hislerini incittin.

Evet de biraz abartmıyor mu sence?

Lorraine omuz silkti, televizyona döndü.

Sence öyle değil mi?

Bence ne değil mi?

Yaptığı sence de abartmak değil mi?

Lorraine gözlerini televizyondan ayırmıyordu. Connell sarhoştu, annesinin ne izlediğini hatırlamıyordu. Annesi neden sonra: Bana sorarsan Marianne hassas bir insan, dedi. Onu istismar ettin, kırdın. Kendini kötü hissetmen belki de iyidir.

Kötü hissettiğimi söylemedim ki, dedi Connell.

Rachel'la temmuzda görüşmeye başladılar. Okuldaki herkes onun Connell'dan hoşlandığını biliyordu; Rachel da kurdukları bu yakınlığı şahsi bir başarı olarak görüyordu. İlişkilerine gelince, olan biten çoğunlukla akşamları dışarı çıkmadan önce Rachel'ın makyaj yaparken arkadaşlarından şikâyet etmesi, Connell'ınsa oturup kutu kutu bira içmesinden ibaret gibiydi. Bazen Rachel konuşurken Connell'ın telefonuna baktığını fark eder ve derdi ki: Beni dinlemiyorsun bile. Onun yanındayken davranışlarından hiç hoşlanmazdı Connell çünkü Rachel haklıydı, dinlemiyordu onu; dinlediği zamanlarda da söylediklerinden hoşlanmıyordu. Onunla yalnız iki kez yatmış, ikisinden de keyif almamıştı; sonrasında yan yana yatarlarken göğsünün ve boğazının sıkıştığını, nefes alamadığını hissetmişti. Onunla birlikte olmanın yalnızlığına iyi geleceğini düşünmüştü ama birliktelikleri yalnızlığını sanki içine ekili, öldürülmesi imkânsız inatçı bir şey haline getirmişti.

Nihayet mezuniyet dansı gecesi gelip çattı. Rachel son derece gösterişli ve pahalı bir elbise giymişti; annesi onun bahçede fotoğraflarını çekerken Connell yanında öyle durmuştu. Connell'ın Trinity'ye başlayacağından bahsedip duruyordu Rachel; sonra babası Connell'a golf sopalarını göstermişti. Arkasından otele gidip akşam yemeği yediler. Herkes sarhoş oldu, Lisa tatlıdan önce bir kenarda sızdı. Rob masanın altından Eric ve Connell'a Lisa'nın çıplak fotoğraflarını gösterdi. Eric güldü, Lisa'nın ekrandaki bedenine parmaklarıyla dokundu. Connell telefona öylece baktı ve sonra sessizce dedi ki: Bu fotoğrafları el âleme göstermek biraz manyakça değil mi? Rob derin derin iç geçirdi, sonra ekranı kapayıp telefonu cebine koydu. Sen de bu aralar osuruktan nem kapar oldun, dedi.

Connell gece saatlerinde zilzurna sarhoş, bir yandan da riyakârca etrafındakilerin sarhoşluğundan iğrenir bir halde salondan çıktı ve koridoru geçerek sigara içilen avluya girdi. Tam sigarasını yakmış, yakındaki bir ağacın erişebildiği yapraklarını ufak parçalara ayırmakla meşguldü ki, Eric dışarı çıkıp yanına katıldı. Onu görünce Eric tanıdık bir kahkaha atmış, sonra ters çevrilmiş bir saksıya oturup kendisi de bir sigara yakmıştı.

Marianne'in gelmemesi kötü oldu, dedi Eric.

Başıyla onayladı Connell; bu adı duymaktan hoşlanmıyor, cevap vermeye tenezzül etmek istemiyordu.

Ne oldu öyle? dedi Eric.

Connell bir şey söylemeden yüzüne baktı. Kapının üzerindeki ampulden yayılan beyaz ışık huzmesinin altında Eric'in yüzü bir hayaletinki gibi solgundu.

Ne demek istiyorsun? dedi Connell.

İkinizin arasında.

Connell konuştuğunda sesini tanımakta zorlandı: Anlamadım neden bahsettiğini.

Eric gülümsedi; ışıkta dişleri ıpıslaktı.

Kızı götürdüğünü bilmiyor muyduk sanıyorsun? dedi. Hepimizin haberi var.

Connell durdu, sigarasından bir nefes daha çekti. Eric'in ona söyleyebileceği en korkunç sözlerdi bunlar, duymak hayatını bitirdiği için değil bitirmediği için. Uğruna kendi mutluluğunu ve bir başkasının mutluluğunu harcadığı sırrın başından beri önemsiz ve değersiz olduğunu anladı o an. Marianne'le okul koridorlarında el ele dolaşsalar kim ne diyecekti? Hiçbir şey. Kimsenin umurunda değildi.

Doğrudur, dedi Connell.

Ne kadar sürdü?

Bilmem. Bir süre.

Mesele neydi peki? dedi Eric. Dalgasına mı takılıyordun?

Beni bilirsin.

Sigarasını söndürdü ve ceketini almak için içeri döndü. Sonra kimseyle vedalaşmadan oradan ayrıldı; vedalaşmadığı Rachel da kısa bir süre sonra ondan ayrıldı. Olay bundan ibaretti; herkes gidiyordu, kendisi de gidiyordu şimdi. Carricklea'da, hayli dram ve anlam yükledikleri hayatları bir yere varmadan öylece sona ermişti; bir daha asla kaldığı yerden devam etmeyecek, etse de aynı şekilde olmayacaktı.

Ne bileyim, diyor Marianne'e. Rachel'la çok da uyumlu değilmişiz galiba.

Marianne'in yüzünde kinayeli bir gülümseme beliriyor. Hımm, diyor.

Ne?

Ben de söylerdim o kadarını.

Söyleseydin keşke, diyor Connell. Mesajlarıma cevap veriyor sayılmazdın o sıralar.

Kendimi yalnız bırakılmış hissediyordum.

Ben de yalnız bırakılmış hissetmiş olamam mı? dedi Connell. Ortadan kayboldun. Zaten Rachel'la aramızda aylar sonrasına kadar bir şey de olmadı. Artık bir önemi olduğundan falan değil, ama olmadı.

Marianne iç geçiriyor ve başını dalgın dalgın iki yana sallıyor.

Okuldan o yüzden ayrılmadım ben, diyor.

Doğru. Gelmemenin faydası olmuştur muhtemelen.

Bardağı taşıran damla gibiydi diyelim.

Evet, diyor Connell. Ondan şüphelenmiştim ben de.

Sanki yine flört ediyor gibi, çarpık bir gülümseme beliriyor Marianne'in suratında. Gerçekten mi? diyor. Belki de telepati yeteneğin vardır.

Bazı zamanlar aklını okuduğumu hissederdim, diyor Connell.

Yataktayken yani.

Connell bardağından bir yudum alıyor. Birası soğuk, ama bardak oda sıcaklığında. Bu akşamdan önce üniversitede karşılaşacak olsalar Marianne'in nasıl davranacağını hiç düşünmemişse de şimdi kaçınılmaz geliyor Connell'a; elbette böyle olacaktı. Elbette cinsel hayatlarından rahatsız edici bir şey değil de, aralarındaki sevimli bir şakaymış gibi bahsedecekti Marianne. Bir yerde hoşuna da gidiyor; onun yanında nasıl davranacağını bilmek hoşuna gidiyor.

Evet, diyor Connell. Sonrasında da. Belki normaldir öyle olması.

Değil.

İkisi de gülümsüyor, eğlendiklerini gizlemeye çalıştıkları bir gülümseme beliriyor yüzlerinde. Connell boş şişeyi tezgâha bırakıp ona bakıyor. Marianne elbisesini düzeltiyor.

İyi görünüyorsun, diyor Connell.

Değil mi. Tam benlik bir şey, üniversiteye başlayınca güzelleşmek.

Gülmeye başlıyor Connell. Gülesi yok aslında ama aralarındaki tuhaf dinamik yüzünden kendine hâkim olamıyor. "Tam benlik bir şey," Marianne'in söyleyeceği türden bir laf; bir yandan kendisini alaya alırken aralarındaki yakınlığı, kendisinin özel biri olduğu bilgisini de unutturmuyor ona. Elbisesinin dekoltesinde solgun köprücükkemikleri iki kısa çizgiyi andırıyor.

Sen hep güzeldin, diyor Connell. Biliyorum, sonuçta sığ bir erkeğim. Çok çekicisin, çok güzelsin.

Gülmüyor Marianne. Yüzünde tuhaf bir ifade beliriyor, saçlarını alnından elleriyle uzaklaştırıyor.

Ya, diyor. Bir süredir duymadım bu sözleri.

Gareth güzel olduğunu söylemiyor mu sana? Yoksa fazla mı meşgul, amatör tiyatroyla falan.

Münazara. Sen de çok acımasızsın.

Münazara mı? diyor Connell. Şu Nazi meselesiyle bir alakası var deme sakın?

Marianne'in dudakları incecik bir çizgi oluyor. Connell üniversite gazetelerine fazla bakmasa da, münazara kulübünün bir neo-Nazi'yi konuşmaya davet ettiğinden haberdar. Sosyal medyada herkes bu konuyu konuşuyor. *The Irish Times*'a haber bile oldu. Facebook'ta hiçbir yere yorum yapmadıysa da, davetin geri çekilmesi çağrısı yapan birkaç yorumu beğendi ki Connell'ın hayatında gerçekleştirdiği en cesur siyasi eylem bu olabilir.

Her konuda aynı fikirde olmak zorunda değiliz, diyor Marianne.

Gülüyor Connell; nedense onu beklemediği kadar zayıf ve ilkesiz bulmak hoşuna gidiyor.

Ben de Rachel Moran'la çıktım diye üzülüyordum, diyor. Senin sevgilin Holocaust'u reddediyor.

İfade özgürlüğünü destekliyor.

Güzelmiş, iyi. Tanrı ılımlı beyazlardan razı olsun. Galiba böyle demişti Dr. King.

Bu kez içten bir kahkahayla gülüyor Marianne. Minik dişleri ağzında beliriyor, elini kaldırarak ağzını kapatıyor. Bir yudum daha alıyor Connell ve içerken, Marianne'in yüzünde özlediği o tatlı ifadeyi doya doya seyrediyor. Daha sonra ona söylediklerini düşünüp sinir olacağını biliyorsa da, hoş bir ânı paylaşıyorlar sanki. Kabul, diyor Marianne, ikimiz de ideolojik saflıktan vazgeçmişiz. Connell söylese mi düşünüyor: Umarım yatakta iyidir, Marianne. Kesin gülerdi bu lafa. Bir sebepten, muhtemelen çekingenlikten, söyleyemiyor. Marianne gözlerini kısıp soruyor: Sen bu aralar sorunlu birileriyle beraber misin bakalım?

Hayır, diyor Connell. Düzgün biri bile yok.

Marianne merakla gülümsüyor. İnsanlarla tanışmakta zorlanıyor muyuz? diyor.

Connell omuzlarını silkiyor, sonra başını hafifçe aşağı yukarı sallıyor. Carricklea'den biraz farklı, değil mi? diyor. Seni tanıştırabileceğim kız arkadaşlarım var.

Öyle mi?

Evet, öyle arkadaşlarım da var artık, diyor Marianne. Pek onlara gelir miyim, bilmiyorum.

Birbirlerine bakıyorlar. Yüzü kızarmış Marianne'in; altdudağındaki ruj hafif dağılmış. Bakışları eskiden olduğu gibi huzursuz ediyor Connell'ı; aynaya bakmak, karşısındakinden hiçbir sır saklamayan bir şey görmek gibi geliyor.

O ne demek? diyor Marianne.

Bilmem.

Neyini sevmeyeceklermiş ki?

Connell gülümseyerek bardağına bakıyor. Niall Marianne'i görecek olsa derdi ki: Hiç konuşma. Ondan hoşlandın. Tam Connell'ın tipi, doğru; hatta belki de o tipin ilk modeli olduğu söylenebilir: Zarif, her daim sıkılmış duran, dışarıdan özgüveninde hiçbir eksiği olmadığı izlenimi veren kızlardan. Ondan hoşlanıyor da, doğruya doğru. Carricklea'den uzak kaldığı aylardan sonra hayat daha da büyük, hayatındaki çalkantılarsa daha da önemsiz geliyor ona. O okuldaki tedirgin, hislerini bastıran Connell değil artık; ona duyduğu hislerinden üzerine gelen bir tren gibi korkan, bu yüzden onu raylara atan insan değil. Marianne'in kin tutmadığını göstermek için ona karşı komik ve mahcup davrandığını biliyor. Sana yaptıklarımdan dolayı üzgünüm, Marianne, diyebilir ona. Onu bir daha görürse böyle söyleyeceğini düşünmüştü hep. Her nedense sanki Marianne bu olasılığı dillendirmek istemiyor; belki Connell korkuyordur; belki ikisi de.

Bilmem ki, diyor Connell. Güzel soru; bilmiyorum.

Üç Ay Sonra

(ŞUBAT 2012)

Marianne, Connell'ın arabasının ön koltuğuna oturup kapıyı kapatıyor. Saçları yıkanmamış, ayaklarını koltuğa çekip bağcıklarını bağlıyor. Meyve likörü kokuyor, kötü bir koku değil ama iyi bir koku olduğu da söylenemez. Connell biniyor, arabayı çalıştırıyor. Marianne dönüp bakıyor ona.

Kemerini taktın mı? diyor Connell.

Normal, herhangi bir günmüş gibi dikiz aynasına bakıyor. Aslında bir önceki gece Swords'da bir ev partisindelerdi ve Connell hiç içmemişken Marianne içmişti, o yüzden hiçbir şey normal değil. Küs olmadıklarını göstermek için, uslu uslu emniyet kemerini takıyor Marianne.

Dün akşam için kusura bakma, diyor.

Bunu birkaç şeyi halletme çabasıyla ifade etmeye çalışıyor: Özür; ağır bir utanç; ağır utancı ironik hale getiren ve sulandıran türden mahsuscuktan ilave bir utanç, affedileceğini ya da çoktan affedildiğini bildiği duygusu, "olayı fazla abartmama" isteği.

Boş ver, diyor Connell.

Üzgünüm yani.

Dert değil.

Connell arabayı yola sürüyor şimdi. Meseleyi önemsemiyor gibi davranıyor ama nedense Marianne tatmin olmuyor bundan. Kendini rahatlatmadan önce Connell'ın olanları kabul etmesini istiyor; belki de yalnız dertsiz başına dert arıyor.

Münasebetsiz bir davranıştı, diyor Marianne.

Bak, bayağı sarhoştun.

Bu bir mazeret olamaz.

Üstelik kafan da bir dünyaymış, diyor Connell, öyle olduğunu sonradan öğrendim.

Evet. Bir saldırgan gibi hissettim.

Bu kez gülüyor Connell. Marianne dizlerini göğsüne çekiyor ve elleriyle dirseklerini kavrıyor.

Bana saldırmadın, diyor Connell. Olur böyle şeyler.

Olaylar şöyle gelişti. Connell, Marianne'i ortak bir arkadaşlarının evine doğum günü partisine götürdü. Akşam orada kalacaklar, ertesi sabah Connell'la beraber döneceklerdi. Yolda Vampire Weekend dinlediler; Marianne gümüş bir cep şişesinden cin içip Reagan yönetiminden bahsetti. Sarhoş oluyorsun, dedi Connell arabada. Var ya, çok tatlı bir yüzün var senin, dedi Marianne. Başkaları da bana aynısını söyledi, yüzün hakkında.

Gece olduğunda Connell evde bir yerlere kaybolmuş, Marianne'se evin arkasındaki kömürlükte arkadaşları Peggy ve Joanna'yı bulmuştu. Bir şişe Cointreau'yu aralarında gezdiriyor ve sigara içiyorlardı. Peggy'nin üzerinde yırtık pırtık bir deri ceket ve çizgili keten bir pantolon vardı. Saçlarını açmıştı, sürekli bir yana atıp içinde elini gezdiriyordu. Joanna derin dondurucunun üzerinde çoraplarıyla oturmuştu. Hamile elbisesi gibi uzun, biçimsiz bir kıyafeti vardı, içine bir gömlek giymişti. Marianne çamaşır makinesine yaslanıp cebindeki cin dolu cep şişesini çıkardı. Peggy ve Joanna erkek modası, özellikle de etraflarındaki erkeklerin giyim kuşamı hakkında konuşuyordu. Öylece durup ağırlığının çoğunu çamaşır makinesine vermekten, ağzının içinde cini gezdirip arkadaşlarının konuşmasını dinlemekten hoşnuttu Marianne.

Peggy ve Joanna, Marianne'le birlikte tarih ve siyaset bilimi okuyordu. Joanna, James Connolly ve İrlanda İşçi Sendikaları Kongresi hakkında yazacağı bitirme tezine hazırlanmaya başlamış bile. Sürekli önerdiği kitapları Marianne bazen okuyor, bazen göz gezdiriyor ya da özetlerine bakıyor. Joanna ciddi bir tip olarak biliniyor, öyle de zaten, ama aynı zamanda çok da komik bir kız. Peggy, Joanna'nın mizah anlayışına pek "gelmiyor"; çünkü Peggy'nin komik olmaktan çok korkunç ve seksi bir karizması var. Noel'den önce bir partide Peggy, arkadaşları Declan'ın banyosunda Marianne'in önüne bir çizgi kokain koymuştu; Marianne çekmişti de, yani çekebildiği kadarını. Ruh haline pek de bir etkisi olmamıştı; sonraki günlerde sırasıyla bir kokain kullanmış olmak fikrini matrak bulup bir kendini suçlu hissetmesi dışında. Joanna'ya bahsetmedi bundan. Joanna'nın tasvip etmeyeceğini biliyor çünkü aslında kendisi de tasvip etmiyor; yine de Joanna bir şeyleri tasvip etmediği zaman Marianne'in gidip yapası gelmiyor.

Joanna gazetecilik yapmak istiyor, Peggy'ninse çalışmak ister gibi bir hali yok. Bu durum şimdilik sorun olmadı; hayat tarzını devam ettirmesi için ona çantalar ve pahalı uyuşturucular alan pek çok erkek tanıyor çünkü. Yatırım bankalarında ya da muhasebe bürolarında çalışan, yaşça kendisinden biraz büyük erkekleri tercih ediyor; cebi para görmüş, mazbut avukat sevgilileri evde bekleyen yirmi yedi yaşında erkekler bunlar. Joanna bir keresinde Peggy'ye dönüp, günün birinde yirmi yedi yaşında olduğunda, sevgilisi tüm gece dışarıda takılıp gençlerle kokain âlemi yaparsa ne olurdu diye hiç düşünüp düşünmediğini sormuştu. Peggy hiç bozulmamış, çok gülmüştü. Çoktan bir Rus kodamanına gelin gitmiş olacağını, adamın kaç sevgilisi olduğunu umursamayacağını söylemişti. Marianne böyle zamanlarda üniversite bitince ne yapacağını düşünüyor. Hiçbir yol onun için kapalı değil, bir kodamanla evlenmek bile. Geceleri dışarı çıktığında erkekler ona sokakta yüz kızartacak şeyler söylüyor, demek ki onu arzulamaktan utanmıyorlar; tam tersi. Okuldayken de beyninin yapamayacağı şey yokmuş gibi geliyor; kafasının içinde güçlü bir makine varmışçasına, içine koyduğu her şeyi sentezleyebiliyor. Önü açık gerçekten. Hayatını nasıl değerlendireceğini bilmiyor.

Kulübede Peggy, Connell'ın nerede olduğunu sordu.

Yukarıda, dedi Marianne. Teresa'yla herhalde.

Connell bu aralar Teresa adlı bir arkadaşlarıyla görüşüyor. Marianne'in Teresa'yla bir alıp veremediği yok aslında, yine de sürekli Connell'ın ağzından Teresa hakkında kötü bir laf almaya çalışıyor ama Connell bana mısın demiyor.

Connell iyi giyiniyor, diye lafa girdi Joanna.

Pek sayılmaz, dedi Peggy. Bir tarzı var ama çoğu zaman eşofmanla geziyor. Takım elbisesi bile yoktur kesin.

Joanna'nın gözleri Marianne'i aradı; bu kez göz göze geldiler. Onları izleyen Peggy, Cointreau şişesini kafasına dikip ağzını doldurdu, ardından şişeyi tuttuğu eliyle ağzını sildi. Ne var? dedi sonra.

Connell'ın ailesi bayağı işçi sınıfından değil mi? dedi Joanna.

Amma da hassasın, dedi Peggy. Sosyoekonomik durumu yüzünden birinin üstündekine de mi laf edemeyeceğim? Daha neler.

Hayır, Joanna onu demek istemedi, dedi Marianne.

Hepimizin ona gayet iyi davrandığı ortada sonuçta, dedi Peggy.

Marianne iki arkadaşının da suratına bakamadı o an.

"Siz" kimsiniz? diye sormak istedi. Bir şey demek yerine Peggy'nin elindeki Cointreau şişesini aldı; ılık ve iç bayan tatlılıkta sıvıdan iki ağız dolusu yudum içti.

Gece ikiyi geçmiş, Marianne körkütük sarhoş olmuştu; Peggy'nin ot paylaşmaya çağırdığı banyodan çıktığı sırada üçüncü kat merdivenlerinde Connell'la karşılaştılar. Ortalarda başka kimse yoktu. Selam, dedi Connell. Merdivenlerin başında duruyordu.

Teresa'yla kayboldunuz, dedi Marianne.

Öyle mi? dedi Connell. İlginç. Kafayı buldun, değil mi?

Parfüm kokuyorsun.

Teresa yok, dedi Connell. Partiye gelmedi, yani.

Marianne güldü. Aptal gibi hissediyordu, ama iyi anlamda. Gelsene, dedi. Connell gelip önünde durdu.

Ne oldu? dedi.

Onu benden daha mı çok beğeniyorsun? dedi Marianne.

Marianne'in saçlarından bir tutam alıp kulağının arkasına attı Connell.

Hayır, dedi. Onu pek tanımıyorum açıkçası.

Yatakta benden iyi mi?

Sarhoşsun, Marianne. Kafan yerinde olsa bu sorunun cevabını bilmek bile istemezdin.

Duymak istediğim cevap bu değil, dedi Marianne.

Bu konuşmayı bir yandan düzgün bir şekilde devam ettirirken bir yandan da Connell'ın gömlek düğmelerinden birini çözmeye çalışıyordu; öyle seksi bir şekilde yapmıyordu bunu, sarhoş ve kafası iyi olduğu için uğraşıyordu. Üstelik hâlâ düğmeyi çözememişti.

Hayır, istediğin cevap bu elbette, dedi Connell.

Marianne öptü onu o an. Connell irkilmedi ama kendini duraksamadan çekti ve dedi ki: Hayır, yapma.

Gel yukarı gidelim, dedi Marianne.

Tamam. Yukarıdayız zaten.

Benimle sevişmeni istiyorum.

Connell kaşlarını çattı; Marianne ayıkken bu ifadeyi görecek olsa, işi şakaya vurası gelirdi.

Bu akşam olmaz, dedi Connell. Çok sarhoşsun.

Sadece bu yüzden mi?

Gözlerini ona doğru indirdi Connell. Connell'ın ağzının biçimi hakkında, ne kadar kusursuz olduğunu söyleyeceği bir yorumu kendine sakladı Marianne; sorusunun cevaplanmasını istiyordu.

Evet, dedi. Ondan.

Benimle olurdun yoksa.

Git yat hadi.

Sana uyuşturucu veririm, dedi Marianne.

Ne uyuşturucusu – Marianne, uyuşturucu muyuşturucu yok sende. Söylediklerinde hoşuma gitmeyen şeylerden biri de bu. Git uyu hadi.

Öp beni.

Connell öptü onu. Güzel, ama dostça bir öpücüktü. Sonra iyi geceler dileyip hafif adımlarla, ayık bedeniyle düz bir çizgi çizerek aşağı indi. Marianne önce kendini banyoya attı, kafasındaki zonklama sona erene kadar musluktan kana kana su içti, sonra da banyoda yere uzanıp uyudu. Yirmi dakika önce, Connell'ın onu bulması için gönderdiği kızlardan biri geldiğinde de burada uyanmıştı.

Trafik ışıklarında beklerlerken radyo kanallarında geziniyor Connell. Bir Van Morrison şarkısı bulunca bırakıyor.

Neyse, kusura bakma işte, diyor Marianne. Teresa'yla aranıza girmeye çalışmadım.

Teresa benim sevgilim değil.

Peki. Ama arkadaşlığımıza saygısızlık ettim yine de.

O kadar yakın olduğunuzun farkında değildim, diyor Connell.

Seninle arkadaşlığımı kastettim.

Connell başını çevirip ona bakıyor. Marianne kollarıyla dizlerini iyice sarıyor, çenesini omzuna gömüyor. Connell'la bu aralar oldukça sık görüşüyorlar. Dublin'in uzun ve geniş caddelerinde, kim olduklarını kimsenin bilmediği ve umursamadığının güvencesiyle birlikte ilk defa yürüyorlar. Marianne büyükannesine ait tek odalı bir dairede tek başına oturuyor; akşamları Connell'la oturma odasında şarap içiyorlar. Trinity'de arkadaş edinmenin ne kadar zor olduğundan Connell hiçbir çekincesi yokmuş gibi şikâyet ediyor. Geçtiğimiz gün kanepesinde uzanmış, kadehin dibindeki şarap tortusunu yuvarlarken demişti ki: Buradakiler acayip kendini beğenmiş. Beni sevseler bile arkadaş olmak istemezdim. Kadehini bırakıp Marianne'e bakmıştı sonra. Senin için kolay olmasının nedeni de bu, demişti. Zengin bir ailen olduğu için seviyorlar seni. Marianne kaşlarını çatıp başını eğince Connell gülmeye başlamıştı. Şakasına söylüyorum, demişti. Gözleri buluşmuştu sonra. Marianne gülmek istemiş, ama gülünç duruma mı düştüğünü bilememişti.

Çağırdığı partilere hep gelse de, Marianne'in arkadaş grubunu pek anlamadığını söylüyor. Marianne'in kız arkadaşları Connell'ı çok seviyor; onun kucağına oturup saçıyla oynamaktan her nedense hiç rahatsız olmuyorlar. Erkeklerse aynı şekilde ısınamadılar Connell'a. Marianne'le olan yakınlığı sebebiyle hoş görseler de, onu kendi başına ilginç bulmuyorlar. Geçen akşam Connell'ın olmadığı bir buluşmada erkek arkadaşlarından biri, Akıl desen o da yok! demişti. Benden daha akıllı, diye yanıtlamıştı onu Marianne. Herkes suspus olmuştu o zaman. Connell'ın partilerde pek konuşmadığı, hatta konuşmamakta inat ettiği, kaç kitap okuduğunu ve kaç savaştan haberdar olduğunu pek övgü konusu yapmadığı doğru. Yine de Marianne içten içe biliyor, arkadaşlarının onu aptal bulmasının nedeni bu değildi.

Arkadaşlığımıza nasıl saygısızlık ettin? diyor Connell.

Yatmaya başlasak arkadaş olmakta zorlanırdık herhalde.

Muzip bir ifadeyle sırıtıyor Connell. Şaşıran Marianne yüzünü koluna gömüyor.

Zorlanır mıydık? diyor Connell.

Bilmem.

İyi, peki.

Bir gece Bruxelles'in bodrum katında iki arkadaşı beceriksizce bilardo oynarken Marianne diğerleriyle birlikte içki içip oyunu izliyordu. Jamie kazandıktan sonra etraftakilere dedi ki: Kazananla kim oynamak ister? Connell bira bardağını sessizce masaya bıraktı ve yanıtladı: Peki, hadi bakalım. Jamie topları dağıttı ama hiçbirini deliğe sokamadı. Arkasından Connell kimseyle lafa girmeden sarı toplardan dördünü ardı ardına deliğe yolladı. Marianne'i gülme tuttu ama Connell'ın suratı ifadesizdi; kafasını oyuna vermiş görünüyordu. Sıranın tekrar kendisine gelmesinden önceki kısa sürede sessizce içti, Jamie'nin kırmızı topu çuhadan dışarı göndermesini izledi. Connell seri bir şekilde sopasının ucunu tebeşirledi ve geriye kalan üç sarı topu deliklere yollamaya devam etti. Masayı ölçüp biçerek vuruşlarını hesaplamasında, tebeşirin bilardo topunun yumuşak yüzeyine kondurduğu o sessiz busede insanın hoşuna giden bir şey vardı. Kızlar çevresinde oturmuş Connell'ın vuruş yapmasını, masaya eğilmesini ve tepedeki lambanın sert, sessiz yüzünü aydınlatmasını izliyorlardı. Diyet kola reklamı gibi, dedi Marianne. Herkes güldü bu espriye, Connell bile. Geriye yalnız siyah top kaldığında Connell sağ üst deliği göstererek insana zevk veren bir sesle konuştu: Pekâlâ, Marianne, izliyor musun? Sonra topu deliğe soktu. Herkes alkışladı Connell'ı.

O akşam Connell eve yürümek yerine Marianne'de kaldı. Yatağa uzanıp tavanı seyrederek sohbet ettiler. O zamana kadar bir yıl önce aralarında olanı konuşmaktan çekinmişlerdi ama o akşam Connell lafı açtı: Arkadaşlarının ikimizden haberi var mı?

Marianne duraksadı. Ne var ki aramızda? diye sordu sonunda.

Okulda yaşananlar falan işte.

Yok, sanmıyorum. Belki kendileri anlamışlardır ama ben bir şey söylemedim.

Connell birkaç saniye bir şey söylemedi. Marianne, karanlıkta onun sessizliğinin içinde gibiydi.

Öğrenseler mahcup olur muydun? dedi Connell.

Bir açıdan olurdum, evet.

O an kafasını çevirdi; artık tavana değil, Marianne'in yüzüne bakıyordu. Neden? dedi.

Çünkü onurum kırıldı.

Yani, sana olan davranışlarımı mı kastediyorsun.

Yani, evet. Benim tahammül etmem de ayrı bir konu.

Marianne, Connell'ın yorganın altında çekinerek aradığı elini tutmasına izin verdi. Çenesine bir titreme vurdu; sesi gamsız ve neşeli çıksın diye uğraşıyordu.

Beni mezuniyet dansına çağırmayı hiç düşündün mü? dedi Marianne. Biliyorum aptalca bir konu ama hiç düşündün mü, merak ediyorum.

İşin doğrusu, hayır. Keşke düşünmüş olsaydım.

Başıyla onayladı Marianne. Siyah tavanı hâlâ seyrediyor, yutkunuyordu; yüz ifadesini Connell'ın fark edeceğinden korkmuştu.

Sorsam evet der miydin? dedi Connell.

Başıyla tekrar onayladı Marianne. Haline gözlerini deviresi geldi ama komik değil, çirkin ve kendine acıyor gibi hissetti.

Gerçekten çok üzgünüm, dedi Connell. Yanlış yaptım. Okuldakiler de ikimizi biliyorlarmış zaten. Bilmem kulağına gelmiş miydi ama.

Dirseği üzerinde durup karanlıkta Connell'a baktı Marianne.

Neyi biliyorlarmış? dedi.

Görüştüğümüzü falan biliyorlarmış.

Ben kimseye söylemedim, Connell, yemin ederim sana.

Karanlıkta bile Connell'ın yüzünün çarpıldığını görebiliyordu.

Yok, biliyorum, dedi Connell. Demek istediğim, söyleseydin de hiçbir önemi yokmuş. Ama biliyorum söylemediğini.

Kötü davrandılar mı sana?

Yok, yok. Eric mezuniyet dansında insanların bildiğini söyledi sadece. Kimsenin umurunda değilmiş aslında.

Yine kısa bir sessizlik oldu.

Sana söylediğim şeyler yüzünden suçluluk hissediyorum, diye ekledi Connell. İnsanlar duyacak olsa ne kötü olacağını söylemelerim. Kafamda büyütmüşüm bu durumu. İnsanların önemsemesi için bir sebep de yoktu. Herhalde bu konularda biraz anksiyetem var. Bahane olsun diye söylemiyorum ama anksiyetemi biraz sana yansıttım galiba, bilmem anlatabiliyor muyum. Ne bileyim. Nasıl böyle rezil davranabildim, hâlâ düşünüp duruyorum.

Connell'ın elini hafifçe sıktı; Connell karşılık verdi ama öyle sıktı ki, az kalsın canını yakacaktı. Onun bu çaresizliğini görünce gülümsedi Marianne.

Seni affediyorum, dedi ona.

Teşekkürler. Yaşadıklarımdan ders aldım bence. Bir insan olarak da değişmişimdir umarım. Ama işin doğrusu değiştiysem bunu sana borçluyum.

Yorganın altında ellerini ayırmadılar, uyuduktan sonra bile.

Evine geldiklerinde Marianne içeri davet ediyor Connell'ı. Connell karnının aç olduğunu söylüyor; Marianne dolapta kahvaltılık var diyor. Beraber yukarı çıkıyorlar. Connell buzdolabına bakarken Marianne duş almaya çıkıyor. Tüm kıyafetlerini çıkarıyor, suyu en tazyikli olacak şekilde açıyor ve neredeyse yirmi dakika duş alıyor. Daha iyi hissediyor sonra. Beyaz bornozuna sarınmış, saçlarını havluyla kurulamış halde çıktığında Connell çoktan bir şeyler yemiş. Tabağı temiz, e-postalarına bakıyor. Oda kahve ve kızartma kokuyor. Marianne ona doğru yürüyünce elinin tersiyle ağzını siliyor Connell, aniden heyecanlanmış gibi. Sandalyesinin başında duruyor Marianne ve Connell bornozunun kuşağını çözüyor. Neredeyse bir yıl oldu. Connell dudaklarını tenine götürdüğünde bir mabet gibi kutsal hissediyor Marianne. Hadi yatağa gel o zaman, diyor. Connell onunla gidiyor.

Arkasından Marianne saç kurutma makinesini açıyor, Connell duşa giriyor. Marianne sonra uzanıyor ve borulardan gelen sesi dinliyor. Gülümsüyor. Connell banyodan çıktığında yanına uzanıyor, birbirlerine bakıyorlar ve Connell ona dokunuyor. Hımm, diyor Marianne. Pek fazla konuşmadan bir kez daha sevişiyorlar. Sonrasında Marianne huzurlu hissediyor ve uyuyası geliyor. Gözkapaklarından öpüyor Connell. Başkalarıyla böyle değil, diyor Marianne. Evet, diyor Connell. Biliyorum. Connell'ın ona söylemediği şeyler olduğunu hissediyor Marianne. Ondan uzaklaşma isteğine mi, yoksa hassas olduğunu belli etme isteğine mi karşı koyduğunu anlamıyor. Onu boynundan öpüyor Connell. Marianne'in gözleri kapanıyor. Bence her şey yoluna girecek, diyor Connell. Marianne neden bahsettiğini bilmiyor ya da hatırlayamıyor. Uyuyakalıyor.

İki Ay Sonra

(NİSAN 2012)

Connell kütüphaneden biraz önce döndü. Marianne'in arkadaşları evde ama Connell geldiği sırada kalkmışlar, holdeki askıdan ceketlerini alıyorlar. Masada yalnız Peggy oturmuş, bir şişe roze şaraptan kalanı dev bir kadehe boşaltmakla meşgul. Marianne elindeki ıslak bezle tezgâhı siliyor. Lavabonun arkasındaki pencerede dörtgen halinde kot mavisi bir gökyüzü görünüyor. Connell masaya oturuyor; Marianne dolaptan ona bir bira çıkarıp açıyor. Aç mısın diye soruyor. Connell hayır diyor. Dışarısı sıcak; şişenin serinliği iyi geliyor. Sınavlar başlamak üzere; bu sıralar elinde ziliyle kapatıyoruz diyen adamı görene kadar kütüphaneden çıkmıyor Connell.

Bir şey sorabilir miyim? diyor Peggy.

Peggy'nin sarhoş olduğunu, Marianne'in onu evden yollamak istediğini fark ediyor Connell. Kendisi de Peggy gitsin istiyor.

Tabii, diyor Marianne.

Siz sevişiyorsunuz değil mi? diyor Peggy. Demek istediğim, berabersiniz yani.

Connell bir şey söylemiyor. Başparmağını bira şişesindeki etiketin üzerinde gezdiriyor, soyacak bir kenar arıyor. Marianne'in ne uyduracağını bilmiyor: Komik bir şey söyler, Peggy'yi güldürüp sorduğu soruyu unutturur, diye düşünüyor. Beklenmedik bir şekilde Marianne: Hı hı, evet, diyor. Kendi kendine gülümsüyor Connell. Başparmağının altındaki camda bira etiketini köşeden yakalıyor.

Peggy gülüyor. Peki, diyor. Öğrendiğim iyi oldu. Herkes bunu konuşuyor, bu arada.

Yani, evet de, diyor Marianne, sonuçta yeni bir şey değil, okuldayken de takılıyorduk.

Ya, öyle mi? diyor Peggy.

Marianne bir bardak su alıyor. Elinde bardakla arkasını döndüğünde göz göze geliyor Connell'la.

Söylememin mahzuru yoktur umarım, diyor Marianne.

Omuz silkiyor ama gülümsüyor Connell; Marianne de ona gülümsüyor. İlişkilerini duyurmuyorlar ama arkadaşlarının haberi var. Göz önünde olmak istemiyor Connell, o kadar. Marianne bir keresinde kendisinden "utanıyor" mu diye sormuştu ona ama şakasınaydı. Ne komiksin, demişti Connell. Niall sürekli seni övdüğümü söylüyor. Marianne bayılmıştı buna. Connell tam olarak övüyor denemese de, Marianne'in popüler olduğu ve birçok erkeğin onunla yatmak istediği doğru. Connell arada övünse de bunu seviyeli bir şekilde yapıyor.

Sevimli bir çift olmuşsunuz ha, diyor Peggy.

Sağ ol, diyor Connell.

Çift olduğumuzu söylemedim, diyor Marianne.

Oo, diyor Peggy. Sadece birbirinizle değilsiniz gibi mi yani? O da iyiymiş. Lorcan'la açık ilişki denemek istemiştim ama çok karşı çıkmıştı.

Marianne masadan bir sandalye çekip oturuyor. Erkekler çok sahiplenici olabiliyor, diyor.

Değil mi! diyor Peggy. Acayip. Başkalarıyla beraber olma fikrine atlarlar zannedersin.

Erkeklerin asıl derdinin kendi özgürlüklerini gerçekleştirmekten çok kadınların özgürlüklerini sınırlamak olduğunu anladım, diyor Marianne.

Doğru mu? diyor Peggy, Connell'a.

Connell başıyla hafifçe onaylayarak Marianne'e bakıyor, lafa onun devam etmesini istiyor. Herkesin lafını bölen arkadaş olarak tanıdı Peggy'yi. Daha tercih edilir başka arkadaşları da var Marianne'in ama onlar ne geç saate kadar kalıyor ne de bu kadar konuşuyorlar.

Ne bileyim, erkeklerin yaşadığı hayata bakınca insan üzülüyor, diyor Marianne. Bütün toplumsal düzenin iplerini ellerinde tutarlarken bu kadarı mı akıllarına geliyor? Bari eğlenseler.

Peggy kahkaha atıyor. Sen eğleniyor musun, Connell? diyor.

Hım, diyor Connell. Makul ölçüde, evet. Ama söylenene katılıyorum.

Anaerkilliği mi tercih ederdin? diyor Peggy.

Bunu bilmek zor. Yine de nasıl olduğunu görmek için deneyelim derdim.

Peggy gülmeye devam ediyor, Connell sanki inanılmaz hazırcevap bir laf etmiş gibi. Eril ayrıcalığından memnun değil misin? diyor ona.

Marianne'in de dediği gibi, diye cevap veriyor Connell. Keyifli bir şey değil. Sonuçta durum bu ama çok da eğleniyor değilim.

Peggy dişlerini göstererek sırıtıyor. Ben erkek olacaktım var ya, diyor, en az üç kız arkadaşım olurdu. Belki daha bile fazla.

Etiketin son köşesi de Connell'ın elindeki bira şişesinden kurtuluyor. Şişe soğuk olduğunda yoğunlaşma tutkalı erittiğinden etiket daha kolay soyuluyor. Connell birayı masaya bırakıp etiketi katlayarak ufak bir kare haline getirmeye başlıyor. Peggy konuşmaya devam ediyor ama dinlemesi gerekliymiş gibi gelmiyor Connell'a.

Marianne'le her şey gayet iyi gidiyor. Kütüphane kapandıktan sonra akşamları Marianne'in dairesine yürüyerek dönüyor, bazen yoldan yemek veya dört euro'luk bir şarap alıyor. Hava iyi olduğu zamanlar gökyüzü kilometrelerce uzaktaymış gibi duruyor; kuşlar adeta tepedeki sonsuz bir gökte ve ışıkta dolanıyorlar. Yağmurluyken şehir sıkışıyor, sisle çevresi sarılıyor; arabalar daha ağır hareket ediyor, farları daha bir kasvetle ortalığı aydınlatıyor, yanından geçen yüzler pespembe görünüyor soğuktan. Marianne akşam yemeğinde spagetti ya da risotto yapıyor; Connell'sa bulaşıkları yıkıyor ve mutfağı topluyor. Ekmek kızartma makinesinin altındaki kırıntıları silerken Marianne ona Twitter'da gördüğü esprileri okuyor. Sonra da yatıyorlar. Ağır ağır içine girmekten hoşlanıyor Marianne'in; solukları sesli ve kesik kesik olana kadar, bir eli yastığa yapışana kadar. Bedeni ufacık, ardına kadar açık geliyor Connell'a. Böyle mi? diyor ona. Başıyla onaylıyor Marianne, belki bir eliyle yastığa vuruyor, Connell'ın her hareketinde minik minik inliyor.

Arkasından gelen sohbetler damağında kalıyor Connell'ın; bu sohbetler çoğu zaman beklemediği yerlere sapıyor, daha önce hiç bilinçli olarak aklından geçirmediği düşünceleri ifade etmeye sevk ediyor onu. Connell'ın okuduğu romanlardan, Marianne'in üzerinde çalıştığı araştırmalardan, içinde bulundukları tarihsel andan, böyle bir ânı halen devam ediyorken gözlemlemenin zorluğundan bahsediyorlar. Bazen Marianne'le artistik patinaj yapıyorlarmış gibi geliyor; sohbetlerinde öyle ustalıklı ve uyumlu bir biçimde doğaçlama yapıyorlar ki ikisi de şaşakalıyor. Marianne zarafetle havaya sıçrıyor ve Connell, her seferinde, nasıl yapacağını bilemeden onu yakalamayı başarıyor. Uyumadan önce bir kez daha sevişeceklerini bilmek konuşmayı muhtemelen daha da keyifli kılıyor; kavramsal konularla kişisel meseleler arasında mekik dokuyan sohbetlerindeki yakınlığın da sevişmenin hazzını artırdığına inanıyor Connell. Geçen cuma seviştikten sonra yan yana uzanmışlarken Marianne dönüp demişti ki: Bayağı sarsıcıydı, değil, mi? Connell her zaman çok sarsıcı bulduğunu söyledi. Evet ama bildiğin romantikti, dedi Marianne. Sana karşı hisler beslemeye falan başlayacaktım bir an. Connell, gözleri tavanda, gülümsedi. Bu hisleri içine atacaksın, Marianne, dedi. Ben öyle yapıyorum.

Marianne, aslında Connell'ın neler hissettiğini de bilmiyor değil. Sırf arkadaşlarının önünde çekiniyor diye aralarındaki ilişki ciddi değil denemez – gayet ciddi. Bazen Connell bu konuda yeterince açık konuşamadığından endişe ediyor; bir-iki gün bu endişeyle kıvranarak ne söyleyeceğini düşündükten sonra, sonunda mahcup bir edayla konuşuyor: Senden çok hoşlandığımı biliyorsun, değil mi? Sesi her nedense hafif asabi geldiği için her defasında gülüyor Marianne. Marianne'in talibinin az olmadığını herkes biliyor. Partilerine şişe şişe Moët ve Hindistan'da geçirdikleri yazlar hakkında anekdotlarla gelen siyaset bilimi öğrencileri mi dersin; üniversite kulüplerinin yönetim kurullarına üye, grand-tuvalet dolaşan ve öğrenci kulüplerinin iç siyasetinin normal insanlara ilginç geldiğini düşünen tipler mi. Yoksa laf ortasında rasgele Marianne'i elleyen, saçını düzelten ya da sırtına dokunanlar mı. Connell, bir kez içkiyi fazla kaçırdığında bu insanların niçin ona karşı bu kadar sırnaşık olduğunu sormuş, Marianne de yanıtlamıştı: Sen bana dokunmuyorsun diye başkalarının da mı dokunması yasak? Bu lafa çok canı sıkılmıştı Connell'ın.

Arkadaşları Sophie, babasının lokantasında ona iş bulduğundan, Connell hafta sonları Carricklea'ye dönmüyor artık. Connell hafta sonları üst kattaki yazıhanede oturup sadece e-postaları yanıtlıyor ve rezervasyonları büyük deri rezervasyon defterine geçiriyor. Ünlü sayılabilecek insanların aradığı oluyor bazen, RTÉ[1] çalışanları falan filan, ama hafta içi çoğu akşam lokanta sinek avlıyor. Müessesenin feci zarar ettiği ve kapanacağı ortada, diğer yandan bu iş Connell'ın kucağına düştüğü için bu konuda çok da endişelenemiyor. Bir gün olur da işsiz kalırsa, Marianne'in diğer bir zengin arkadaşı ona başka bir iş bulur sonuçta. Zenginler birbirlerini kollarlar; Marianne'in en iyi arkadaşı ve muhtemel cinsel partneri olmak Connell'ı da zengin yakını mertebesine yükseltiyor: Kendisi için sürpriz doğum günü partileri yapılan ve pat diye rahat işler bulunan biri.

Dönem bitmeden sınıfa *Morte Darthur*[2] hakkında bir sunum yapması gerekiyordu; konuşurken elleri titremiş, gözlerini önündeki çıktılardan kaldıramadığı için kimse kendisini dinledi mi, dikkat edememişti. Birkaç defa sesi titremiş, oturmuyor olsa düşeceğini hissetmişti. Sunumunun epey beğenildiği daha sonra kulağına gelmişti. Hatta bir sınıf arkadaşı yüzüne karşı "dâhi" olduğunu bile söylemişti; ama küçümseyen bir sesle söylemişti, sanki dâhiler hafiften rezil insanlarmış gibi. Kendi senesi arasındakiler Connell'ın bir ders hariç tüm derslerde en yüksek notu aldığını biliyorlar; Connell da akıllı olduğunun düşünülmesinden hoşlanıyor, bu şekilde insanlarla iletişimi çok daha anlaşılır gibi geliyor ona. Birisi bir kitabı ya da yazarın adını hatırlayamadığında söylemek hoşuna gidiyor; öyle bilgiçlik de taslamıyor, sadece hatırlıyor. Marianne'in arkadaşlarına –babaları hâkim ve bakan olan, aşırı pahalı okullarda okumuş arkadaşla-

1. Raidió Teilifís Éireann: İrlanda Radyo-Televizyonu. İrlanda'nın kamusal radyo ve televizyon kanalı. (Ç.N.)

2. Arthur'un Ölümü. Thomas Mallory'nin Kral Arthur efsanesini yeniden anlattığı 1485 tarihli eseri. (Ç.N.)

rına– Connell'ın "hayatları boyunca" tanıyacakları en akıllı insan olduğunu söylemesinden hoşlanıyor.

Ya sen, Connell? diyor Peggy.

Connell konuşulanları dinlemediğinden, verebildiği tek yanıt: Ne? oluyor.

Yatakta birden fazla partner fikri ilgini çekiyor mu? diyor Peggy.

Hıh, diyor. Bilmem ki. Nasıl yani?

Kendine ait bir harem kurma fantezin yok mu? diyor Peggy. Her erkekte var sanırdım.

Ha, anladım. Yok, pek sayılmaz.

İkiyle idare edersin belki, diyor Peggy.

İki ne, iki kadın mı?

Peggy gözucuyla Marianne'e bakıyor ve muzip bir edayla kıkırdıyor. Marianne sakin sakin suyunu yudumluyor.

İstersen olur, neden olmasın, diyor Peggy.

Bir saniye, pardon, diyor Connell. Ne olurmuş?

İşte, sen ne ad vermek istersen, diyor Peggy. Üçlü ilişki ya da her neyse.

Ha, diyor Connell. Kendi aptallığına gülüyor sonra. Anladım, diyor. Şimdi anladım, pardon. Başka ne diyeceğini bilemediğinden, etiketi bir kez daha katlıyor. Kaçırdım o kısmı, diye ekliyor. Böyle bir şey yapamaz Connell. Yapmak isteyip istemediği konusunda kararsız olduğundan değil, yapamaz gerçekten. Kendisine de açıklayamadığı bir sebepten, belki Peggy'yle Marianne'in önünde sevişebileceğini düşünüyor, her ne kadar rahatsız hissedecek ve muhtemelen pek de keyif almayacak olsa da. Ama Peggy'nin, başka bir arkadaşlarının ya da herhangi birinin önünde Marianne'e herhangi bir şey yapamayacağını biliyor, düşünmeden emin oluyor buna. Düşündüğünde bile utanıyor ve aklı bulanıyor. Marianne'le arasındaki mahremiyeti Peggy'nin ya da başka herhangi birinin işgal etmesi, içinde var olan bir şeyi, benliğindeki adı konulmamış ve bugüne kadar ne olduğunu anlamaya çalışmadığı bir parçayı yok edermiş gibi geliyor. Islak bira etiketini bir kez daha katlıyor, ufacık ve sımsıkı bir kare haline getiriyor. Hım, diyor.

Yok yok olmaz, diyor Marianne. Ben çok sıkılganımdır o konularda. Valla ölürüm.

Peggy ona diyor ki: Gerçekten mi? Bunu tatlı, ilgili bir ses tonuyla söylüyor, grup seks kadar Marianne'in sıkılganlığını konuşmaktan da zevk alıyormuş gibi. Connell rahat bir nefes aldığını belli etmemeye çalışıyor.

Her çeşit sorun bulunur bende, diyor Marianne. Acayip nevrotiğimdir.

Peggy, Marianne'in görünüşü hakkında birkaç basmakalıp ve cıvık iltifatta bulunduktan sonra sıkıntısının ne olduğu soruyor.

Marianne altdudağını ısırıyor ve şöyle diyor: Sevgiye layık olmadığımı hissediyorum mesela. Sevimsiz bir... soğuk bir kişiliğim var, sevilmesi zor biriyim. Uzun, ince ellerinden birini sallıyor, demek istediğine yaklaşmış ama tam da ifade edememiş gibi.

Hayatta inanmam, diyor Peggy. Sana soğuk geliyor mu?

Connell öksürüyor ve, Hayır, diyor.

Peggy'yle Marianne konuşmaya devam ediyorlar; Connell'sa tedirgin; katlanmış etiketi parmaklarının arasında gezdiriyor.

Marianne bu hafta birkaç günlüğüne ailesinin yanına dönmüştü, geçen akşam Dublin'e döndüğünde de sessizdi. Oturup evinde *Cherbourg Şemsiyeleri*'ni[1] seyretmişlerdi. Filmin sonunda ağlamıştı Marianne ama çevir-

1. *Les parapluies de Cherbourg*. Jacques Demy'nin 1964 tarihli müzikal filmi. (Ç.N.)

mişti yüzünü, ağlamıyor gibi görünmek için. Connell huzursuz olmuştu bundan. Filmin sonu epey acıklıydı ama ağlayacak ne var, anlamamıştı. İyi misin? diye sordu Marianne'e. Başını aşağı yukarı salladı Marianne, yüzünü ona dönmedi; boynundaki dışarıya fırlamış beyaz siniri görebiliyordu Connell.

Baksana, dedi Connell. Bir şeye mi canın sıkıldı?

Başını salladı ama dönmedi Marianne. Ona bir fincan çay yapmak için kalktı Connell; getirdiğinde ağlaması durmuştu Marianne'in. Saçlarına dokundu, Marianne halsiz, gülümsedi. Filmdeki karakter ansızın hamile kalmıştı, Connell da Marianne'in en son ne zaman regl olduğunu hatırlamaya çalışıyordu. Düşündükçe daha uzun zaman geçmiş gibi geliyordu. Sonunda panik halinde sordu: Bir şey diyeceğim, hamile falan değilsin, değil mi? Marianne güldü. Öyle olunca yatıştı Connell.

Hayır, dedi Marianne. Bu sabah regl oldum.

Tamam. İyi, sevindim.

Hamile olsaydım ne yapardın?

Gülümsedi, ağzından bir nefes aldı Connell. Senin ne yapmak istediğine bağlı olurdu, dedi.

İtiraf edeyim, azıcık ayartıya kapılıp bebeği tutabilirdim. Ama sana öyle bir şey yapmam, merak etme.

Gerçekten mi? Neyin ayartması olurdu bu? Duyarsız bir şey söylediysem özür dilerim.

Bilmem ki, dedi Marianne. Başıma böyle çarpıcı bir olay gelmesi fikri bir bakıma hoşuma gidiyor. İnsanların beklentileri dışında şeyler yapmak isterdim. Kötü bir anne mi olurdum sence?

Hayır, tabii ki harika olurdun. El attığın her şeyi harika yapıyorsun.

Gülümsedi Marianne. Bir şey istemezdim senden, dedi.

Yine de, kararın ne olursa olsun desteklerdim seni.

Niçin onu destekleyeceğini söylediğini bilmiyordu Connell; yedek geliri olmadığı gibi öyle bir şeye sahip olma ümidi de zayıftı. Söylemesi uygunmuş gibi gelmişti sadece. Yoksa ne yapacağını hiç düşünmüş değildi. Tüm prosedürün altından kalkacak kadar kendi kendine yeten birine benziyor Marianne; Connell'ın en fazla onunla uçağa binmesi gerekebilir.

Carricklea'de ne derler, düşünsene, dedi Marianne.

Of, evet. Lorraine asla affetmez beni.

Marianne aniden gözlerini kaldırarak: Neden ki, sevmiyor mu beni? dedi.

Hayır, seni çok seviyor. Sana öyle bir şey yaptığım için beni asla affetmez, demek istiyorum. Seni çok seviyor, hiç merak etme. Biliyorsun sen de. Benim için fazla iyi olduğunu düşünüyor hatta.

Bu lafın üzerine Marianne tekrar gülümsedi, eliyle Connell'ın yüzüne dokundu. Hoşuna gitti Connell'ın, ona sokuldu ve bileğinin solgun alt kısmını okşadı.

Ya senin ailen? dedi Connell. Onlar da beni hiç affetmezlerdi herhalde.

Omuzlarını silkti Marianne, elini tekrar kucağına bıraktı.

Görüştüğümüzden haberleri var mı? dedi Connell.

Marianne başını salladı. Kafasını çevirdi, elini yanağına yasladı.

Söylemen gerektiğinden değil, dedi Connell. Belki beni tasvip etmezler zaten. Bir doktor ya da avukatla falan olmanı isterler, değil mi?

Ne yaptığımı pek önemsediklerini sanmıyorum.

Yüzünü dümdüz açtığı elleriyle gizledi, sonra hızla burnunu sildi ve sümkürdü. Connell, Marianne'in ailesiyle gergin bir ilişkisi olduğunu biliyordu. Bu durumu ilk defa lisedeyken fark etmiş ama o zaman olağandışı bulmamıştı, Marianne'in o dönem herkesle ilişkisi gergindi çünkü. Ağabeyi Alan onlardan birkaç yaş büyüktü ve Lorraine'in deyimiyle "zayıf bir kişilik"e sahipti. Doğrusu, Marianne'le karşı karşıya gelse hakkını savunabileceğini düşünmek zordu. Şimdilerde ikisi de yetişkin ama ona rağmen Marianne ailesinin yanına gitmiyor, gittiği zamanlarda da bu şekilde aklı başka yerde ve keyifsiz dönüyor, ailesiyle yine tartıştığını söylüyor ve konuşmak istemiyor.

Yine dalaştın mı onlarla sen? dedi Connell.

Başını evet anlamında salladı Marianne. Beni pek sevmiyorlar, dedi.

Bana da öyle hissediyorsun gibi geliyor galiba, dedi Connell. Ama neticede onlar senin ailen, seni seviyorlar.

Marianne bir şey söylemedi. Başını ne evet ne hayır anlamında salladı, öylece oturdu. Çok geçmeden de yattılar. Ağrısı olduğundan seks yapmak canını yakabilirdi, bu yüzden boşalana kadar dokundu Marianne'e. Sonrasında Marianne'in neşesi yerine geldi, gösterişli bir şekilde inleyip şöyle diyordu: Bu çok iyiydi. Connell yataktan çıktı ve ellerini yıkamak için odanın bitişiğindeki banyoya girdi. Köşesinde saksı içinde bir bitkinin, her yerde yüz kremi kavanozları ve parfümlerin olduğu pembe fayanslı bir odaydı banyo. Musluğun altında ellerini durularken Marianne'e daha iyi hissediyor mu diye sordu. Yattığı yerden konuştu Marianne: Harika hissediyorum, sağ ol. Aynada, altdudağının hafif kanadığını fark etti Connell. Yanlışlıkla eli çarpmış olmalıydı. Parmağının ıslak tarafıyla sildi dudağını; Marianne içeriden seslendi: Bir başkasıyla tanışıp âşık olduğunda ne kadar sinir olacağım kim bilir. Devamlı böyle ufak şakalar yapıyor Marianne. Connell ellerini havluya sildi ve banyo ışığını söndürdü.

Bilmem ki, dedi. Benim açımdan gayet güzel bir düzen bu.

Elimden geleni yapıyorum.

Connell yanına uzandı ve onu dudaklarından öptü. Marianne bir ara, filmi seyrettikten sonra üzgündü ama neşesi yerine gelmişti şimdi. Onu mutlu etmek Connell'ın elinden geliyordu. Para ya da seks gibi ona verebildiği bir şeydi bu. Başkalarının yanında başına buyruk ve mesafeli görünüyordu ama Connell'ın yanında başkaydı, başka bir insandı. Onu bu şekilde tanıyan yalnızca kendisiydi.

Peggy nihayet şarabını bitirip kalkıyor. Marianne onu geçirirken Connell masada oturuyor. Sokak kapısı kapanıyor ve Marianne tekrar mutfağa giriyor. Bardağını suyla çalkalıyor ve ters çevirip bulaşık damlalığına bırakıyor. Kendisine bakmasını bekliyor Connell.

Hayatımı kurtardın, diyor ona.

Marianne arkasını dönüyor, gülümsüyor, bluzunun kollarını indiriyor.

Benim de hoşuma gitmezdi, diyor. İstesen yapardım ama istemediğini anladım.

Marianne'e bakıyor. Bakmaya devam ediyor, sonunda soruyor Marianne: Ne var?

Yapmak istemediğin şeyleri yapmamalısın, diyor Connell.

Yok, öyle demek istemedim.

Sanki konu geçmiş gitmiş gibi kollarını havaya kaldırıyor. Doğrudan bakınca öyle olduğunu anlıyor Connell da. Biraz daha yumuşak bir tavır takınıyor, sonuçta ona bozuk falan değil.

İyi müdahalede bulundun yine de, diyor. Tercihlerime saygı gösterdin.

Öyle olmaya çalışıyorum.

Öylesin de. Gel buraya.

Marianne gelip yanına oturuyor; yanağına dokunuyor Connell. Bir anda istese Marianne'in suratına sert, hem de çok sert bir tokat indirebileceği, Marianne'inse öylece durup ona izin vereceği gibi korkunç bir hisse kapılıyor. Bu düşünce onu öyle korkutuyor ki, sandalyesini itip yerinden fırlıyor Connell. Elleri titriyor. Nereden aklına geldiğini bilmiyor bu düşüncenin. Belki de yapmak istediği içindir. Ama midesi kalkıyor düşününce.

Ne oldu? diyor Marianne.

Connell'ın parmakları karıncalanıyor şimdi; rahat nefes alamıyor.

Ya, bilmiyorum ki, diyor. Bilmiyorum, özür dilerim.

Bir şey mi yaptım?

Yok, yok. Özür dilerim. Bir an garip... bir garip hissediyorum da. Bilmiyorum.

Marianne kalkmıyor yerinden. Ama Connell ona emredecek olsa kalkmaz mıydı, kalkardı. Kalbi küt küt atıyor şimdi Connell'ın, başı dönüyor.

Kötü mü oldun? diyor. Rengin soldu biraz.

Bak, Marianne. Sen soğuk biri değilsin. Hiç öyle biri değilsin, cidden.

Garip bir bakış atıyor, yüzünü buruşturuyor Marianne. Belki soğuk yanlış kelime olmuştur, diyor. Çok da önemli değil.

Sen sevmesi zor biri değilsin. Tamam mı? Herkes seviyor seni.

Çok iyi açıklayamadım. Unut gitsin.

Başını aşağı yukarı sallıyor Connell. Normal nefes alamıyor hâlâ. Tamam da, ne demek istedin? diyor. Marianne yüzüne bakıyor, ayağa kalkıyor sonunda. Sen bembeyaz oldun resmen, diyor. Fenalaştın mı? Hayır diyor Connell. Marianne uzanıyor ve elinin ıslak olduğunu söylüyor. Başını tekrar sallıyor Connell, zorlukla nefes alıyor. Marianne sessizce diyor ki: Seni üzecek bir şey yaptıysam özür dilerim. Zorlanarak gülüyor Connell, elini geri çekiyor. Yok, tuhaf bir hisse kapıldım da. Neydi, anlamadım. İyiyim şimdi.

Üç Ay Sonra
(TEMMUZ 2012)

Marianne süpermarkette bir kap yoğurdun arkasındaki yazıyı okuyor. Diğer elindeki telefonun öbür ucunda Joanna, işyerinde başına gelen bir olayı anlatmakla meşgul. Joanna kendini kaptırdığı zamanlarda monolog halinde konuşabildiğinden, Marianne birkaç saniyeliğine dikkatini yoğurda bakmaya vermekte sakınca görmüyor. Sıcak bir gün, üzerinde ince bir bluz ve etek var; donmuş gıda reyonunun serinliğinde kollarındaki tüyler ürperiyor. Süpermarkete gelmesinin bir sebebi yok, evde ailesiyle olmak istememesi dışında; Carricklea'de insanın tek başınayken fark edilmeyeceği fazla bir yer de yok. Tek başına içmeye gidemez, caddeye çıkıp kahve içemez. Alışveriş yapmadığı fark edildiğinde, ya da tanıdığı birine rastlayıp sohbet etmeye mecbur kaldığında süpermarketin de bir faydası kalmayacak.

Ofisin yarısı gelmediğinden hiçbir iş tamamlanmıyor, diyor Joanna. Ama ben maaşımı aldığımdan sorun yok.

Joanna işe girdiğinden beri, Dublin'de yaşamalarına rağmen birbirlerinin sesini daha çok telefonda duyuyorlar. Marianne yalnızca hafta sonu boyunca Carricklea'de ama Joanna da diğer zamanlarda çalışıyor oluyor. Joanna telefonda çoğu zaman işyerini, orada çalışan çeşitli karakterleri, aralarında yaşanan olayları anlatıyor ve Marianne sanki hiç ziyaret etmediği bir ülkenin, maaşlı çalışanlar ülkesinin bir vatandaşıymış gibi dinliyor onu. Marianne yoğurdu dondurucuya bırakıyor ve Joanna'ya işte harcadığı saatler için para almak garip geliyor mu diye soruyor – başka bir deyişle, dünyadaki son derece kısa zamanından parçalar alıp para adıyla bilinen insan icadıyla mübadele etmek.

O zamanı bir daha geri alamayacaksın, diye ekliyor Marianne. Sonuçta zaman gerçek bir şey.

Para da gerçek.

Tamam da, zaman daha gerçek. Zaman fiziğin bir parçası, paraysa bir toplumsal inşadır.

Evet ama işteyken hâlâ hayattayım, diyor Joanna. Orada olan hâlâ benim, bir şeyler deneyimliyorum. Sen çalışmıyor olabilirsin, peki, ama senin için de zaman geçiyor. Sen de o zamanı geri alamayacaksın.

Ama nasıl değerlendireceğimin kararını ben verebilirim.

Ben de buna cevaben karar verme melekesinin de bir toplumsal inşa olduğunu söylerim.

Marianne gülüyor. Donmuş gıda reyonundan uzaklaşıp çerezlere doğru gidiyor.

Çalışma ahlakı denen şey aklıma yatmıyor, diyor. Bazı işler hadi neyse, ama sen sadece bir ofiste kâğıtları oradan oraya götürüyorsun; insanlık çabasına bir katkıda bulunmuyorsun.

Ahlaktan bahsetmedim ki ben.

Marianne bir paket kuru meyve alıp inceliyor, içinde kuru üzüm olduğunu görünce bırakıp başka bir pakete uzanıyor.

Boş gezdiğin için seni yargıladığımı düşünüyor musun? diyor Joanna.

İçten içe yargılıyorsun bence. Peggy'yi yargılıyorsun.

Peggy aklı boş geziyor, arada bir fark var.

Marianne, Joanna'nın acımasız sözünü ayıplamak istercesine cık cıklıyor ama çok da yürekten yapmıyor bunu. Bir yandan elindeki kuru elma paketinin arkasını okuyor.

Peggy'ye dönüşmeni istemem, diyor Joanna. Ben seni böyle seviyorum.

Peggy o kadar kötü biri değil. Marketteyim şimdi, kasaya giriyorum, kapatmam lazım.

Tamam. Yarın şeyden sonra konuşmak istersen arayabilirsin.

Sağ ol, diyor Marianne. Sen iyi bir arkadaşsın. Görüşürüz.

Marianne elinde bir paket kuru elmayla self servis kasaya gidiyor, yolda bir şişe buzlu çay alıyor. Self servis kasaların dizili olduğu yere geldiğinde, sepetindekileri boşaltmakla meşgul olan Lorraine'i görüyor. Marianne'i gördüğünde Lorraine yaptığı işi bırakıp, Selam! diyor. Marianne kuru meyveyi göğsüne sıkıştırıp merhaba, diyor.

Keyfin nasıl? diyor Lorraine.

İyi, sağ olun. Siz nasılsınız?

Connell sınıf birincisi olduğunu söyledi. Ödüller mödüller kazanıyormuşsun. Hiç şaşırmıyorum tabii.

Marianne gülümsüyor. Dişetlerini göstererek, çocuk gibi gülüyormuş gibi geliyor. Sıktığı kuru meyvenin nemli ellerinde hışırdadığını hissediyor; paketi makineye okutuyor. Süpermarket ışıkları klor gibi bembeyaz ve yüzü tamamen makyajsız.

Ha, diyor Marianne. Önemli şeyler değil.

Köşede Connell beliriyor, belirecek tabii. Altılı tuz ve sirke aromalı cips var elinde. Beyaz bir tişört giymiş, bir de yanında şeritler olan o eşofman altı. Omuzları genişlemiş gibi duruyor. Marianne'e bakıyor. O da süpermarketteymiş demek; belki donmuş gıda reyonunda kendisini görmüş, sonra göz göze gelmemek için hızlı adımlarla yanından uzaklaşmıştı. Belki de Marianne'in telefonda konuştuğunu duymuştu.

Merhaba, diyor Marianne.

Aa, selam. Geldiğini bilmiyordum.

Annesine gözucuyla bakıyor Connell, sonra elindeki cipsleri okutup paketleme alanına bırakıyor. Onu gördüğü anki şaşkınlığı Marianne'e samimi geliyor; en azından ona bakmaya ya da onunla konuşmaya yanaşmamasını öyle buluyor.

Duydum ki Dublin'de çok seviliyormuşsun, diyor Lorraine. Gördün mü, Trinity'den bütün dedikodular kulağıma geliyor.

Connell bakışlarını kaldırmıyor. Sepetteki diğer ürünleri okutmakla meşgul: bir kutu poşet çay, dilimlenmiş tava ekmeği.

O sizin oğlunuzun kibarlığı, diyor Marianne.

Cüzdanını çıkarıp parasını ödüyor, üç euro seksen dokuz cent toplam. Lorraine ve Connell aldıklarını tekrar kullanılabilir plastik poşetlere dolduruyorlar.

Seni evine kadar bırakalım mı? diyor Lorraine.

Gerek yok, diyor Marianne. Yürürüm ben. Sağ olun yine de.

Yürümek mi! diyor Lorraine. Ta Blackfort yoluna kadar? Olmaz öyle şey. Bırakırız seni.

Connell iki poşeti yüklenip başıyla kapıyı gösteriyor.

Hadi, diyor.

Marianne mayıstan beri görmedi onu. Connell sınavlardan sonra taşınırken, kendisi Dublin'de kaldı. Başkalarıyla görüşmek istediğini söylediği zaman dedi ki: Peki. Başından beri sevgilisi olmadığı için, eski sevgilisi bile değil artık. Hiçbir şeyi. Hep birlikte biniyorlar arabaya; Marianne arka koltuğa oturuyor, Connell ve Lorraine ölüm haberini aldıkları bir tanıdıkları hakkında konuşuyorlar ama ölen kişi yaşlı olduğu için o kadar da üzücü değil. Marianne camdan dışarıyı seyrediyor.

İyi ki karşılaşmışız seninle, diyor Lorraine. Seni iyi gördüğüme çok sevindim.

Teşekkür ederim.

Kaç günlüğüne geldin?

Hafta sonu kalacağım sadece, diyor Marianne.

Foxfield Sitesi'nin girişine geldiğinde sinyalini yakıyor Connell ve evlerinin önünde duruyor. Lorraine arabadan iniyor. Connell dikiz aynasından Marianne'e bakıp diyor ki: Öne geçiyor musun? Taksi şoförü değiliz. Marianne ses çıkarmadan söylediğini yapıyor. Lorraine bagajı açınca Connell arkasını dönüyor. Poşetler kalsın, diyor. Gelince ben getiririm. Ellerini teslim olmuş gibi havaya kaldırıyor annesi, bagajı gerisingeri kapatıp el sallayarak uğurluyor onları.

Connell'ın eviyle Marianne'in evi arasındaki yolculuk kısa. Siteden sola dönüp dönel kavşağa yöneliyor Connell. Daha birkaç ay öncesine kadar Marianne'le konuşarak ve sevişerek tüm geceyi geçirirlerdi. Sabahları Marianne'in üzerindeki yorganı kaldırır, suratında bir gülümsemeyle üstüne çıkıp mırıldanırdı: Aa, selam, merhaba. Birbirlerinin en yakın arkadaşıydılar. Marianne ona en iyi arkadaşının kim olduğunu sorduğunda böyle söylemişti ona. Sen, demişti. Mayıs sonu geldiğindeyse yazın başka bir evde kalacağını söylemişti.

Nasıl gidiyor bu arada? diyor Connell.

İyi, sağ ol. Senden?

Benden de iyi işte.

Elinin sert bir hamlesiyle vitesi değiştiriyor Connell.

Hâlâ benzinlikte mi çalışıyorsun? diye soruyor Marianne.

Yok, hayır. Eskiden çalıştığım yeri mi diyorsun? Orası kapandı şimdi.

Öyle mi?

Evet, diyor Connell. Yok, şimdi bistroda çalışıyorum. Hatta geçen akşam annen şeyle geldi. Sevgilisi mi, artık her neyse.

Marianne başını sallıyor. Futbol sahasının oradan geçiyorlar şimdi. İnce bir örtü gibi yağmur yağıyor ön cama. Connell silecekleri çalıştırıyor; silecekler bir yandan öbür yana mekanik bir ritimle, gıcırtıyla yolculuk ediyorlar.

Connell bahar döneminin etüt haftasında[1] Carricklea'ye döndüğünde, Marianne'den çıplak fotoğraflarını göndermesini istemişti. İstediğin zaman silerim tabii, dedi. Sen karar verirsin. Bu laf, Marianne'de daha önce duymadığı bir erotik ritüelin var olduğu hissini uyandırdı. Neden silmeni isteyeyim ki? dedi. Telefondaydılar; Connell Foxfield'daki evindeydi, Marianne'se Merrion Meydanı'ndaki evinde uzanıyordu. Connell, çıplak fotoğrafların raconunu kısaca anlattı: Kimseye göstermemek, istendiğinde silmek vesaire.

Böyle fotoğrafları birçok kızdan alıyor musun? diye sordu Connell'a.

Yani, şu an elimde yok. Aslında kimseden daha önce istemedim ama bazen insanların gönderdiği oluyor.

Marianne, onun da kendisine fotoğraflarını gönderip göndermeyeceğini sorduğunda Connell bir, "Hımm," sesi çıkardı.

Bilmem, dedi. Gerçekten benimkinin resmini istiyor musun?

Komik bir biçimde ağzının sulandığını hissetti Marianne.

Evet, dedi. Ama gönderecek olsan ben asla silmezdim, o yüzden göndermesen daha iyi.

1. "Reading Week", derslerin bitiminden sonra, öğrencilerin final sınavına hazırlık yapması için verilen haftanın adı. (Ç.N.)

Buna güldü Connell. Silip silmemen umurumda değil, dedi.

Bağdaş kurduğu bacaklarını çözdü Marianne. Mezara kadar götürürüm, dedi. Ölene kadar her gün bakarım herhalde.

Connell bu kez kahkahayı bastı. Marianne, dedi, hiç inançlı biri değilim ama bazen Tanrı'nın seni benim için yarattığını düşünüyorum.

Yağmurun buğusunda spor merkezi sürücü koltuğunun camında bir görünüp bir kayboluyor. Connell tekrar Marianne'e dönüyor, sonra tekrar yola bakıyor.

Şimdi şu Jamie'yle berabermişsin, değil mi? diyor. Öyle duydum.

Evet.

Çirkin bir tip olduğu söylenemez.

Hı, diyor Marianne. Peki, tamam. Sağ ol.

Jamie'yle birkaç haftadır birlikteler. Jamie'nin belli eğilimleri var. Belli ortak eğilimleri var. Bazen gün ortasında Jamie'nin kendisine söylediği ya da yaptığı bir şeyi hatırlıyor ve o zamanlarda birden tüm canı uçup gidiyor, bedeni oradan oraya taşıması gereken ağır ve çirkin bir kadavra gibi kalıyor.

Evet, diyor Connell. Bir keresinde onu bilardoda yenmiştim. Hatırlamıyorsundur muhtemelen.

Hatırlıyorum.

Connell başını sallıyor ve ekliyor: Eskiden beri hoşlanıyordu senden. Marianne ön camdan öndeki arabaya bakıyor. Doğru, Jamie eskiden beri hoşlanıyordu ondan. Bir keresinde Marianne'e mesaj atmış ve Connell'ın niyetinin ciddi olmadığını söylemişti. Connell'a da göstermişti mesajı, sonra gülmüşlerdi. O sırada yataktaydılar, telefon ekranı Connell'ın yüzünü aydınlatıyordu. Seni ciddiye alan biriyle birlikte olmalısın, diyordu mesaj.

Ya sen, birileriyle görüşüyor musun? diyor Marianne.
Pek sayılmaz. Ciddi bir şey yok.
Bekârlık sultanlıktır diyorsun.
Beni bilirsin, diyor Connell.
Bir zamanlar biliyordum.
Connell kaşlarını çatıyor. Biraz felsefi konuştun, diyor. Geçtiğimiz birkaç ayda o kadar değişmedim.
Ben de öyle. Aslında evet. Hiç değişmedim.

Mayısta bir akşam Marianne'in arkadaşı Sophie sınavların bitişini kutlamak için bir parti vermişti. Anne babası Sicilya'da ya da öyle bir yerdeydi. Connell kalan tek sınavını dert etmiyordu, o da geldi. Bütün arkadaşları, biraz da Sophie'lerin bodrum katında ısıtmalı bir havuz olduğu için, oradaydı. Tüm geceyi mayolarıyla, suya girip çıkarak, içki içerek ve konuşarak geçirdiler. Marianne havuz kenarında plastik bardakta şarabıyla otururken, diğerleri havuzda bir oyun oynuyordu. Bu oyunda insanlar diğer insanların omuzlarına çıkıp birbirlerini suya düşürmeye çalışıyorlardı. İkinci turda Sophie, Connell'ın omuzlarına çıktı ve hayranlık ifade ederek dedi ki: Gövden de bayağı sağlammış, ne güzel. Marianne, çakırkeyif, ikisini hayranlıkla izliyor, Connell'ın Sophie'nin yumuşak, bronz bacaklarını kavrayan ellerine bakıyor, gerçekleşmekte olan bu âna şimdiden tuhaf bir nostalji duyuyordu. Sophie'yle o an göz göze geldiler.
Endişelenme, Marianne, diye seslendi Sophie. Onu kendime âşık etmeyeceğim.
Connell'ın gözlerini suya çevirerek duymamış gibi yapacağını sanıyordu Marianne; oysa Connell dönüp kendisine baktı ve gülümsedi.
Endişelenmiyor, dedi.
Connell'ın ne demek istediğini anlamamıştı aslında, yine de gülümsedi, sonra da oyun başladı. Sevdiği, ken-

disini seven insanların yanında olmaktan mutluydu. Konuşmak istese herkesin muhtemelen döneceğini ve gerçekten ilgiyle kendisini dinleyeceğini biliyordu ve bu da onu mutlu ediyordu; söylemek istediği hiçbir şey yoktu halbuki.

Oyun bittikten sonra Connell havuzda Marianne'in yanına, ayaklarını sarkıttığı yere doğru yanaştı. Marianne sevecen gözlerle baktı ona. Seni hayran hayran izliyordum, dedi. Connell ıslak saçlarını alnından geriye attı. Beni hep hayran hayran izliyorsun, dedi. Marianne şakasına ayağıyla vurdu ona; Connell ayak bileğini eliyle yakaladı ve parmaklarıyla onu okşamaya başladı. Sophie'yle iyi takım oldunuz, dedi. Connell suyun altındaki bacağını okşamaya devam ediyordu. Güzel bir duyguydu. Diğerleri Connell'ı havuzun derin tarafına çağırıyor, bir tur daha oynamak istiyorlardı. Siz devam edin, dedi Connell. Ben bir tur dinleneceğim. Sonra sıçrayarak havuzun kenarına, yanına oturdu. Vücudu ıslak, ışıl ışıldı. Düşmemek için elini arkasındaki fayanslara dayadı.

Gel buraya, dedi Connell.

Kolunu beline doladı. Daha önce başkalarının önünde Marianne'e hiç, hiç dokunmamıştı. Hiçbir arkadaşı onları daha önce bu şekilde görmemişti. Havuzda diğerleri birbirlerine su sıçratıyor, bağrışıyorlardı.

Hoşuma gitti, dedi Marianne.

Connell başını çevirdi ve onun çıplak omzunu öptü. Şaşkınlık ve minnet duygusuyla bir kez daha güldü Marianne. Connell bakışlarını havuza çevirdi, sonra ona baktı.

Mutlusun şimdi, dedi. Gülümsüyorsun.

Haklısın, mutluyum.

Başıyla havuzu işaret etti: Peggy az önce suya düşmüştü, etrafındakiler gülüyorlardı.

Hayat böyle bir şey mi? dedi Connell.

Marianne yüzüne baktı ama ifadesinden keyifli mi,

yoksa perişan halde mi olduğunu anlamıyordu. Ne demek istiyorsun? dedi ama Connell yalnızca omuz silkti. Birkaç gün sonra da Marianne'e yaz boyunca Dublin'de olmayacağını söyledi.

Geleceğini hiç söylemedin, diyor Connell şimdi.

Marianne ağır ağır başını sallıyor, sanki düşünüyormuş, sanki geleceğini Connell'a söylemediğini şu an fark ediyormuş gibi; düşününce ilginç, gerçekten de.

Ne yani, arkadaş değil miyiz artık? diyor Connell.

Elbette arkadaşız.

Mesajlarıma cevap yazmıyorsun ama.

Marianne görmezden geliyordu onu, işin doğrusu. Aralarında olup bitenleri, Connell'ın kendisinden ayrıldığını ve evi terk ettiğini insanlara anlatmak zorunda kalan kendisiydi ve çok utanmıştı bu durumdan. Connell'ı herkese tanıştıran, nasıl da eğlenceli biri olduğunu, ne kadar da duyarlı ve zeki olduğunu herkese anlatan oydu; Connell'sa karşılığını üç ay boyunca neredeyse her gece onda kalarak, Marianne'in kendisine aldığı biraları içerek ve sonra çat diye ondan ayrılarak ödemişti. Herkese rezil etmişti Marianne'i. Peggy gülüp geçmişti tabii; erkek milletinin aynı olduğunu söylemişti. Joanna içinse hiç komik değildi olanlar; anlaşılmaz ve üzücüydü. İkisinin de ayrılık sırasında tam olarak ne söylediğini sorup duruyor, sonra suspus oluyordu; daha anlamlı hale gelsin diye sahneyi kafasında canlandırıyor gibiydi.

Connell, Marianne'in ailesini tanıyor mu diye sordu Joanna. Carricklea'de herkes birbirini tanır, dedi Marianne. Joanna başını salladı: Demek istediğim, nasıl insanlar olduklarını biliyor mu? Marianne cevap veremedi buna. Kendisinin bile ailesini tanımadığını, onları tarif edecek kelimeleri bulamadığını hissediyor. Onların davranışlarını ya abartıyor ve bu yüzden suçlu hissediyor ya da azımsıyor, bundan da suçluluk duyuyor ama farklı türden, daha içedönük bir suçluluk duygusu bu. Marianne'in nasıl bir ailesi olduğunu bildiğini sanıyor Joanna ama o ya da herhangi biri, nasıl bilebilir, Marianne bile bilmezken? Connell elbette bilemez. Sevgi dolu bir yuvada yetişmiş olgun bir insan. Herkesin iyi yönlerini görüyor ve dünyadan habersiz yaşayıp gidiyor.

O an aklına nisanda Howth'a gittiklerinde Connell'ın arabasında bıraktığı ve sonra geri almadığı cep şişesi geliyor. Torpido gözünde olabilir hâlâ. Gözü torpido gözünde ama açmaya cüret edemiyor, açarsa Connell ne yaptığını sorar, sonra Marianne'in Howth gezisinden bahsetmesi gerekir. O gün denizde yüzmüş, sonra arabasını gözden uzak bir yere park etmişti ve arka koltukta sevişmişlerdi. Şimdi tekrar arabada otururlarken o günü hatırlatmak utanmazlık olur, her ne kadar cep şişesini almak istese de, ama belki de mesele cep şişesi değil, belki de şimdi oturdukları arabanın arka koltuğunda kendisini nasıl düzmüş olduğunu Connell'a hatırlatmak istiyor, yüzünün kızaracağını biliyor, sadistçe bir güç gösterisi olarak yüzünü kızartmak istiyor belki de, ama bu ona yakışan bir davranış olmaz, o yüzden hiçbir şey söylemiyor.

Niçin geldin bu arada? diyor. Aileni ziyarete mi?

Babamın ölüm yıldönümü duası var.

Aa, diyor Connell. Marianne'e gözucuyla bakıyor, sonra tekrar ön cama dönüyor. Üzgünüm, diyor. Haberim yoktu. Ne zaman, yarın sabah mı?

Başıyla onaylıyor Marianne. On buçukta, diyor.

Üzgünüm, Marianne. Aptallığıma geldi.

Dert değil. Bu yüzden gelmek istemiyordum ama annem ısrar etti. Kiliseyle pek aram yok normalde.

Yok, diyor. Doğru.

Öksürüyor Connell. Marianne ön camdan dışarıya bakıyor. Şimdi oturduğu sokağın başına geldiler. Connell'la daha önce Marianne'in babasından ya da kendi babasından pek bahsetmemişlerdi.

Gelmemi ister misin? diye soruyor Connell. Orada olmamı istemezsen gelmem tabii. Ama istersen gelmekten rahatsız olmam.

Teklif ettiğin için teşekkürler, diyor Marianne. Çok incesin.

Sorun değil.

Gerçekten gelmen gerekmiyor.

Zahmet olmaz, diyor Connell. Aslında gelmeyi isterim.

Sinyal ışıklarını yakıyor ve eve çıkan çakıllı yola giriyor. Marianne'in annesinin arabası yok, demek evde değil. Evin heybetli beyaz cephesi ters ters süzüyor onları. Pencerelerin dizilişi bir sebepten Marianne'lerin evine burun büken bir ifade veriyor. Connell motoru kapatıyor.

Mesajlarına cevap vermediğim için kusura bakma, diyor Marianne. Çocukça davrandım.

Sorun değil. Bak, eğer arkadaş olmak istemiyorsan, olmak zorunda değiliz.

Elbette arkadaş olmak istiyorum.

Parmaklarını direksiyona vurarak başını aşağı yukarı sallıyor Connell. Kocaman ve nazik bir bedeni var, aynı bir labrador gibi. Marianne'in ona bir şeyler söyleyesi geliyor. Ama artık çok geç; hem kimseye bir şeyler söylemesinin ona bir faydası da olmadı.

Pekâlâ, diyor Connell. O zaman yarın sabah kilisede görüşürüz, olur mu?

Yutkunuyor Marianne. Biraz içeri gelmek ister miydin? diyor. Bir çay falan içerdik.

İsterdim ama bagajda dondurma var.

Marianne etrafına bakıyor ve alışveriş poşetlerini hatırlıyor; birden nerede olduğunu şaşırıyor.

Lorraine canıma okur sonra, diyor Connell.

Anladım. Tabii ki.

Marianne arabadan iniyor o zaman. Camdan el sallıyor Connell. Ertesi sabah Connell gerçekten de gelecek kiliseye, lacivert kazağının altına beyaz bir gömlek giymiş olacak; bir kuzu gibi masum duracak, duadan sonra giriş salonunda yanında duracak, pek bir şey söylemese de göz göze geldiklerinde ona destek veren bakışlar atacak. Birbirlerine gülümseyecekler, içleri rahatlamış bir şekilde. Ve tekrar arkadaş olacaklar.

Altı Hafta Sonra

(EYLÜL 2012)

Buluşmalarına geç kaldı. Şehirdeki bir miting nedeniyle otobüsü trafiğe takıldığından sekiz dakika gecikti; kafenin yerini de bilmiyor. Marianne'le daha önce hiç "kahve" için buluşmamıştı. Dışarısı yanıyor bugün; kaşındıran, mevsimsiz bir sıcaklık var. Capel Sokağı'nda buluyor kafeyi, kasiyerin yanından geçip arkadaki kapıdan çıkıyor ve telefonuna bakıyor. Üçü dokuz geçiyor saat. Sigara içilen bahçede Marianne oturmuş, kahvesini yudumlamaya başlamış bile. Başka kimse yok, ortalık sakin. Marianne kendisini gördüğünde kalkmıyor.

Kusura bakma, geç kaldım, diyor Connell. Bir eylem varmış, otobüs gecikti.

Marianne'in karşısına oturuyor. Henüz bir şey ısmarlamadı.

Önemli değil, diyor Marianne. Ne eylemiymiş? Kürtaj için falan değildi, değil mi?

Fark etmediği için o an utanıyor Connell. Yok, sanmıyorum, diyor. Emlak vergisi gibi bir şey.

İyi, yolları açık olsun madem. Çabuk ve kanlı bir devrim olsun.

Temmuz ayında, babasının duası için Carricklea'ye geldiğinden beri görmedi Marianne'i. Dudakları solgun ve kurumuş duruyor; göz altlarında morluklar var. Connell onu güzel görmekten keyif alsa da, hastayken ya da cildi bozukken ona daha yakın hissediyor; normalde iyi oynayan biri kötü maç çıkardığında olduğu gibi. Nedense öyleyken daha cana yakın görünüyor. Üzerinde çok zarif siyah bir bluz var, bilekleri ince ve beyaz duruyor, saçlarını boynunda toplamış.

Evet, diyor Connell. Biraz daha kanlısından olsa eyleme katılacak enerjim olurdu, işin doğrusu.

Garda'dan[1] dayak yemek istiyorsun.

Hayatta dayak yemekten daha kötü şeyler de var.

Marianne kahvesinden bir yudum alırken Connell bu lafı söylüyor, sanki dudakları fincanda bir an duraksıyor gibi geliyor. Bu duraksamayı kahve içerkenki normal halinden nasıl ayırdığını bilmiyor Connell, ama anlıyor. Fincanı tabağa koyuyor.

Katılıyorum, diyor Marianne.

O ne demek?

Seninle aynı fikirdeyim.

Yakınlarda muhafızların saldırısına mı uğradın yoksa, ben mi bir şey kaçırdım? diyor Connell.

Marianne elindeki poşetten fincanına biraz daha şeker boşaltıyor ve kahvesini karıştırıyor. Sonra sanki orada olduğunu o an hatırlarcasına gözlerini kaldırıyor.

Kahve içmeyecek misin? diyor.

Başını eğiyor Connell. Otobüsten buraya yürüdüğünden hâlâ biraz nefes nefese kalmış, üstündeki kıyafetlerin altında sıcaklamış hissediyor. Masadan kalkarak içeri dönüyor. İçerisi daha serin ve loş. Kırmızı rujlu bir kız siparişini alıyor ve birazdan getireceğini söylüyor.

Nisan ayına kadar Connell yaz boyu Dublin'de ça-

1. Garda Síochana: Barış Muhafızları. İrlanda ulusal polis teşkilatı. (Ç.N.)

lışmayı ve maaşıyla kirasını ödemeyi düşünüyordu; sonra patronu sınavlarına bir hafta kala çalışma saatlerini düşüreceğini söyledi. Bu şekilde de kirasını çıkarabilirdi ama geçinecek parası olmayacaktı. O yerin eninde sonunda batacağını biliyordu, başka bir yere başvurmadığı için kendine kızıyordu. Haftalarca bunu düşündü durdu. Nihayet yaz boyunca Dublin'den taşınması gerekeceğine karar verdi. Niall çok anlayışlı davrandı, eylülde odasını tekrar kiralayabileceğini falan söyledi. Ya Marianne'le ikinize ne olacak? diye sordu Niall sonra. Connell da şöyle yanıtladı: Evet, doğru. Bilmiyorum. Daha ona söylemedim.

Aslına bakılırsa çoğu geceyi zaten Marianne'de geçiriyordu. Durumu açıklayabilir, eylüle kadar sende kalabilir miyim diye sorabilirdi. Evet diyeceğini biliyordu Marianne'in. Evet diyeceğini düşünüyordu; evet demeyeceğini hayal etmek güçtü. Yine de kendini bu konuşmayı ertelerken, Niall'ın sorularını geçiştirirken, konuyu açmaya karar verip son anda vazgeçerken buldu. Ondan para istemek gibi geliyordu Connell'a. Marianne'le asla para hakkında konuşmazlardı. Örneğin Marianne'in annesinin kendi annesine yerleri silsin ve çamaşırlarını assın diye para verdiğini ya da bu paranın dolaylı olarak Connell'a ulaştığını ve onun da bu parayı sık sık Marianne'e harcadığını konuşmazlardı. Bu gibi konuları düşünmekten hoşlanmıyordu Connell. Marianne'in böyle düşünmediğinin farkındaydı. Sürekli bir şeyler ısmarlıyordu Connell'a, akşam yemeğinden tiyatro biletine kadar; böyle şeylerin parasını veriyor ve öder ödemez de unutuyordu.

Sınavların bitişine yakın, bir gece Sophie Whelan'ın evindeki bir partiye gittiler. Niall'ın yanından çıkacağını Marianne'e söylemesi, onun yanında kalıp kalamayacağını artık doğrudan sorması gerektiğini biliyordu. Akşamın çoğunu havuz başında, ılık suyun baş döndürücü yerçekiminde gömülü halde geçirdiler. Marianne'in straplez kırmızı mayosuyla suda gezinmesini seyretti. Islak saçlarından bir bukle boynundaki topuzdan çözülmüştü; cildine yapışmış, parlıyordu. Herkes gülüşüyor, içkilerini içiyordu. Hiç kendi gerçek hayatı gibi değildi bu hayat. Bu insanları hiç tanımıyordu; onların, ya da kendisinin, gerçek olduğuna pek inanası gelmiyordu. Havuz kenarında içinden Marianne'in omzunu öpmek geldi ve bundan mutlu olan Marianne gülümsedi. Kimse bakmıyordu onlara. O gece yataktalarken kira mevzusunu açacağını düşündü Connell. Onu kaybetmekten çok korkuyordu. Ama yattıklarında Marianne sevişmek istedi, sonra da uyuyakaldı. Uyandırmayı düşündü Connell, sonra vazgeçti. Taşınma konusunu konuşmak için son sınavına kadar beklemeye karar verdi.

İki gün sonra Ortaçağ ve Rönesans romansları üzerine yazdığı ödevi teslim eder etmez Marianne'e gitti; masaya oturup kahve içtiler. Marianne'in Teresa ve Lorcan'ın karmaşık ilişkisi hakkında bir şeyler anlatmasını dinledi, sözünü bitirmesini bekledi Connell, sonra ona dedi ki: Bir şey diyeceğim. Kestim ama. Yazın buradaki evin kirasını ödeyemeyeceğim galiba. Marianne bakışlarını kahveden kaldırdı ve düz bir sesle dedi ki: Nasıl?

Evet, dedi Connell. Niall'ın yanından çıkmam gerekecek.

Ne zaman? dedi Marianne.

Yakında. Önümüzdeki hafta belki.

Suratı katılaştı Marianne'in, herhangi bir duygusunu belli etmiyordu. Hı, dedi. Eve döneceksin yani.

Göğüskemiğini ovmaya başladı Connell, nefesinin kesildiğini hissediyordu. Anlaşılan öyle, evet, dedi.

Marianne başını salladı, bir an kaşlarını kaldırdı, sonra yine indirdi ve bakışlarını kahve fincanına çevirdi. Anladım, dedi. Eylülde döneceksin herhalde.

Connell'ın gözleri yanıyordu, yumdu. Nasıl böyle olduğunu, nasıl konunun böyle ellerinden kayıp gittiğini anlamamıştı. Onunla kalmak istediğini söyleyemezdi, iş işten geçmişti, bunu biliyordu, ama ne zaman iş işten geçmişti? Sanki bir anda olmuş gibiydi. Başını masaya yaslamak ve çocuk gibi ağlamak istiyordu. Bunun yerine tekrar gözlerini açtı.

Evet, dedi. Okulu bırakmıyorum, merak etme.

Sadece üç ay yoksun yani.

Evet.

Uzun bir sessizlik oldu.

Bilmiyorum, dedi Connell. Herhalde başkalarıyla görüşmek istersin, değil mi?

Tamamen buz gibi bir sesle Marianne sonunda cevap verdi: Olur.

Connell ayağa kalktı ve bitirmemiş olmasına rağmen kahvesini lavaboya döktü. Apartmandan çıktığında gerçekten de ağladı; yürütemedikleri ilişkileri midir, artık her neyse, ona olduğu kadar Marianne'in evinde yaşamaya dair zavallıca hayallerine de ağladı.

Birkaç hafta geçmemişken Marianne bir başkasıyla, Jamie adında bir arkadaşıyla çıkmaya başladı. Jamie'nin babası ekonomik krizin mimarlarından bir tanesiydi – öyle mecazen değil, gerçekten o işlerin içinde olan biriydi. Connell'a bu birliktelikten bahseden Niall oldu. İşteyken mesajı okuduğu zaman arka odaya geçip içerideki serin dolaba kafasını yasladı ve neredeyse bir dakika öylece durdu. Marianne başından beri bir başkasıyla görüşmek istiyordu, diye düşündü. Connell çulsuzun teki olduğu için muhtemelen Dublin'den ayrılmak zorunda kalmasına da sevinmişti. Ailesinin parasıyla onu kayak tatillerine çıkaracak bir sevgili istiyordu. Böyle birini bulduğuna göre, artık Connell'ın e-postalarını da cevaplamazdı.

Temmuz geldiğinde Marianne'in bir başkasıyla beraber olduğu Lorraine'in bile kulağına gelmişti. Connell hem Jamie'nin babası tüm ülkenin ağzına sakız olduğundan hem de kasabada pek bir şey olmadığından herkesin bunu konuştuğunu biliyordu.

Ne zaman ayrıldınız ki siz? diye sordu ona Lorraine.

Hiç birlikte olmadık.

Görüştüğünüzü sanıyordum.

Öylesineydi, diye cevapladı Connell.

Zamane gençleri. İlişkilerinizi anlıyorsam gözüm çıksın.

Sen de müzelik değilsin sonuçta.

Benim okul yıllarımda, dedi Lorraine, biriyle ya birlikteydin ya da değildin.

Connell boş gözlerle televizyona bakarak, çenesini kıpırdattı.

Ben nereden gelmeyim öyleyse? dedi.

Lorraine sitemle dürttü oğlunu ama Connell ekrandan gözlerini ayırmadı. Televizyondaki gezi programında uzun gümüş renkli kumsallar, mavi sular gösteriliyordu.

Marianne Sheridan benim gibi birini ne yapsın, dedi.

Senin gibi biri ne demek?

Yeni erkek arkadaşı onun ait olduğu sınıfa daha denk düşüyor.

Lorraine birkaç saniye boyunca bir şey söylemedi. Connell arka dişlerini usul usul gıcırdattığını hissedebiliyordu.

Marianne'in böyle davranacağına inanmam, dedi Lorraine. Öyle biri olduğunu hiç sanmam.

Kanepeden doğruldu Connell. Sana ne olduysa onu söylüyorum, dedi.

Belki de olan biteni sen yanlış anlamışsındır.

Ama Connell çoktan çıkmıştı.

Kafenin bahçesi öyle aydınlık ki, güneşte tüm renkler gevrek, neredeyse yakıcı bir hal alıyor. Marianne bir sigara yakıyor; paketini masada açık bırakmış. Connell oturduğu zaman gri duman bulutçuğunun arasından ona gülümsüyor. Connell onun mahcup davrandığını düşünüyor ama nedenini anlamıyor.

Daha önce hiç kahve içmek için buluşmamıştık, diyor Connell. Değil mi?

Olabilir mi? Kesin buluşmuşuzdur.

Connell sevimsiz davrandığını biliyor ama engel olamıyor kendine. Hayır, diyor.

Buluştuk ya, diyor Marianne. *Arka Pencere*'yi[1] izlemeye gitmeden önce kahve içmiştik ya. Gerçi o muhtemelen çıkmak sayılırdı.

Bu laf şaşırtıyor Connell'ı; cevap olarak onaylamayan bir ses çıkarıyor: Hımm.

Arkalarındaki kapı açılıyor, kadın elinde Connell'ın kahvesiyle geliyor. Connell teşekkür ediyor, kadın gülümseyerek içeri dönüyor. Kapı kendiliğinden kapanıyor. Marianne, Connell ve Jamie'nin daha iyi arkadaş olmasını umduğunu söylemekle meşgul. Umarım anlaşırsın onunla, diyor Marianne. Sonra tedirgin gözlerle ona bakıyor, gözlerindeki samimi ifade duygulandırıyor Connell'ı.

Evet, eminim anlaşırız, diyor. Niçin anlaşamayayım ki?

Senin kibar davranacağını biliyorum. Ben umarım iyi anlaşırsınız diyorum.

Elimden geleni yaparım.

Gözünü de korkutma onun, diyor Marianne.

1. *Rear Window*. Alfred Hitchcock'un 1956 tarihli filmi. (Ç.N.)

Connell kahvesine bir damla süt koyuyor, rengin yüzeye çıkmasını bekliyor, sonra sütlüğü masaya bırakıyor.

Ha, diyor. Peki, onu da aynı şekilde tembihliyorsundur umarım.

Onun nesinden gözün korkacak, Connell. Boyu benden kısa çocuğun.

Bu işler boyla olmuyor, değil mi?

Onun gözünden bakıldığında sen hem ondan çok uzun boylusun hem de eskiden onun sevgilisiyle yatan çocuksun.

Ağzından bal damlıyor. Ona da böyle, Connell eskiden benimle yatan uzun boylu çocuk diye mi söyledin?

Gülüyor Marianne. Hayır, diyor. Ama herkesin haberi var.

Boyundan rahatsız falan mı? Üzerine gitmeyeceğim, bilmek istedim sadece.

Marianne kahve fincanını kaldırıyor. Nasıl bir ilişkileri olması gerektiğini anlamıyor Connell. Birbirlerini artık çekici bulmadıkları anlaştıkları bir konu mu? Ne zaman vazgeçmiş olmaları gerekiyordu? Marianne'in davranışlarından hiçbir şey anlamıyor. Hatta Marianne'in kendisini hâlâ çekici bulduğundan, ancak kendi dünyasına ait olamayacak birine duyduğu çekimin peşinden gitmeyi artık bir şaka gibi gördüğünden ve güldüğünden şüphe ediyor.

Temmuz ayında Marianne'in babasının ölüm yıldönümü için duaya gitmişti. Kasaba kilisesi küçüktü, içerisi yağmur ve tütsü kokardı, pencerelerinde vitray desenler vardı. Lorraine'le kiliseye hiç dua etmeye gitmezlerdi, daha önce yalnız cenazelere gelmişti. Geldiğinde Marianne'i giriş salonunda görmüştü. Dinî bir sanat eseri gibi görünüyordu. Marianne'e bakmak, uyardıklarından çok daha acı veriyordu Connell'a; korkunç bir şey yapası geliyordu, kendini ateşe vermek ya da arabasını bir ağaca çarpmak gibi. Ne zaman içine kasvet çökse kendine aşırı zarar verdiği durumlar hayal ederdi. Yaşadığından çok daha ağır ve mutlak bir acıyı hayal etme eylemi bir süreliğine yatıştırırdı onu, belki de gerektirdiği düşünsel enerjiyi sarf etmek ya da gömüldüğü düşüncelerden kopmak iyi gelirdi; ama sonrasında kendini çok daha kötü hissederdi.

O akşam Marianne, Dublin'e döndükten sonra Connell okuldan birkaç kişiyle içmeye çıkmıştı; önce Kelleher's'a gittiler, sonra McGowan's'a, sonra da otelin arkasındaki Phantom adlı şu rezil gece kulübüne. Etrafında yakın olduğu kimse yoktu Connell'ın, birkaç içkiden sonra kendisi de zaten kimseyle muhabbet etmek için gelmediğini, amacının bilinçsiz ve yatışmış bir hale gelene kadar içmek olduğunu anladı. Dönen muhabbetten yavaş yavaş koptu ve bir köşede sızmadan tüketebileceği kadar alkol almaya odaklandı; esprilere bile gülmüyor, hatta konuşulanları bile dinlemiyordu.

Phantom'dalarken eski iktisat hocaları Paula Neary'yle karşılaştılar. Connell öyle sarhoş olmuştu ki görüşü kaymış, somut her nesnenin yanında bir diğer hayaletimsi halini daha görmeye başlamıştı. Paula hepsine bir tek tekila ısmarladı. Üzerinde siyah bir elbise, gümüş bir kolye vardı. Elinin tersine döktüğü tuzu yaladı Connell ve kadının boynundaki kolyenin, omzunda belirsiz beyaz bir çizgi halindeki hayaletini gördü. Paula kendisine baktığında sanki iki değil birçok gözü vardı; mücevher gibi gözler, havada salınıyorlardı. Gülmeye başladı Connell; Paula eğildi, nefesini yüzüne üfleyerek, neyin o kadar komik olduğunu sordu.

Onun evine nasıl geldiklerini hatırlamıyor; yürüdüler mi, taksiye mi bindiler, hâlâ bilmiyor. Yalnız yaşayanların evlerinde rastlanan o tuhaf eşyasız temizlik vardı.

Paula, hobisi olmayan birine benziyordu: Evde kitaplık ya da müzik aleti yoktu. Hafta sonları kendi başına ne yapıyorsun, diye gevelediğini hatırlıyor. Dışarı çıkıp eğleniyorum, demişti Paula. Connell, bu lafı duyduğunda bile son derece acıklı bulmuştu. Paula iki kadeh şarap doldurmuştu. Connell deri koltuklarda oturup, eli boş durmasın diye şarabını içti.

Futbol takımı bu yıl ne durumda? dedi Connell.

Sensiz eski tadı yok, dedi Paula.

Sonra kanepede yanına oturdu. Elbisesi hafifçe omzundan kaymış, sağ memesinin üzerindeki bir ben ortaya çıkmıştı. Okuldayken onunla yatabilirdi. Sınıftakiler şakasını ediyordu ama gerçekten böyle bir şey olsa ne diyeceklerini şaşırır, korkarlardı. Connell'ın çekingenliğinin ardında sert ve korkutucu bir şey olduğunu düşünürlerdi.

Ömrünüzün en güzel yılları, dedi Paula.

Ne?

Ömrünüzün en güzel yılları, lise yılları.

Connell gülmek istedi ama aptalca, tedirgin bir kahkaha çıktı ağzından. Bilmem, dedi. Doğruysa epey üzücü bir şey.

O an Paula onu öpmeye başladı. Başına gelen bu olayı garipsedi Connell; yüzeyinde gayet tatsızdı ama bir yerde ilginçti de, sanki hayatı yeni bir istikamete giriyor gibiydi.

Paula'nın ağzı tekila gibi ekşiydi. Bir an Paula'nın kendisini öpmesinin yasal olup olmadığını düşündü Connell, öyle olması gerektiğine hükmetti, aklına yasal olmaması için bir sebep gelmese de, ama yine de yaptıkları yanlış geliyordu ona. Ne zaman kendini çekecek olsa Paula üzerine geliyor gibiydi, öyle ki, Connell fiziken neyin ne olduğunu karıştırmaya başladı; kanepede oturuyor muydu, yoksa sırtını kolçağına mı vermişti, emin değildi. Deneme amacıyla doğrulmaya çalıştı ve o an oturmakta olduğunu anladı; tavanda gördüğünü sandığı kırmızı ışık, aslında karşı duvardaki müzik setinin *stand by* ışığıydı.

Okuldayken Miss Neary onu çok rahatsız ederdi. Peki oturma odasındaki kanepede kendisini öpmesine izin vermekle bu rahatsızlığı yeniyor muydu, yoksa ona teslim mi oluyordu? Bu soruyu tam zihninde telaffuz etmeye başlamıştı ki Paula pantolonunun düğmelerini çözmeye başladı. Connell panik halinde elini uzaklaştırmaya çalıştı ama bunu öyle beceriksiz bir şekilde yaptı ki Paula yardım ettiğini düşündü. Paula üst düğmesini çözdü ve Connell sarhoş olduğunu, belki de devam etmemeleri gerektiğini söyledi. Elini Connell'ın iç çamaşırının lastiğinden içeri daldırdı Paula ve kendisi için önemli olmadığını söyledi. O an bayılacakmış gibi geldi Connell'a, ama bayılamadığını fark etti. Keşke bayılabilseydim, diye düşündü. Paula ona diyordu ki: Ne kadar sertsin. Bu lafı iyice garipsedi Connell, çünkü hiç sert değildi.

Kusacağım, dedi.

Bunu duyunca elbisesini de çekiştirerek uzaklaştı Paula; bunu fırsat bilen Connell da kanepeden kalktı ve pantolonunun düğmelerini tekrar ilikledi. Paula, temkinli, iyi olup olmadığını sordu. Connell ona baktığında kanepede iki Paula'nın oturduğunu görüyordu; ikisi de o kadar netti ki hangisi gerçek Paula'ydı hangisi hayaletiydi, anlaşılmıyordu. Üzgünüm, dedi Connell. Ertesi sabah oturma odasında giyinik halde uyandı. Eve nasıl döndüğünü hâlâ hatırlamıyor.

Bir konuda güvensiz olmalı, diyor Marianne şimdi. Ama ne, bilmiyorum. Belki daha entelektüel takılmak istiyordur.

Belki de sağlıklı bir özgüveni vardır.

Hayır, öyle olmadığı kesin. O...

Gözleri bir an sağa sola hızla kıpırdadı. Böyle yaptığında kafasında hesaplar yapan usta bir matematikçiye benziyor Marianne. Kahve fincanını tekrar tabağına bırakıyor.

O ne? diyor Connell.

O bir sadist.

Connell karşısına boş boş bakıyor ve bu lafı duyduktan sonra yaşadığı korkunun yüzüne yansımasına izin veriyor; sevimli bir gülümsemeyle bakıyor Marianne. Tabaktaki fincanını hafifçe çeviriyor.

Sen ciddi misin? diyor Connell.

Bana vurmaktan hoşlanıyor. Seks sırasında sadece, bu arada. Kavgada falan değil.

Gülüyor sonra; Connell bu aptalca kahkahayı yakıştıramıyor ona. Görüş alanı bir an, sanki korkunç bir migren başlamak üzereymiş gibi şiddetle sarsılıyor Connell'ın, elini alnına götürüyor. Korktuğunu fark ediyor. Seks konusunda Marianne'den daha deneyimli olsa da, yanında her nedense çoğu zaman naif hissediyor.

Senin de hoşuna gidiyor, öyle mi? diyor Connell.

Omuz silkiyor Marianne. Küllükteki sigarası sönmek üzere. Çabuk hareketlerle küllükten alıyor ve söndürmeden önce son bir nefes çekiyor.

Bilmiyorum, diyor Marianne. Hoşuma gidiyor mu, bilmiyorum.

O zaman yapmasına neden izin veriyorsun?

Ben istedim çünkü.

Connell fincanını alıyor ve sıcak kahveden koca bir ağız dolusu yudumluyor, sırf eli bir işe yarasın diye. Fincanı yerine bıraktığında bardak sallanıyor, kahve tabağa dökülüyor.

Nasıl yani? diyor Connell.

Ben istedim, ona itaat etmek istediğimi söyledim. Açıklamak zor.

Yani, istiyorsan açıklamayı dene. Merak ettim.

Tekrar gülüyor Marianne. Epey rahatsız olacaksın yalnız, diyor.

Peki.

Yüzüne, belki şaka yapıp yapmadığını anlamak ister gibi bakıyor Marianne, sonra çenesini hafif kaldırıyor ve o an Marianne'in anlatmaktan geri adım atmayacağını, atmanın kendisine dair inanmadığı bir şeye teslim olmak olacağını anlıyor Connell.

Aşağılanmaktan zevk aldığımdan değil, diyor Marianne. Sadece birisi benden istese onun için kendimi aşağılayacağımı bilmek istiyorum. Anlatabiliyor muyum? Öyle mi bilmiyorum, çok düşünüyorum. Olup bitenden çok aradaki dinamikle alakalı. Neyse işte, ben önerdim, daha itaatkâr davranabilirim dedim ona. O da beni dövmekten hoşlanıyormuş meğer.

Connell öksürmeye başlıyor. Marianne masadaki bir kavanozdan kahve karıştırılan tahta çubuklardan alıyor ve parmaklarının arasında bükmeye başlıyor. Öksürüğünün dinmesini bekliyor Connell, sonra diyor ki: Sana ne yapıyor?

Bilmem ki işte, diyor Marianne. Bazen kemerle vuruyor. Boğazımı sıkmayı seviyor, öyle şeyler.

Anladım.

Hoşuma gittiğinden değil. Ama sadece hoşuma giden şeylere itaat edeceksem bu gerçekten itaatkârlık olmaz.

Hep bu şekilde mi düşünüyordun? diyor Connell.

Marianne yüzüne bakıyor. Connell korkunun kendisini bitirdiğini ve bir başka şeye dönüştürdüğünü hissediyor, sanki korkuyu aşmış gibi; ona bakmak suda ona doğru yüzmeye benziyor. Sigara paketini alıyor ve içine bakıyor. Dişleri takırdamaya başlıyor, altdudağına bir sigara yerleştiriyor ve yakıyor. Onda bu duyguları, bu tuhaf kopukluk hissini uyandıran tek kişi Marianne; sanki boğuluyormuş, zaman düzgün işlemiyormuş gibi geliyor.

Jamie'nin berbat biri olduğunu düşünmeni istemiyorum.

Öyle gibi geliyor.

Aslında değil.

Connell sigarasından bir nefes çekiyor ve gözlerinin hafif kapanmasına izin veriyor. Güneş sıcak, Marianne'in bedeninin yakında olduğunu hissediyor; ağzındaki dumanı, kahvenin bıraktığı acı tadı duyuyor.

Belki kötü muamele görmek istiyorumdur, diyor Marianne. Bilmiyorum. Bazen kötü biri olduğum için kötü şeyleri hak ettiğimi düşünüyorum.

Dumanı üflüyor Connell. Baharda geceleri Marianne' in yanında uyanır, eğer o da uyanıksa birbirlerinin kollarına yanaşır, sonunda Connell onun içinde olduğunu hissederdi. Hiçbir şey söylemesi gerekmezdi, yalnızca iyi mi diye sorardı ve Marianne her zaman iyi olduğunu söylerdi. Hayatındaki hiçbir şey o zaman hissettiklerine yaklaşamazdı. Bedeninin içine kıvrılıp uyuyabilmeyi dilerdi sık sık. Başkasıyla asla sahip olamayacağı, asla istemeyeceği bir şeydi bu. Sonra, hiç konuşmadan, birbirlerinin koynunda uyumaya devam ederlerdi.

Bunları bana hiç söylemedin. Biz o zaman...

Seninle farklıydı. Biz öyle değildik işte. Bizimkisi farklıydı.

Çubuğu iki eliyle büküyor ve sonra bir ucundan bırakıyor; parmaklarından fırlıyor çubuk.

Alınmalı mıyım bu söylediğine? diyor.

Hayır. En basit açıklamayı duymak istersen anlatabilirim sana.

Yalan mı söyleyeceksin?

Hayır, diyor Marianne.

Bir an duraksıyor. Sonra elindeki tahta çubuğu bırakıyor. Oynayacağı bir şey kalmayınca eli saçlarına uzanıyor.

Seninle oyun oynamam gerekmiyordu, diyor. Her

şey gerçekti. Jamie'nin yanında bir rolü canlandırıyor gibiyim; o şekilde hissediyormuş, onun gücünün etkisindeymiş gibi yapıyorum. Ama sen varken aramızdaki dinamik gerçekten böyleydi, bu hislere gerçekten sahiptim, benden ne istesen yapardım. Şimdi benim kötü bir sevgili olduğumu düşüneceksin. Sadakatsizlik ettiğimi. Kim beni dövmek istemez ki?

Elleriyle gözlerini kapatıyor. Gülümsüyor, yorgun ve kendine nefretle dolu bir gülümsemeyle. Connell avuç içlerini dizlerine siliyor.

Ben istemezdim, diyor. Belki demode bir tip olduğum için.

Marianne elini kaldırıyor ve yüzünde aynı gülümsemeyle ona bakıyor; dudakları kuru.

Umarım hep birbirimizin yanında olabiliriz, diyor. Öyle olması beni çok rahatlatıyor.

Doğrusu buna sevindim.

O an Connell'in yüzüne, sanki oturduklarından beri onu ilk defa görüyormuş gibi bakıyor.

Her neyse işte, diyor. Senden n'aber?

Marianne'in bu soruyu içtenlikle sorduğunu biliyor. İnsanlarla rahatça sır paylaşabilen, onlardan bir şey talep edebilen biri değil Connell. Marianne'e de bu yüzden ihtiyacı var. Bu gerçeği o an fark ediyor. Marianne bir şeyler isteyebildiği biri. İlişkilerinde zorluklar ve gücenmeler olsa da, ilişkinin kendisi devam ediyor. Bu durumu şaşırtıcı, neredeyse dokunaklı buluyor.

Yazın başıma tuhaf bir olay geldi, diyor Connell. Anlatabilir miyim sana?

Dört Ay Sonra

(OCAK 2013)

Dairesinde arkadaşlarıyla oturuyor. Burs sınavları bu hafta bitti, dönem pazartesi gününden sonra devam edecek. Ters çevrilmiş bir kap gibi boşaltılmış hissediyor kendini. Akşamın dördüncü sigarasını içmekle meşgul, böyle zamanlarda hep göğsünde asitli bir doluluk hisseder; akşam yemeği de yemedi. Öğle yemeğinde de bir mandalina, bir dilim yağsız kızarmış ekmek yemişti. Peggy kanepesine oturmuş, Avrupa'daki Interrail macerasını anlatıyor ve nedendir bilinmez, Batı ve Doğu Berlin arasındaki farklılıklar hakkında ahkâm kesiyor. Marianne iç geçiriyor ve dalgın dalgın diyor ki: Evet, ben de gittim.

Peggy gözlerini kocaman açarak ona dönüyor. Sen Berlin'e mi gittin? diyor. Connacht'lıların oralara gitmesine izin verdiklerini bilmiyordum.

Birkaç arkadaşı kibarca gülüyor. Marianne sigarasının külünü kanepenin kolçağındaki seramik küllüğe silkiyor. Acayip komik, diyor.

Çiftlikten izin almıştın herhalde, diyor Peggy.

Aynen, diyor Marianne.

Peggy hikâyesini kaldığı yerden anlatmaya devam ediyor. Son zamanlarda Jamie olmadığı zamanlarda Marianne'in evinde kalmayı alışkanlık edindi; yatağında kahvaltı etmeyi, hatta duş alırken onunla banyoya girip, ayak tırnaklarını keserken erkeklerden sızlanmayı. Marianne özel bir arkadaş olarak ayrı tutulmaktan hoşlanıyordu, bu kendini boş zamanının büyük miktarının işgal edilmesi olarak gösterdiğinde bile. Gelgelelim son zamanlarda partilerde, Peggy diğerlerinin önünde onunla dalga geçmeye başlamıştı. Marianne arkadaşlarının gönlü olsun diye gülmeye çalışsa da bu çabası yüzünü çarpıtıyor, bunu gören Peggy de ona tekrar sataşma imkânı buluyor. Herkes eve döndükten sonra Peggy, Marianne'in koynuna sokulup diyor ki: Kızma bana. Marianne ince, savunmacı bir sesle yanıtlıyor: Kızgın değilim. Şimdi de birkaç kısa saat içinde aynı konuşmayı yapacağa benziyorlar.

Berlin hikâyesi sona erdiğinde Marianne mutfaktan bir şişe şarap daha getiriyor ve herkesin kadehini dolduruyor.

Sınav nasıl geçti bu arada? diye soruyor Sophie.

Marianne abartılı bir şekilde omuz silkiyor ve hafif gülüşmelerle ödüllendiriliyor. Arkadaşları bazen Peggy' yle aralarındaki dinamikten pek emin olamıyorlar; Marianne komik olmaya çalıştığı zaman gülmekte bonkör davranıyorlar ama bunu neşelendikleri için değil, anlayışlı, hatta merhametli oldukları için yapıyor gibi duruyorlar.

Doğruyu söyle, diyor Peggy. Sıçtın, değil mi?

Marianne gülümsüyor, suratını büzüyor ve şarabın tıpasını tekrar kapatıyor. Burs sınavları iki gün önce bitti; Peggy ve Marianne sınavlara beraber girdiler.

İşte, daha iyi geçmesini isterdim, diye politik bir cevap veriyor Marianne.

Yüzde yüz senden beklenecek bir hareket bu, diyor Peggy. Dünyada senden akıllısı yok ama iş ciddiye biner binmez tıkanıyorsun.

Önümüzdeki yıl tekrar girersin, diyor Sophie.

O kadar kötü geçtiklerini sanmam, diyor Joanna.

Marianne, Joanna'dan gözlerini kaçırıp şarabı tekrar buzdolabına götürüyor. Burs, öğrencilerin beş yıl boyunca öğretim masraflarını karşılıyor, kampüs içinde ücretsiz konaklamalarına, akşam yemeklerini diğer burslu öğrencilerle birlikte yemek salonunda yemelerine imkân veriyor. Ne kirasını ne de harcını ödeyen, neyin ne kadar tuttuğundan habersiz Marianne için burs, bir itibar meselesi. Üstün zekâsının, hesabına yatan büyük meblağlarla onaylanmasını istiyor. Bu şekilde, kimsenin inanmasına gerek kalmadan mütevazıymış gibi davranabilir. Aslında sınavları kötü geçmemişti. Gayet iyi geçmişti.

İstatistik hocası gir diye zorladı, diyor Jamie. Ama Noel'de çalışacak halim yoktu valla.

Marianne yine boş boş gülümsüyor. Jamie sınavlara girmedi, çünkü girse geçemeyeceğini biliyordu. Odadaki herkes de bunu biliyor. Övünmeye çalışıyor ama söylediğinin övgü sayılacağını anlayacak farkındalığa sahip değil, övgüsüne de kimse inanmıyor zaten. Kendisine bu kadar saydam görünmesinde Marianne'i rahatlatan bir şey var.

İlişkilerinin başında, üzerinde pek fazla düşünmeden, ona "bir itaatkâr" olduğunu söylemişti. Söylediğinde kendi bile şaşırmıştı oysa: Belki de onu sarsmak için söylemek istemişti. Ne demek istiyorsun? demişti Jamie. Görmüş geçirmiş bir tavırla Marianne onu yanıtlamıştı: Erkeklerin bana zarar vermesi hoşuma gidiyor. Jamie o günden sonra onu bağlamaya, çeşitli nesnelerle ona vurmaya başladı. Jamie'ye ne kadar az saygısı olduğunu düşündüğü zaman iğrenç biri olduğunu hissederek kendinden nefret etmeye başlıyor; bu duygular da onda boyun eğdirilme, bir anlamda ezilme isteği uyandırıyor. Ne zaman bu olsa zihni ışığı söndürülmüş bir oda gibi bomboş hale geliyor ve hiçbir keyif hissetmeden sarsılarak boşalıyor. Sonra aynısı tekrar başlıyor. Ondan ayrılmayı ne zaman düşünse, ki sık sık düşünüyor, Jamie'den çok Peggy' nin ne tepki vereceğini hayal ediyor.

Peggy, Jamie'yi seviyor, diğer bir deyişle Jamie'de biraz faşistlik olduğunu düşünüyor, ama Marianne üzerinde herhangi bir iktidarı olmayan bir faşist olduğuna inanıyor. Marianne arada ondan yakındığında Peggy şöyle laflar ediyor: Ee, adam şoven domuzun teki, ne bekliyorsun ki? Peggy erkeklerin dürtülerine hâkim olamayan iğrenç hayvanlar olduklarını, kadınların onlardan duygusal destek beklememeleri gerektiğini düşünüyor. Marianne ne zaman ondan şikâyet edecek olsa, Peggy'nin her zamanki erkek eleştirisi kisvesini kullanarak Jamie'yi savunduğunu Marianne çok geç anladı. Ne bekliyordun? derdi Peggy. Ya da: Onu bir şey mi sanıyorsun? Diğer erkeklerin yanında seninki prens sayılır. Marianne niçin böyle davrandığını bilmiyor. Marianne konuyu ne zaman, bazen tereddütle, açacak olsa ve Jamie'yle ilişkilerinin sonuna geldiklerini söylese, Peggy'nin tepesi atıyor. Kavga bile ettiler bu yüzden; bu kavgaları Peggy'nin ayrılıp ayrılmadıklarının umurunda olmadığını ve o noktada artık bitkin ve aklı karışmış bir halde olan Marianne'in muhtemelen ayrılmayacaklarını söylemesiyle sona eriyor.

Marianne tekrar oturduğunda telefonu çalıyor, arayan tanımadığı bir numara. Açmak için kalkıyor, diğerlerine konuşmaya devam etmeleri için işaret ediyor ve mutfağa yöneliyor.

Efendim? diyor.

Alo, ben Connell. Damdan düşer gibi arıyorum ama birkaç eşyamı çaldırdım. Cüzdanımı, telefonumu falan.

İnanmıyorum, ne feci. Ne oldu?

Diyecektim ki sana... Şu an ta Dún Laoghaire'deyim,[1]

1. Dublin yakınlarında bir sahil kasabası. (Ç.N.)

taksiye binecek param da yok. Seninle bir yerde buluşsak, senden biraz nakit ödünç alsam olur mu diyecektim.

Tüm arkadaşlarının gözü Marianne'in üzerinde şimdi; devam etmeleri için elini sallıyor. Jamie oturduğu yerden onun telefon görüşmesini seyretmeye devam ediyor.

Tabii, sen hiç merak etme, diyor Marianne. Evdeyim ben, taksiyle buraya gelmek ister misin? İnip taksiciye parasını veririm, sana da uyar mı? Geldiğinde zili çalarsın.

Olur. Tamam, sağ ol. Sağ ol, Marianne. Bu telefonu ödünç aldım, geri vereyim şimdi. Birazdan görüşürüz.

Connell kapıyor telefonu. Bir elinde telefon, arkasını döndüğünde tüm arkadaşları Marianne'e sabırsız gözlerle bakıyorlar. Olanları anlatınca, hepsi Connell için üzülüyor. Arada sırada hâlâ partilere geliyor Connell, ayaküstü bir içki içip kalkıyor. Eylülde Marianne'e Paula Neary'yle olanları söylemiş, Marianne de dünyadan sanki koptuğunu, daha önce hiç tanımadığı türden bir şiddete sahip olduğunu hissetmişti. Abarttığımın farkındayım, demişti Connell. Yaptığı o kadar kötü bir şey değil sonuçta. Ama bayağı bombok etti beni. Marianne buz gibi bir sesle konuştuğunu işitti: Onun gırtlağını kesmek istiyorum. Connell başını kaldırdı ve daha çok şaşkınlıktan, güldü. Ne diyorsun, Marianne, dedi. Ama gülüyordu da. Keserim gerçekten, dedi Marianne. Başını salladı Connell. Bu şiddet eğilimini zapt etmeye çalış, dedi. Onun bunun gırtlağını kesersen hapse atarlar seni. Marianne gülüp geçmesine izin verdi ama sessiz bir dille şunu da söyledi: Bir daha sana el sürecek olursa gebertirim onu, umurumda olmaz.

Cüzdanında yalnızca bozukluklar var, ama komodindeki çekmecede nakit üç yüz euro duruyor. Işığı yakmadan içeri giriyor, duvarın öbür tarafından arkadaşlarının sesi bir uğultu halinde geliyor. Para çekmecede, altı ellilik. Üçünü alıyor ve katlayarak cüzdanına koyuyor. Sonra yatağın kenarına oturuyor; hemen içeri dönesi gelmiyor.

Noel'de ailesinde ortam gergindi. Ne zaman eve misafir gelecek olsa Alan tedirgin ve asabi oluyor. Bir akşam amcası ve yengesi kalktıktan sonra Alan, misafirin boş fincanlarını mutfağa götüren Marianne'in peşinden gitmişti.

Acınacak haldesin, dedi Alan. Sınav sonuçlarınla övünüyorsun.

Marianne sıcak musluğunu açtı ve sıcaklığı ölçmek için parmaklarını uzattı. Alan eşikte kollarını kavuşturmuş, duruyordu.

Ben açmadım konuyu, dedi. Onlar açtı.

Hayatta tek övünebileceğin buysa acıyorum haline, dedi Alan.

Musluktan akan su ısınınca, Marianne lavaboyu tıkadı ve elindeki süngere azıcık bulaşık sabunu sıktı.

Dinliyor musun beni? dedi Alan.

Evet, acıyormuşsun bana, dinliyorum.

Bir zavallısın sen, sok kafana.

Anlaşıldı, diyor Marianne.

Fincanlardan birini kuruması için bulaşık damlalığına bıraktı, diğer fincanı sıcak suya daldırdı.

Benden akıllı olduğunu mu düşünüyorsun? dedi Alan.

Islak süngeri fincanın içinde gezdirdi Marianne. Garip bir soru, dedi. Bilmem, hiç düşünmedim.

Değilsin, haberin olsun, dedi Alan.

Tamam, öyle olsun.

Tamam, öyle olsun, diye tekrar etti Alan kulak tırmalayan, ince bir sesle. Arkadaşın olmadığına şaşmamak lazım, daha normal bir şekilde konuşmayı bile bilmiyorsun.

Peki.

Kasabada senin arkandan neler söylüyorlar, bir duysan.

Elinde olmadan, bu fikri saçma bulduğu için, güldü. Öfkeden deliye dönen Alan, Marianne'i kolundan tutup çevirdi ve neredeyse hiç düşünmeden yüzüne tükürdü. Sonra kolunu bıraktı. Tükürüğünün bir damlası, Marianne'in eteğinin kumaşına konmuştu. Vay be, dedi Marianne, iğrençsin. Alan arkasını dönüp odadan çıktıktan sonra Marianne bulaşıkları durulamaya devam etti. Dördüncü fincanı damlalığa bırakırken elinde hafif, ancak görülür bir titreme olduğunu fark etti.

Noel sabahı annesi ona içinde beş yüz euro olan bir zarf verdi. Kart yoktu; Lorraine'in parası için kullandığı küçük saman kâğıdı zarflardan birine koymuştu. Marianne ona teşekkür edince, Denise lakayt bir havayla konuştu: Senin için biraz endişeleniyorum. Marianne zarfla oynarken, yüzünde uygun bir ifade canlandırmaya çalıştı. Ne sebepten? dedi.

Ne mi, dedi Denise, ne yapacaksın hayatta merak ediyorum?

Bilmem. Önümde hâlâ birçok seçenek var bence. Şimdilik üniversiteye odaklanıyorum.

Ya sonra?

Marianne başparmağını zarfa bastırdı ve kâğıdın üzerinde hafif bir leke belirene kadar elini çekmedi. Söylediğim gibi, dedi, bilmiyorum.

Gerçek dünyada hafif bocalayacağından korkuyorum, dedi Denise.

Ne anlamda?

Üniversitenin korunaklı bir ortam olduğunun farkında mısın bilmiyorum. Çalışma hayatına benzemez.

Çalışma hayatımda bir anlaşmazlık yüzünden kimsenin suratıma tükküreceğini sanmam, dedi Marianne. Pek tasvip edilmeyen bir davranış, anladığım kadarıyla.

Denise dudaklarını gererek gülümsedi. Daha kardeş rekabetini bile kaldıramıyorsan yetişkinliğe nasıl ayak uyduracaksın bilmiyorum canım, dedi.

Bekleyelim, görelim.

Bunu duyan Denise avucuyla masaya sertçe vurdu. Marianne ürkse de başını kaldırmadı, elindeki zarfı bırakmadı.

Kendini bir şey sanıyorsun, değil mi? dedi Denise.

Marianne gözlerini yumdu. Hayır, dedi. Sanmıyorum.

Connell zili çaldığında saat neredeyse gece bir. Marianne cüzdanıyla aşağı indiğinde apartmanın önünde bekleyen taksiyi görüyor. Karşıdaki meydanda sis, ağaçların arasına dolanmış. Kış geceleri ne enfes oluyor, demek geliyor içinden Connell'a. Sırtı Marianne'e dönük halde camdan taksiciyle konuşmakla meşgul Connell. Kapıyı duyduğunda başını çevirdiğinde Marianne ağzının yaralı, kanlı olduğunu görüyor; kurumuş mürekkep gibi koyu bu kan. Marianne boynunu tutarak geri adım attığında Connell ona diyor ki: Biliyorum, halimi gördüm aynada. Ama bir şeyim yok aslında, bir elimi yüzümü yıkamam lazım sadece. Altüst olmuş halde taksiciye parayı uzatıyor Marianne, para üstünü neredeyse kaldırım kenarına düşürüyor. İçeride merdivenleri çıkarken Connell'ın üstdudağının sağ tarafının sert ve parlak bir kütle halinde şiştiğini görüyor. Dişleri kan renginde. Aman Tanrım, diyor Marianne. Ne oldu sana? Connell şefkatle Marianne'in elini avucuna alıyor, parmaklarının boğumlarını başparmağıyla okşuyor.

Herifin teki karşıma çıkıp cüzdanımı istedi, diyor. Ben de neden bilmem, olmaz deyince, suratıma yumruk attı. Doğru yapmadım, keşke parayı verseymişim. Aradığım için kusura bakma, ezberimde olan tek numara seninkiydi.

Ah Connell, çok kötü olmuş. Arkadaşlarım bende ama sen ne yapmak istersin? İstersen bir duş alıp burada kalabilirsin? Ya da benden parayı alıp eve mi dönmek istersin?

Dairesinin kapısına geldiler şimdi; orada duruyorlar.

Sana hangisi uyarsa, diyor Connell. Bayağı sarhoşum bu arada. Kusura bakma.

Aa, ne kadar sarhoşsun?

Sınavlardan beri eve dönmedim. Bilmiyorum artık, gözbebeklerim hâlâ görünüyor mu?

Gözlerinin içine bakıyor Marianne; siyah ve yuvarlak gözbebekleri koskocaman olmuş.

Evet, diyor Marianne. Kocamanlar.

Elini okşuyor ve bu kez usul usul konuşuyor: Her neyse. Seni ne zaman görsem öyle oluyorlar zaten.

Başını sallayarak gülüyor Marianne.

Bana yazıyorsan hakikaten sarhoş olman lazım, diyor. Jamie bende, bu arada.

Connell burnundan nefes alıp omzunun arkasına bakıyor.

Çıkıp suratıma bir yumruk daha mı yesem acaba, diyor. O kadar kötü değildi.

Marianne gülümsüyor ama elini bırakıyor Connell. Marianne kapıyı açıyor.

Oturma odasında arkadaşları hayret içinde, olanları tekrar anlatmasını istiyorlar; anlatıyor da Connell, ama bekledikleri tantanayla değil. Marianne'in getirdiği bir bardak suyu Connell ağzında çalkalayıp mutfak lavabosuna tükürüyor; mercan gibi pembe renkli su.

Alçak maganda, diyor Jamie.

Kim, ben mi? diyor Connell. Ayıp ediyorsun ama. Hepimiz özel okullarda okuyamayız, sonuçta.

Joanna gülüyor. Connell normalde bu kadar düşmanca değildir; Marianne ya yumruk yediği için düşmanca bir ruh halinde olduğunu ya da sandığından daha sarhoş olduğunu düşünüyor.

Seni soyan herife diyorum, diyor Jamie. Muhtemelen çaldığı parayla da uyuşturucu alacak ha, çoğu öyle yapıyor.

Connell hâlâ ağzında olduklarından emin olmak istermiş gibi parmaklarını dişlerinde gezdiriyor. Sonra ellerini bir bulaşık bezine siliyor.

Neyse işte, diyor. Bağımlıların hayatı da kolay değil.

Değil evet, diyor Joanna.

Ne bileyim, uyuşturucuyu bırakmayı falan deneyemezler mi? diyor Jamie.

Connell gülerek şunu diyor: Doğru ya, kesin hiç akıl edememişlerdir.

Herkes susunca Connell mahcup, gülümsüyor. Suyla çalkaladığından dişleri kan revan içinde değil şimdi. Affedersiniz, diyor. Ben ayak altından çekileyim. Herkes tepki göstererek ayak altında olmadığını söylüyor; Jamie hariç, o bir şey söylemiyor. Marianne'in içinde anaç bir içgüdü uyanıyor, Connell'a banyo yaptırmak istiyor. Joanna ağrısı olup olmadığını soruyor, Connell yine parmak uçlarıyla dişlerini ovarak konuşuyor: O kadar kötü değil. Lekeli beyaz bir tişörtün üzerine siyah bir ceket giymiş; altında, lise yıllarından beri taktığı süssüz gümüş kolyenin ışıltısını tanıyor Marianne. Bir keresinde kolyesi için Peggy "Argos[1] modası" dediğinde Marianne utançtan kıvranmıştı, hangi arkadaşı için utandığını anımsamasa da.

Ne kadar nakit lazım olur sence? diyor Connell'a. Yeterince hassas bir mevzu olduğundan arkadaşları kendi aralarında konuşmaya başlıyor; baş başa kalmışlar gibi

1. Birleşik Krallık'ta katalogdan siparişle çalışan bir perakende firması. (Ç.N.)

hissediyor Marianne. Connell omuz silkiyor. Banka kartın yokken para çekemezsin, diyor Marianne. Connell gözlerini yumuyor ve alnına dokunuyor.

Siktir ya, çok sarhoşum, diyor. Kusura bakma, halüsinasyon görüyor gibiyim. Ne soruyordun?

Para diyordum. Ne kadar vereyim?

Ha, bilmem. Onluk versen?

Yüz vereyim işte, diyor Marianne.

Ne? Olmaz.

Bir süre böyle tartışıyorlar, sonunda Jamie gelip Marianne'in koluna dokunuyor. Birden onun çirkinliğini fark ediyor Marianne ve uzaklaşmak istiyor. Jamie'nin saçları dökülüyor; zayıf, çenesiz bir suratı var. Arkasında duran Connell, kanlar içindeyken bile etrafına sağlık ve karizma yayıyor.

Birazdan kalkmam gerekecek, diyor Jamie.

Peki, yarın görüşürüz, diyor Marianne.

Jamie dehşet içinde yüzüne bakıyor, o an Marianne yutkunarak içinden gelen sesi bastırıyor: Ne var? Gülümsüyor bunun yerine. Dünyanın en güzel insanı sayılmaz, hiç alakası yok. Bazı fotoğraflarda kameraya çarpık dişlerini haşere gibi gösterirken değil sıradan, bariz bir şekilde çirkin görünüyor. Suçluluk duygusuyla Jamie'nin bileğini sıkıyor, sanki şu imkânsız mesajı adreslerine ulaştırabilecekmiş gibi: Jamie'ye Connell'ın yaralandığını ve ilgisine ihtiyacı olduğunu göstermek, Connell'aysa şu an aslında Jamie'ye dokunmayı hiç istemediğini belli etmek istiyor.

Peki, diyor Jamie. Size iyi geceler o zaman.

Yüzünü köşesinden öpüyor ve ceketini almaya gidiyor. Kendilerini misafir ettikleri için Marianne'e herkes teşekkür ediyor. Kadehler damlalığa ya da lavaboya bırakılıyor. Sonunda sokak kapısı kapanıyor ve Connell'la yalnız kalıyorlar. Marianne omuzlarının gevşediğini hissediyor, yalnızlıkları rahatlatıcı bir maddeymiş gibi. Su ısıtıcıyı dolduruyor ve dolaptan fincan çıkarıyor Marianne; sonra lavaboya birkaç kirli bardak daha bırakıyor, küllüğü boşaltıyor.

Hâlâ erkek arkadaşın mı? diyor Connell.

Marianne gülümsüyor; Connell da. Kutusundan iki çay poşeti çıkarıyor ve su kaynadığı sırada fincanlara bırakıyor. Onunla bu şekilde yalnız kalmayı çok seviyor. Bir anda hayatını idare edebilirmiş gibi geliyor.

Evet, öyle, diyor Marianne.

Neden öyle peki?

Neden mi erkek arkadaşım?

Evet, diyor Connell. Ne alaka yani? Neden hâlâ onunla birliktesin, demek istiyorum.

Marianne keyifsiz, homurdanıyor. Çay alırsın herhalde, diyor. Başıyla onaylıyor Connell. Sağ elini cebine atıyor. Marianne buzdolabından bir kutu süt çıkarıyor, parmaklarında kutunun nemini hissediyor. Connell şimdi tezgâha yaslanmış bekliyor, ağzındaki şişlik dursa da kanın çoğunu temizlemiş; haşin bir yakışıklılık var yüzünde.

Başka bir erkek arkadaşın olabilir, bunun farkındasın, diyor Connell. Erkekler senin için yanıp tutuşuyor diye hep duyuyorum.

Hadi oradan.

İnsanların ya çok sevdiği ya nefret ettiği birisin, o türdensin.

Düğmesi atınca Marianne su ısıtıcıyı yerinden kaldırıyor. Önce fincanlardan birini, sonra diğerini dolduruyor.

Sen benden nefret etmiyorsun ama, diyor Marianne.

Başta bir şey söylemiyor Connell. Sonra devam ediyor: Yok, benim sana bağışıklığım var sayılır. Seni lisede tanıdığım için.

Çirkin eziğin tekiyken, diyor Marianne.

Yok, sen hiç çirkin olmadın.

Su ısıtıcıyı yerine bırakıyor Marianne. Connell'ın üzerinde belli bir gücü olduğunu hissediyor; tekinsiz bir güç bu.

Hâlâ güzel olduğumu düşünüyor musun? diyor.

Muhtemelen ne yapmaya çalıştığını anlayarak yüzüne bakıyor Connell; sonra odadaki bedensel varlığını hatırlamak istiyormuş gibi kendi ellerine bakıyor.

Keyfin yerinde, diyor Marianne'e. Parti iyi geçti herhalde.

Marianne duymamış gibi yapıyor. Siktir git, diye içinden geçiriyor, ama ciddi değil düşündüklerinde. Çay poşetlerini kaşıkla lavaboya atıyor, sonra sütü kullanıp buzdolabına geri koyuyor ve tüm bunları, sarhoş bir arkadaşını idare etmeye çalışan birinin seri hareketleriyle yapıyor.

Keşke bir başkası olsaydı gerçekten, diyor Connell. Keşke beni soyan adam senin sevgilin olsaydı.

Sana ne ki?

Connell cevap vermiyor. Gitmeden önce Jamie'ye olan davranışlarını hatırlayıp, elleriyle yüzünü ovuşturuyor Marianne. Süt düşkünü bir dağdan inmiş köylü, demişti Jamie bir keresinde Connell için. Doğru, Marianne onun kutudan lıkır lıkır süt içtiğini görmüştü. İçinde uzaylılar olan video oyunları oynayan, futbol antrenörleri hakkında fikir sahibi olan biri. Koca bir sütdişi gibi gürbüz. Cinsel emelleri için birine zarar vermek aklının ucundan bile geçmemiştir. İyi bir insan, güzel bir dost. O halde niçin peşinden ayrılmıyor Marianne, niçin sürekli dolduruşa getiriyor onu? Onun yakınlarındayken hep o eski çaresiz kişiliğine mi bürünmeli?

Onu seviyor musun? diyor Connell.

Eli buzdolabının kapağında, duraksıyor Marianne.

Hislerime ilgi duymak pek senlik bir davranış değil,

Connell, diyor Marianne. Ne yalan söyleyeyim, böyle konuların ikimiz için kapalı alanlar olduğunu düşünüyordum.

Anladım. Tamam.

Aklı şimdi başka bir şeydeymiş gibi ağzını tekrar ovuşturuyor. Sonra elini indiriyor ve mutfak penceresinden dışarı bakıyor.

Sana daha önce söylemem gerekirdi, diyor Connell, ama ben birisiyle görüşüyorum. Bir süredir beraberiz; sana söylemem gerekirdi.

Bu habere Marianne öyle şaşırıyor ki sarsılmayı bedeninde hissediyor. Hayretini gizleyemeden olduğu gibi suratına bakıyor Connell'ın. Arkadaşlıkları boyunca Connell'ın hiç kız arkadaşı olmadı. Onun böyle bir şey isteyebileceğine hiç ihtimal vermemişti bile.

Ne? diyor Marianne. Ne kadar zamandır birliktesiniz?

Altı hafta kadar oluyor. Helen Brophy, bilmem tanışıyor musunuz? Tıp okuyor.

Marianne sırtını ona dönüyor ve tezgâha bıraktığı fincanı alıyor. Omuzlarını kıpırdatmamaya çalışıyor; ağlayacağından ve Connell'ın kendisini göreceğinden korkuyor.

Jamie'den ayrılmam için niye zorluyorsun beni, o zaman? diyor Marianne.

Zorlamıyorum, zorlamıyorum. Mutlu olmanı istiyorum, o kadar.

Çok iyi arkadaşımsın ya, ondan, değil mi?

Tabii, evet, diyor Connell. Yani, bilmem ki.

Elindeki fincan tutamayacağı kadar sıcak, ama Marianne bırakmak yerine acının parmaklarına sirayet etmesine, canını yakmasına izin veriyor.

Onu seviyor musun? diyor.

Evet. Onu seviyorum, evet.

Bunu duyan Marianne ağlamaya başlıyor; tüm yetişkinlik hayatı boyunca yaşadığı en utanç verici durum bu. Sırtını dönse de omuzlarının korkunç istemsiz sarsıntılarla kalktığını hissediyor.

Tanrım, diyor Connell. Marianne.

Siktir git.

Connell sırtına dokununca sanki ona el kaldırmış gibi kendini hışımla çekiyor Marianne. Fincanı tezgâha bırakıp koluyla yüzünü sertçe siliyor.

Git başımdan, diyor. Beni yalnız bırak.

Marianne, yapma. Kötü hissediyorum, tamam mı? Daha önce söylemeliydim, özür dilerim.

Seninle konuşmak istemiyorum. Git.

Bir süre hiçbir şey olmuyor. Yanağının içini acıdan sinirleri yatışana kadar ısırıyor Marianne ve ağlaması kesiliyor. Yüzünü bir kez daha, bu kez elleriyle siliyor ve Connell'a dönüyor.

Lütfen, diyor. Lütfen git.

Connell gözlerini yere çevirmiş, iç geçiriyor. Gözlerini ovuşturuyor.

Evet, diyor. İstediğim için çok üzgünüm ama eve dönmek için o paraya ihtiyacım var. Üzgünüm.

O an hatırlıyor ve kötü hissediyor Marianne. Hatta gülümsüyor ona; bu kadar kötü hissediyor. Hay Allah, diyor. Heyecandan bir an saldırıya uğradığını unutuverdim. İki ellilik versem olur mu? Başıyla onaylıyor Connell, ama bakmıyor ona. Connell'ın kötü hissettiğini anlıyor Marianne: Kendisi de yetişkin gibi davranmak istiyor. Cüzdanını arayıp parayı uzatıyor; aldığı parayı cebine koyuyor Connell. Sonra gözlerini yere çeviriyor, gözlerini kırpıştırıp boğazını temizliyor, sanki kendisi de ağlayacakmış gibi. Üzgünüm, diyor.

Önemli değil, diyor Marianne. Dert etme.

Connell burnunu ovuşturup odaya sanki bir daha görmeyecekmiş gibi bakıyor.

Geçen yaz aramızda ne olduğunu hiç anlamadım bu arada, diyor Connell. İşte, o taşınmak zorunda kaldığım arada. Burada kalmama izin vereceğini falan düşünmüştüm. Sonunda ne oldu bize, gerçekten hiç anlamadım.

Göğsüne keskin bir sancı indiğini hissediyor Marianne, elini gırtlağına doğru, hiçbir şeye dokunmadan, kaldırıyor.

Başkalarıyla görüşmemizi istediğini söyledin bana, diyor Marianne. Burada kalmak istediğini bilmiyordum. Benden ayrıldığını sanıyordum.

Avucuyla bir an ağzını ovuşturuyor Connell, sonra nefes veriyor.

Burada kalmak istediğine dair hiçbir şey de söylemedin, diye ekliyor Marianne. İstediğin gibi kalabilirdin elbette. Hep öyleydi zaten.

Tamam, peki, diyor Connell. O halde ben gideyim. Sana iyi geceler, görüşürüz, tamam mı?

Çıkıyor Connell. Kapı sessiz bir tıkırtıyla kapanıyor ardından.

Ertesi sabah güzel sanatlar binasında Jamie, Marianne'i herkesin önünde öpüyor ve ona çok güzel göründüğünü söylüyor. Dün akşam Connell nasıl oldu? diyor. Jamie'nin elini sıkıca tutuyor ve manalı bir şekilde gözlerini deviriyor Marianne. Ay, ne dediğini bilmez haldeydi, diyor. Zor gönderdim evden.

Altı Ay Sonra

(TEMMUZ 2013)

Connell saat sekiz sularında uyanıyor. Camın arkasında dışarısı aydınlık, kompartıman ısınmış; nefesin ve terin ağır sıcaklığı duyuluyor. İsmi okunamayan küçük tren istasyonları hızla görünüp kayboluyor. Elaine kalkmış ama Niall hâlâ uyuyor. Connell yattığı yerden parmaklarının tersiyle sol gözünü ovuşturarak doğruluyor. Elaine yolculuğa getirdiği tek romanı okumakla meşgul; parlak kapaklı kitabın tepesinde *Major Motion Picture*[1] yazıyor. Kapaktaki aktris haftalardır yanlarından ayrılmayan bir yol arkadaşı oldu. Connell onun solgun, dönem-filmi yüzüne neredeyse dostane bir samimiyetle bakıyor.

Neredeyiz, biliyor musun? diyor Connell.

Elaine kitaptan kafasını kaldırıyor. İki saat kadar önce Ljubljana'dan geçtik, diyor.

Ha, tamam, diyor Connell. Çok uzak sayılmayız o zaman.

Connell gözlerini Niall'a çeviriyor; Niall'ın başı uyurken hafifçe sallanıyor. Elaine aynı yere bakıyor. Her zamanki gibi düştü, diyor.

Başta diğerleri de onlarlaydı. Elaine'in birkaç arkada-

1. Sinemaya Uyarlanan Roman. (Ç.N.)

şı Berlin'den Prag'a kadar gelmişlerdi; sonra Bratislava'da Niall'ın mühendislikten birkaç sınıf arkadaşıyla buluşmuşlar, trenle Viyana'ya geçmişlerdi. Hosteller ucuzdu, ziyaret ettikleri şehirlerde tatlı bir geçici his vardı. Hiçbir yaptığı Connell'ın aklında kalmıyordu sanki. Yolculuk baştan sona ona bir defalığına gösterilmiş, sonrasında konusunu çıkarabilse de olaylarını hatırlayamadığı bir dizi kısa film gibi geliyordu. Taksi camlarından bir şeyler gördüğünü hatırlıyor sadece.

Her şehirde bir internet kafe bulup, aynı üç iletişim ritüelini yerine getiriyor: Helen'ı Skype'la arıyor, annesine GSM operatörünün sitesinden ücretsiz bir mesaj gönderiyor, sonra da Marianne'e bir e-posta yazıyor.

Helen yaz boyunca J1 vizesiyle Chicago'da olacak. Görüşmeleri sırasında Helen'ın arkadaşlarının aralarında konuştuklarını, birbirlerinin saçlarıyla oynadıklarını duyuyor; arada Helen onlara dönüp şöyle şeyler söylüyor: Ama lütfen arkadaşlar! Telefondayım! Onun yüzünü ekranda görmek Connell'ın çok hoşuna gidiyor, özellikle de bağlantı iyi olduğu ve hareketleri sanki karşısındaymış gibi net göründüğü zaman. Helen'ın harika bir gülümsemesi, harika dişleri var. Connell dünkü görüşmelerinden sonra parasını kasaya ödedi, güneşe çıktı ve kendine gereksiz pahalı bir bardak buzlu kola aldı. Bazen Helen'ın yanında çok fazla arkadaşı varsa ya da internet kafe kalabalıksa, konuşmaları biraz sıkıntılı olabiliyor ama o zamanlarda bile kapattıklarında Connell daha iyi hissediyor. Hemen kapatsınlar diye bazen apar topar vedalaştığı bile oluyor; böylelikle doğru ifadeleri yapmanın ya da doğru şeyleri söylemenin anbean baskısını duymadan onu görmekten ne çok hoşlandığını keyifle hatırlayabiliyor. Helen'ı, onun yüzünü, gülümsemesini görmek, kendisini sevmeye devam ettiğini bilmek gününe neşe katıyor, saatler boyunca saf bir mutluluktan sersem halde dolaşıyor.

Helen, Connell'a yeni bir varoluş biçimi gösterdi. Duygusal hayatının üzerindeki ağır mı ağır bir kapak kaldırılmış da, ilk kez nefes alıyor gibi hissediyor Connell. Artık şöyle mesajlar yazmak ve göndermek fiziksel olarak mümkün: Seni seviyorum! Geçmişte mümkün görünmüyordu, hem de hiç, oysa ne kadar kolaymış. Biri mesajları görecek olsa utanacağını biliyor ama bunun normal bir utanç olduğunu, hayatının iyi giden bir tarafına gösterdiği korumacı içgüdüyle alakalı olduğunu biliyor. Helen'ın anne babasıyla akşam yemeğine oturabiliyor, Helen'ın arkadaşlarının partilerine onunla gidebiliyor, tüm gülümsemelere ve birbirinin aynı olan sohbetlere tahammül edebiliyor. İnsanlar gelecek hakkında sorular sorduklarında hafifçe sıkılabiliyor Helen'ın elini. Helen aklına esip de kendisine dokunduğu, koluna hafifçe bastırdığı ya da yakasındaki bir ipliği almak için uzandığı zaman Connell'ın koltukları kabarıyor, biri izliyor olsun diye içinden geçiriyor. Onun sevgilisi olarak bilinmesi sayesinde Connell'ın ayakları toplumsal alanda yere basıyor, onu belli bir konum sahibine, makbul bir insana, konuşmalarda tuhaflığından değil de düşünceliliğinden dolayı sessiz duran birine dönüştürüyor.

Lorraine'e gönderdiği mesajlar gayet pratik amaçlı. Tarihî yapılara ya da kültürel hazinelere gittikleri zaman ona haber veriyor. Dünden:

viyanadan selam. stefan katedrali abarttıkları kadar yokmuş ama sanat tarihi müzesi iyiydi. umarım evde her şey yolundadır.

Helen'ın nasıl olduğunu sormayı seviyor annesi. Daha tanışır tanışmaz Helen'la ısındılar. Helen ne zaman ziyaret etse Lorraine, Connell'ın küçük davranışlarına bakarak başını sallıyor ve, Nasıl katlanıyorsun bu çocuğa, yavrucuğum? diye soruyor. Olsun işte, sonuçta anlaşabilmeleri güzel. Connell'ın annesiyle ilk tanıştırdığı sevgilisi Helen, ilişkilerinin ne kadar normal olduğunu, Helen'ın onu ne kadar tatlı bulduğunu Lorraine'e göstermeye tuhaf bir şekilde hevesli olduğunu fark ediyor. Bunun nedenini tam anlamıyor.

Ayrı geçirdikleri haftalar içinde Marianne'e yazdığı e-postalar uzamaya başladı. Boş anlarında telefonunda yazmaya başladı bu e-postaları; çamaşırhanede giysilerini beklerken, ya da gece sıcaktan gözüne uyku girmediğinde hostelde uzanırken. Yazdığı taslakları defalarca okuyor, tüm düzyazı unsurlarının üzerinden geçiyor, metnin daha iyi akması için cümleciklerin yerini değiştiriyor. Yazarken zaman sanki yumuşuyor; ağırlaşmış ve genişlemiş gibi gelirken aslında çok hızlı geçiyor; birden fazla defa başını kaldırdığı ve saatler geçtiğini fark ettiği oldu. Marianne'e yazdığı e-postaların nesini bu kadar ilginç bulduğunu sorsalar açıklayamayacak olsa da önemsiz olduklarına inanmıyor. Onları yazma deneyimi sanki daha geniş ve esas bir ilkenin, kimliğine dair bir şeyin, hatta daha da soyut olan, hayatla alakalı bir şeyin ifadesiymiş gibi geliyor ona. Gri renkli günlüğüne geçenlerde şu cümleyi yazdı: E-postalar üzerinden anlatılan bir öykü? Sonra fazla içi boş bir numara olduğunu düşünerek üzerini çizdi. Günlüğüne yazdığı şeylerin üzerini çizdiğini fark ediyor; gelecekte biri bu günlüklere ayrıntılı bakacakmış da, o da bu gelecekteki insanın hangi fikirlerden vazgeçtiğini bilmesini istiyormuş gibi.

Yazdıklarında Marianne'e sık sık haber linkleri yolluyor. Şu sıralar ikisi de Edward Snowden'ı hevesle takip ediyor; Marianne küresel gözetlemenin mimarisine olan ilgisinden, Connell yaşanan etkileyici kişisel dramdan. İnternette yazılıp çizilen tüm yorumları okuyor, Şeremetyevo Havalimanı'ndaki bulanık görüntüleri izliyor. Marianne'le bu konuları yalnızca e-posta üzerinden, tam da gözetleme altında olduğunu bildikleri iletişim teknolojilerini kullanarak tartışabiliyorlar; bazen ilişkileri devlet gücünün karmaşık ağına yakalanmış, bu ağın kendisi bir istihbarat çeşidiymiş, ikisini ve ikisinin birbirine duydukları hisleri birileri ellerinde bulunduruyormuş gibi geliyor. Bu e-postaları okuyan NSA[1] ajanı bizi çok yanlış anlayacak, diye yazmıştı Marianne bir seferinde. Muhtemelen beni mezuniyet dansına çağırmadığından haberleri yok.

Marianne, Trieste eteklerinde Jamie ve Peggy'yle kaldıkları evden sıkça bahsediyor e-postalarda. Neler olup bittiğini, kendisinin neler hissettiğini, başkalarının ne hissettiğini varsaydığını, neler okuduğunu ve düşündüğünü yazıyor. Connell ona ziyaret ettikleri şehirlerden bahsediyor, bazen belli bir manzarayı ya da sahneyi anlattığı bir paragrafı da iliştiriyor. Bir keresinde ona Schönleinstraße'de U-Bahn durağında merdivenleri çıktığını ve nasıl ortalığın karardığını fark ettiğini yazmıştı; ağaçların ürkütücü parmaklar gibi tepelerinde sallanan yapraklarını, barlardan gelen uğultuyu, pizzanın ve egzoz dumanının kokusunu. Bir deneyimi kelimelere dökmeyi etkileyici buluyor; kavanoza sıkıştırdığını, o ânın kendisini artık asla bütünüyle terk edemeyeceğini hissediyor. Bir keresinde hikâye yazdığını söylemişti ona; şimdi Marianne her fırsatta okumak istediğini söylüyor. Yazdığın e-postalar kadar iyilerse kesin şahanedirler, diye yazdı bir keresinde. Bu lafı okumaktan hoşlansa da, cevabı dürüst oldu: E-postalarım kadar iyi değiller.

Connell, Niall ve Elaine Viyana-Trieste trenine binip son birkaç gecelerini Marianne'in yazlığında geçire-

1. National Security Agency: Ulusal Güvenlik Dairesi. ABD Savunma Bakanlığı'na bağlı, kriptografi, muhabere istihbaratı ve güvenlikle ilgilenen istihbarat teşkilatı. (Ç.N.)

cek, oradan hep birlikte Dublin'e uçacaklar. Günübirlik bir Venedik turu da konuşuldu. Dün gece sırt çantalarıyla trene bindiklerinde Connell, Marianne'e bir mesaj yazdı: Yarın öğleden sonra orada oluruz, öncesinde e-postana düzgün bir cevap yazacak vaktim olmaz. Giyecek hiç temiz kıyafeti kalmadı sayılır. Üzerinde gri bir tişört, siyah pantolon ve kirli beyaz spor ayakkabıları var. Sırt çantasının içindekiler: hepsi birbirinden kirli giysiler, bir temiz beyaz tişört, su doldurmak için kullandığı boş plastik şişe, temiz iç çamaşırı, sarılmış halde duran telefon şarjı, pasaportu, iki kutu markasız parasetamol, epey hırpalanmış bir James Salter romanı, bir de Marianne için Berlin'de İngilizce kitaplar satan bir kitabevinde bulduğu Frank O'Hara şiirleri seçkisi. Bir adet karton kapaklı gri defter.

Elaine dürtüyor Niall'ı, sonunda başı öne düşüyor ve gözleri açılıyor. Saatin kaç olduğunu ve nerede olduklarını soruyor, Elaine söylüyor. Niall sonra parmaklarını birleştiriyor ve kollarını esnetiyor. Eklemleri sessizce çıtlıyor. Connell camdan yanlarından geçen manzarayı seyrediyor: kuru sarılar ve yeşiller, kiremit damın turuncu eğimi, güneşin çarptığı bir pencerenin ani parıltısı.

Üniversite bursları nisan ayında açıklandı. Dekan, sınav salonunun basamaklarında durdu ve bursiyerlerin isimlerini liste halinde okudu. Gökyüzü masmaviydi o gün; meyveli buz gibi coşkulu. Ceketini giymişti Connell; Helen kolundaydı. Edebiyat bölümüne sıra geldiğinde alfabetik sırayla dört isim okudular, sonuncu isim: Connell Waldron. Helen kollarını boynuna doladı. Hepsi bu kadardı; ismini okudular ve devam ettiler. Tarih ve siyaset bilimini anons edene kadar meydanda bekledi; Marianne' in adını duyduğunda arkasına dönüp ona baktı. Arkadaş grubunun tezahürat yaptığını, bazılarının alkışladığını duyabiliyordu. Ellerini cebine soktu. Marianne'in ismini duyunca her şeyin gerçek olduğunu anladı; gerçekten almıştı bursu, almışlardı. Sonrasını tam hatırlamıyor Connell. Duyurular yapıldıktan sonra Lorraine'i aradığını ve Lorraine'in telefonda şaşkın, sessiz kaldığını ve sonra mırıldandığını anımsıyor: Aman Tanrım, inanmıyorum.

Niall ve Elaine sevinçle tezahürat yaparak yanına gelmiş, sırtını sıvazlamış ve ona "dünyanın en büyük ineği" demişlerdi. Connell boş boş gülüyordu; tüm heyecanını bir şekilde dışa vurması gerekiyordu ve ağlamak istemiyordu. O akşam yeni bursiyerlerin yemek salonunda resmî bir davete katılmaları bekleniyordu. Connell sınıftaki birinin smokinini ödünç almış, smokin üzerine tam oturmamıştı; yemekte de yanında oturan edebiyat profesörüyle sohbet edeyim derken kan ter içinde kalmıştı. Helen'ın yanında, arkadaşlarının yanında olmak istiyordu; hiç tanışmadığı, onu tanımayan bu insanlarla işi yoktu.

Bursu aldığından beri her şey mümkün artık. Bursu kirasını ödüyor, okul masraflarını karşılıyor, her gün üniversitede bir öğün karnını doyuruyor. Yazın yarısını bu sayede Avrupa'da geçirebiliyor ve zengin gamsızlığıyla etrafa döviz saçabiliyor. Marianne'e yazdığı e-postalarda da bunu açıklamış ya da açıklamaya çalışmıştı. Marianne için bursun amacı özgüven depolamak, kendisine dair inandığı bir şeyin, gerçekten de özel biri olduğunun haklı çıkmasının sevincini yaşamaktı. Connell kendisi hakkında buna inansa mı asla emin olamadı, hâlâ da emin sayılmaz. Onun için burs devasa bir somut gerçek, bir anda karşısına çıkan dev bir yolcu gemisi gibi; isterse artık bedavaya yüksek lisans yapabilir, Dublin'de tek kuruş ödemeden yaşayabilir, üniversiteyi bitirinceye kadar bir daha kirayı dert etmeyebilir. Vermeer'in *Resim Sanatı*'na[1]

1. Johannes Vermeer'in, *Die Malkunst* adlı tablosu (1666-1668). (Ç.N.)

bakarak Viyana'da öğleden sonrasını geçirebilir; dışarıda hava sıcakmış, isterse artık kendine ucuzundan bir bira da ısmarlayabilir. Hayatı boyunca bir manzara resminden ibaret olduğunu sandığı şeylerin gerçek olduğunu fark etti bir anda: Yabancı kentler gerçekmiş, ünlü sanat eserleri de, metro sistemleri de, Berlin Duvarı'nın kalıntıları da. Adı paraymış bunun; dünyayı gerçek kılan madde. İnsanı yoldan çıkaran, seksi bir nesne.

Öğleden sonranın ortalığı pişiren sıcağında, saat üç gibi Marianne'lerin evine varıyorlar. Kapının çevresindeki çalılıklarda böcekler ötüşüyor, karşıdaki arabanın kaputunda sarman bir kedi uyumuş. Kapının ardında Connell evi görebiliyor, taş cephesi, beyaz panjurlu pencereleriyle aynı Marianne'in gönderdiği fotoğraflardaki gibi duruyor. Tablasına iki fincan bırakılmış bahçe masasını görüyor. Elaine zili çalıyor ve birkaç saniye sonra evin yan tarafından biri çıkıyor. Peggy. Connell son zamanlarda Peggy'nin kendisinden hoşlanmadığı fikrine sahip; ispat edebilmek için onun davranışlarını incelerken buluyor kendini. Kendisi de Peggy'den hoşlanmıyor aslında, hiçbir zaman da hoşlanmadı ama bunun önemi varmış gibi gelmiyor Connell'a. Kapıya doğru koşuşturarak geliyor Peggy, çakıllarda sandaletleri şapırdıyor. Sıcak, Connell'ın ensesini insanların bakışları gibi kavuruyor. Peggy kapının kilidini açıyor, onları içeri buyur ediyor ve koca bir gülümsemeyle, *Ciao, ciao,* diyor. Üzerinde kısa kot bir elbise, gözünde kocaman siyah güneş gözlükleri var. Çakıl yoldan eve doğru birlikte yürüyorlar; Niall kendi çantasıyla birlikte Elaine'inkini de taşıyor. Peggy elbisesinin cebinden anahtarı çıkarıyor ve kapıyı açıyor.

Holden birkaç basamakla taştan kemerli bir geçite iniliyor. Uzun bir oda şeklindeki mutfağın terracotta fayansları, beyaz dolapları var; bahçe kapısının yanındaki masaya güneş vurmuş. Marianne dışarıda, arka bahçedeki vişne ağaçlarının arasında, kollarında bir çamaşır sepetiyle duruyor. Boyundan bağlanmış beyaz bir elbise var üzerinde; cildi esmerleşmiş. Çamaşırları iplere asıyor bahçede. Dışarıda yaprak kıpırdamıyor; ıslak renkleriyle çamaşırlar hareket etmeden öylece asılı duruyorlar. Marianne kapı kolunu çeviriyor ve içeri giriyor. Tüm bunlar yavaş çekimde oluyormuş gibi ama aslında yalnızca birkaç saniye sürüyor. Marianne kapıyı açıyor, sepeti masaya bırakıyor; Connell keyifli bir acı duyuyor boğazında. Onun pırıl pırıl elbisesinin karşısında ne kadar pis durduğunun farkına varıyor; dün sabah hostelden ayrıldıklarından beri duş almadığını, kıyafetlerinin pek de temiz olmadığını hatırlıyor.

Selam, diyor Elaine.

Marianne gülümsüyor ve *ciao* diyor, kendisiyle alay edermiş gibi; önce Elaine'i, arkasından Niall'ı yanaklarından öpüyor ve yolculuklarının nasıl geçtiğini soruyor; Connell bu duygudan şaşkına dönmüş bir halde öylece duruyor, belki feci bir yorgunluk, haftalardır biriken bir yorgunluktur hissettiği. Çamaşırların kokusunu alıyor. Yakından bakınca Marianne'in kollarının çillenmiş olduğunu, omuzlarının pembeleştiğini görüyor. O sırada Marianne kendisine dönüyor ve birbirlerini iki yanaktan öpüyorlar. Connell'ın gözlerine bakarak diyor ki: Ee, merhaba. Marianne'in bir şeyleri okumaya çalıştığını seziyor Connell, duyguları hakkında veri topluyormuş gibi. Uzun bir zaman içinde öğrendikleri bir şey bu, aralarında özel bir dili konuşmak gibi. Marianne kendisine bakarken yüzünün kızardığını hissediyor ama gözlerini kaçırmak da istemiyor. O da Marianne'in yüzünden veri toplayabilir. Marianne'in kendisine bir şeyler anlatmak istediğini anlıyor.

Selam, diyor Connell.

Marianne üçüncü yılını İsveç'te okuma teklifini kabul etti. Eylülde gidecek; Noel'deki planlarına göre bir sonraki hazirana kadar Connell onu görmeyebilir. İnsanlar Marianne'i özleyeceğini ona söyleseler de, Connell o âna kadar, yokluğunda e-postalaşmalarının ne kadar uzun ve yoğun olacağını düşünerek sabırsızlanıyordu. Şimdiyse onun soğuk ve dikkatli gözlerine bakınca düşünmeden edemiyor: Evet, onu özleyeceğim. Hisleri karışık bu konuda, sanki sadakatsizlik ediyormuş gibi geliyor; Marianne'in görünüşünden ya da samimiyetlerinde fiziksel olan bir şeyden zevk alıyor olabileceğini düşünüyor. Arkadaşlar birbirlerinin nesinden zevk alabilirler, emin olamıyor.

Marianne, aralarındaki arkadaşlıktan bahsettikleri bir dizi e-postada Connell'a yönelik hislerini ifade etmiş ve onun fikirlerine ve düşüncelerine halen ilgi duyduğundan, hayatını merak ettiğinden, ne zaman bir konuda kararsız kalacak olsa onun düşüncelerini okumak istediğinden söz etmişti. Connell ise hislerini ifade ederken daha çok kendini Marianne'le özdeşleştirdiğinden, onun arkasında olduğundan, acı çektiğinde onunla acı çektiğinden, onun hayattaki isteklerini anladığından ve desteklediğinden bahsetmişti. Marianne bunun toplumsal cinsiyet rolleriyle alakası olduğu fikrindeydi. Seni bir insan olarak sevdiğim için öyle olduğunu düşünüyorum, diye kendini savunarak yanıtlamıştı Connell. Aslında tatlı buldum cevabını, diye yazmıştı Marianne.

Jamie arkalarında basamaklardan iniyor, diğerleri dönüp selam veriyorlar ona. Connell çenesini hafifçe yukarı kaldırarak onu şöyle bir selamlıyor. Jamie alaycı bir gülümsemeyle bakarak ona diyor ki: Oğlum bu ne hal, dağıtmışsın. Marianne'in sevgilisi olduğundan beri Jamie, Connell için sürekli bir nefret ve alay konusu oldu. Onları ilk kez beraber gördükten sonraki birkaç ay boyunca Jamie'nin kafasını defalarca, kafatası ıslak gazete gibi hamura dönene kadar tekmelediğini hayal etmişti Connell. Bir keresinde bir partide Jamie'yle kısaca konuşmuşlardı da, Connell kendini dışarı attığı an karşısındaki tuğla duvara sert bir yumruk indirmiş, eli kan içinde kalmıştı. Aynı anda sıkıcı ve saldırgan olmayı beceren, başkaları konuşurken sürekli gözlerini deviren ve esneyen biriydi Jamie. Bununla birlikte Connell'ın hayatında gördüğü en kendinden emin ve rahat insandı da. Her şey vız geliyor adama. İçinde fırtınalar kopması mümkün değilmiş gibi geliyor Connell'a. Jamie'nin Marianne'i gırtlaklayabileceğini ve bana mısın demeyeceğini düşünüyor ki Marianne' in söylediğine göre zaten yapıyor bunu.

Marianne onlara bir demlik kahve yaparken Peggy ekmekleri dilimliyor, zeytinleri ve Parma jambonlarını tabaklara diziyor. Elaine onlara Niall'ın ilginçliklerini anlatırken Marianne bu hikâyeler komik olduğu için değil, Elaine rahat hissetsin diye bonkörce gülüyor. Peggy herkese tabaklarını uzatıyor, Marianne, Connell'ın omzuna dokunuyor ve ona bir fincan kahve veriyor. Üzerindeki beyaz elbise, elindeki ufak beyaz porselen fincan yüzünden Connell'ın içinden ona şunu demek geçiyor: Melek gibi olmuşsun. Gerçi bunu söylemesi Helen'ı rahatsız etmez ama yine de insanların önünde böyle tatlı ve sevecen laflar etmemeli. Kahvesini içiyor, ekmekten bir parça yiyor. Kahve çok sıcak ve acı; ekmek yumuşak ve taze. Üzerine yorgunluk çöküyor.

Öğle yemeğinden sonra yukarı çıkıp duşa giriyor. Evdeki dört yatak odasından biri kendisine ait; odadaki dev sürgülü pencere bahçeye bakıyor. Duştan sonra kalan son düzgün kıyafetlerini giyiyor: düz beyaz bir tişörtle, lise yıllarından beri giydiği kot pantolonu. Saçları ıslak. İçtiği kahvenin, duştaki suyun tazyikinin ve bedenindeki pamuklu kumaşın serinliğinin etkisiyle zihninin açıldığını hissediyor. Islak havluyu omzuna atarak pencereyi açıyor.

Koyu yeşil renkli ağaçlarda vişneler küpe gibi sallanıyor. Bu cümleyi birkaç defa zihninde dolaştırıyor. Marianne'e bir e-posta yazsa bu lafı kullanırdı ama alt kattayken ona e-posta atacak hali de yok sonuçta. Helen'ın da küpeleri var, genelde bir çift küçük altın halka takıyor. Diğerlerinin aşağıdan sesini duyduğu için kısacık bir süreliğine hayal edebiliyor Helen'ı. Onun sırtüstü uzandığını düşünüyor. Duştayken düşünseydi keşke; ama yorgundu o zaman. Evin Wi-Fi şifresini alması lazım.

Helen da Connell gibi lise yıllarında popülermiş. Eski arkadaşları ve uzak akrabalarıyla irtibatını koparmıyor; doğum günlerini hatırlıyor, Facebook'a nostaljik fotoğraflar koyuyor. Gelen parti davetlerine katılıp katılamayacağını mutlaka yazıyor ve katılacaksa asla geç kalmıyor; grup fotoğraflarını da herkesin memnun kaldığı bir fotoğraf bulunana kadar tekrar, tekrar çekiyor. Kısacası iyi bir insan Helen; Connell da iyi insanlardan hoşlandığını anlıyor artık, hatta kendisi de onlardan biri olmak istiyor. Geçmişte tek bir ciddi ilişkisi olmuş Helen'ın, adı Rory'ymiş, Helen üniversitenin ilk senesinde ayrılmış ondan. UCD'de[1] okuduğu için hiç karşılaşmadı onunla Connell, ama Facebook'ta fotoğraflarına baktı. Yapısı ve rengi Connell'ı andırmıyor değil ama daha hantal ve rüküş bir tipi var. Connell bir keresinde internette onu aradığını itiraf etmiş, Helen da nasıl bulduğunu sormuştu.

Ne bileyim, dedi Connell. Biraz saftirik duruyor, değil mi?

Bu lafı çok komik buldu Helen. Yatakta uzanmışlardı; Connell beline sarılmıştı.

1. University College Dublin. (Ç.N.)

Tipin midir, saftirik erkeklerden mi hoşlanırsın? dedi.

Öyle mi, sen söyle.

Niye, saftirik miyim ben?

Bence öylesin, dedi Helen. İyi anlamda söylüyorum, havalı insanları sevmem.

Connell hafifçe yerinde doğrulup başını ona doğru eğdi.

Öyle miyim gerçekten? dedi. Alındığımdan değil ama aslında biraz havalı derdim kendime.

Tam bir köylüsün ama.

Öyle miyim? Ne anlamda öyleyim?

Feci bir Sligo aksanın var, dedi Helen.

Hiç de yok. İnanmam. Daha önce hiç kimseden duymadım. Gerçekten mi?

Hâlâ gülüyordu Helen. Connell onun göbeğini okşarken, bir yandan onu güldürdüğü için kendi de sırıtıyordu.

Söylediğin lafların yarısını anlamıyorum, dedi Helen. Neyse ki ciddi ve sessiz bir tipsin de kurtarıyorsun.

Bu lafa Connell da güldü. Helen, ağır konuştun bak, dedi.

Elini başının arkasına koydu Helen. Gerçekten havalı olduğunu düşünüyor musun? dedi.

Valla artık düşünmüyorum.

Helen gülümsedi kendi kendine. Güzel, dedi. Havalı olmaman iyi bir şey.

Helen ve Marianne ilk kez şubat ayında Dawson Caddesi'nde karşılaştılar. Helen'la el ele yürürlerken Marianne'i kafasında siyah bir bereyle Hodges Figgis'den çıkarken görmüşlerdi. Aa, selam, demişti Connell, acı içinde bir sesle. Helen'ın elini bırakmayı düşünmüş ama bir türlü bırakamamıştı. Selam, demişti Marianne. Sen Helen olmalısın. Connell endişe içinde yanlarında durup etrafındaki çeşitli nesnelere ilgiyle bakarken iki kadın gayet güzel, tatlı tatlı sohbet etmişlerdi.

Sonrasında Helen sordu: Ee, Marianne'le hep arkadaş mıydınız, yoksa?.. Connell'ın Pearse Caddesi'ndeki odasındalardı. Evin önünden geçen otobüsler, yatak odasının duvarlarına sütun halinde sarı bir ışık yayıyordu.

Evet, öyle denebilir, dedi Connell. Yani, hiç tam anlamıyla birlikte olmadık.

Ama yattınız.

Evet, sayılır, dedi. Yok, evet, işin doğrusu yattık. Fark eder mi senin için?

Hayır, merak ettiğimden sordum, dedi Helen. Sevişen arkadaşlar gibi miydiniz yani?

Öyleydik aslında. Lise sonda, sonra da geçen yıl bir süre. Ciddi değildi ama.

Helen gülümsedi. Connell dişleriyle altdudağını paralamakta olduğunu ancak Helen ona baktığı zaman fark etti ve kendini durdurdu.

Gören de güzel sanatlar okuyor zanneder, dedi Helen. Kesin çok şık buluyorsundur onu.

Gözlerini yere indirip hafifçe güldü Connell. Sandığın gibi değil, dedi. Çocukluktan tanırız birbirimizi.

Eski sevgilin diye gariplik olması gerekmiyor, dedi Helen.

O benim eski sevgilim değil. Sadece arkadaşız.

Ama arkadaş olmadan önce...

O zaman da sevgilim değildi işte, dedi Connell.

Ama onunla sevişmişsin.

Connell elleriyle yüzünü kapattı. Helen bir kahkaha attı.

O günden sonra Helen, birine bir şey ispatlamak istercesine Marianne'le arkadaş olmayı kafaya koymuştu. Partilerde karşılaştıkları zaman Helen ne yapıp edip Marianne'in saçına ya da üstündeki giysiye mutlaka iltifatlar yağdırıyor, Marianne ise dalgın dalgın başını sallıyor, sonra Magdalene çamaşırhaneleri raporu ya da Denis O'Brien davası hakkındaki etraflı düşüncelerini paylaşmaya devam ediyordu. Connell her ne kadar Marianne'in fikirlerini çok ilginç bulsa da, onun bu fikirleri uzun uzun anlatmaktan hoşlanmasının ve bu yüzden daha hafif konulardan uzak durmasının herkese hoş gelmeyeceğinin de farkındaydı. Bir akşam İsrail muhabbeti bitmek bilmeyince Helen gıcık olmuş, eve yürüyerek dönerlerken Connell'a Marianne'in "kendini beğenmiş" olduğunu söylemişti.

Niye, sürekli siyaset konuşuyor diye mi? dedi Connell. Yine de kendini beğenmiş demezdim.

Helen omuz silkti ama söylediği lafı Connell'ın o yere çevirmesinden hoşlanmadığını belirten bir şekilde burnundan derin bir nefes aldı.

Okuldayken de böyleydi, diye ekledi Connell. Yapmacık değil, gerçekten ilgilenir bu konularla.

İsrail barış görüşmelerini önemsiyor mu gerçekten?

Connell şaşırmıştı; basitçe yanıt verdi: E evet. Bir süre konuşmadan yan yana ilerlediler, sonra ekledi: Aslına bakarsan ben de önemsiyorum. Gayet önemli bir mevzu. Helen yüksek sesle içini çekti. Helen'ın böyle şımarıklık etmesine alışık değildi Connell, kaç kadeh içti acaba, diye düşündü. Helen kollarını önünde kavuşturmuştu. Ahkâm kesmek istemem, diye devam etti Connell. Ortadoğu'yu bir ev partisinde konuşmakla kurtaracak değiliz herhalde. Yine de Marianne'in bu konuları sık sık düşündüğünü düşünüyorum.

İlgi görmek için yapıyor olamaz mı? dedi Helen.

Düşünceli görünmeye çalışarak kaşlarını çattı Connell. Marianne başkalarının kendisi hakkındaki düşüncelerine karşı öylesine ilgisiz, kendinden öyle emin davranıyordu ki onu şu ya da bu şekilde ilgi beklerken hayal etmek zordu. Öyle kendisinden memnun biri sayılmazdı, Connell biliyordu bunu, ama başkalarının övgüsüne de, lisedeki sataşmalarda olduğu gibi, kulak astığı söylenemezdi.

Cidden mi? dedi Connell. Pek sanmıyorum.

Senden ilgi görmekten hoşlandığı ortada.

Yutkundu Connell. Helen'ın niçin bu kadar ters davrandığını ve gizlemeye çalışmadığını ancak o an anladı. Marianne'in kendisine öyle ayrı bir ilgi gösterdiğini düşünmüyordu Connell; ama konuştuğu zaman mutlaka dinler, bu nezaketi de başkalarına her zaman göstermezdi. Connell başını çevirip geçmekte olan bir arabanın arkasından baktı.

Hiç fark etmemişim, dedi sonunda.

Helen neyse ki bu konuyu daha fazla uzatmadan Marianne'in davranışlarını daha genel bir gözle eleştirmeye döndü.

Ne zaman bir partide karşılaşsak on farklı adamla flörtleşiyor oluyor, dedi Helen. Erkeklerden onay beklemenin de bu kadarı yani.

Connell, Helen'ın dilinden kurtulduğuna memnun, gülümsedi ve: Evet. Okulda hiç öyle değildi, dedi.

Eskiden bu kadar kaşar değil miydi yani? dedi Helen.

Bir anda köşeye kıstırıldığını hisseden ve gardını indirdiğine pişman olan Connell tekrar sustu. Helen'ın iyi biri olduğunu bilse de ne kadar eski kafalı olduğunu bazen unutuyordu. Bir süre sonra rahatsız bir sesle dedi ki: Ama o benim arkadaşım, tamam mı? Arkasından bu şekilde konuşma. Helen yanıt vermedi ama göğsünde kavuşturduğu kollarını daha da yukarı çekti. Yanlış bir şey söylemişti zaten. Connell'in savunduğu aslında Marianne miydi, yoksa kendi cinselliği hakkında yapılmış üstü kapalı bir ithama, bir anlamda lekelenmiş olduğuna, kabul edilemez arzulara sahip olduğuna dair bir suçlamaya karşı kendini mi savunmuştu, merak etmişti daha sonra.

Helen ve Marianne'in birbirlerinden pek hoşlanmadıklarından hemen herkes hemfikir artık. Birbirlerinden farklı insanlar. Connell, Helen'la en çok uyuştuğu taraflarının karakterinin en iyi tarafları olduğunu düşünüyor: Sadakati, dünyaya pratik bir gözle bakışı, iyi bir insan olarak görülme isteği. Helen'layken ayıp şeyler hissetmiyor, seks sırasında garip garip şeyler çıkmıyor ağzından, hiçbir yere ait olmadığı, asla olamayacağı gibi zihninden çıkmayan o hisse kapılmıyor. Bir dönem Marianne'deki vahşiliğe kendini kaptırmış, o da Marianne gibiymiş, aynı isimsiz manevi yaraya sahiplermiş, asla dünyaya ayak uyduramayacaklarmış gibi gelmişti. Ama Connell asla onun kadar zarar görmüş biri değildi. Marianne öyle gibi hissettirmişti sadece.

Bir gece üniversitede, Graduates Memorial Building' in[1] hemen önünde Helen'ı bekliyordu. Helen kampüsün diğer ucundaki spor salonundan gelecek, sonra otobüsle gideceklerdi. Basamaklarda durmuş telefonuna bakarken Connell'ın arkasındaki kapı açıldı, resmî kıyafetler içinde bir grup aralarında konuşarak ve gülüşerek binadan çıktı. Fuayeden gelen ışığın arkadan aydınlattığı bu insanları başta siluet halinde gördüğü için Connell bir an Marianne'i tanıyamadı. Uzun koyu renkli bir elbise vardı üzerinde; saçlarını topuz yaptığından açıktaki boynu incecik görünüyordu. Göz göze geldiklerinde tanıdık bir ifadeyle ona baktı Marianne. Merhaba, dedi. Yanındaki insanları tanımıyordu Connell; müzakere kulübünden falan olmalıydılar. Selam, dedi Connell da. Ona olan hisleri, başkalarına karşı olan hislerine benzeyebilir miydi hiç? Ancak

1. Trinity Üniversitesi'nin en eski binalarından biri. Üniversitenin felsefe, teoloji ve tarih kulüplerinin de binasıdır. (Ç.N.)

Marianne'in üzerinde eskiden beri sahip olduğu, kaybedeceğini asla tahmin etmediği o korkunç tahakküm duygusu da bu hissin bir parçasıydı.

O sırada Helen geldi. Connell ancak seslendiği zaman fark etti onu. Tayt ve spor ayakkabı giymişti Helen, omzuna spor çantasını almıştı; alnındaki ıslaklık, sokak lambasının ışığında parlıyordu. Connell'ın içine aniden bir sevgi duygusu yayıldı; sevgi ve şefkat, neredeyse merhamet. Helen'a aitti, biliyordu. Normaldiler, iyi bir çifttiler. Doğru hayatı yaşıyorlardı. Connell, Helen'ın omzundan çantasını aldı ve Marianne'e diğer elini hoşça kal anlamında salladı. Marianne el sallamadı, sadece başını eğdi. İyi eğlenceler! dedi Helen. Sonra da otobüs durağına gittiler. Sonrasında düşünürken ona üzüldü Connell; Marianne'in hayatında hiçbir şeyin sağlıklı olmayışına, Marianne'e sırt çevirmek zorunda kalışına üzüldü. Ona acı çektirdiğini biliyordu. Connell bir anlamda kendisine de üzülüyordu. Otobüste otururken kapıda, arkadan gelen ışıkla aydınlanmış halini gözünde canlandırmaya devam etti: Ne hoş görünüyordu, ne kadar çekici ve ihtişamlı bir insandı; Connell'a baktığı zaman nasıl da anlamlı bir ifade beliriyordu yüzünde. Ama Connell onun istediği kişi olamazdı. Bir süre sonra Helen'ın konuşmakta olduğunu fark etti; bu konuları düşünmeyi bıraktı ve dinlemeye başladı.

Akşam yemeğinde Peggy makarna pişiriyor, yuvarlak bahçe masasında sofraya oturuyorlar. Cıvıl cıvıl, klor mavisi bir gökyüzü, ipek kumaş gibi gergin ve pürüzsüz. Marianne içeriden köpüklü şarap getiriyor; cam şişe soğuktan buğulanmış, Niall'a dönüp açmasını istiyor. Connell yerinde buluyor bu kararı. Marianne böyle buluşmalarda çok kibar ve hoşsohbet oluyor, tam bir diplomat eşi gibi. Fırlayan tıpa bahçe duvarını aşıyor ve göremedikleri bir yere iniş yapıyor. Beyaz köpük şişenin ağzından dökülüyor; Elaine'in kadehini dolduruyor Niall. Kadehler geniş ve yayvan, fincan tabağı gibi. Jamie boş kadehini ters çeviriyor ve soruyor: Doğru düzgün şampanya kadehimiz yok muydu?

Bunlar da şampanya kadehi, diyor Peggy.

Hayır, ben uzun olanları söylüyorum, diyor Jamie.

Senin dediğin flüt kadeh, diyor Peggy. Bunlar kup bardak.

Helen olsa bu konuşulanlara çok gülerdi; onun ne kadar güleceğini düşünerek Connell da gülümsüyor. Ölüm kalım meselesi değil sonuçta, değil mi? diyor Marianne. Peggy kadehini dolduruyor, şişeyi Connell'a uzatıyor.

Bu içtiğimiz şampanya kadehi değil demeye çalışıyorum, diyor Jamie.

Tam bir kara cahilsin, diyor Peggy.

Ben miyim cahil? diyor Jamie. Resmen sosluktan şampanya içiyoruz be.

Niall ve Elaine gülmeye başlıyorlar, Jamie de kendi esprisine güldüklerini zannederek gülümsüyor. Marianne sanki gözüne giren bir toz ya da kum tanesini çıkarmaya çalışır gibi parmağını sıkıca gözkapağına bastırıyor. Connell'ın uzattığı şişeyi kabul ediyor.

Eski tarz şampanya kadehi, diyor Marianne. Babamınmış. İstiyorsan içeride flüt kadeh de var, lavabonun üstündeki dolaptan alabilirsin.

Jamie abartıyla gözlerini kocaman açarak yanıtlıyor: Senin için bu kadar duygusal bir konu olduğunu bilmiyordum. Marianne şişeyi masanın ortasına bırakıyor ve bir şey söylemiyor. Marianne'in arkadaş arasında babasından bahsettiğini daha önce hiç duymamıştı Connell. Kimse fark etmemiş gibi; Elaine, Marianne'in babasının hayatta olmadığını bilmiyor bile olabilir. Marianne'le göz göze gelmeye çalışıyor Connell, ama nafile.

Makarna leziz olmuş, diyor Elaine.

Aa, diyor Peggy. Çok *al dente* olmamış mı? Biraz fazla *al dente* olmuş sanki.

İyi bence, diyor Marianne.

Connell bir ağız dolusu şarap yudumluyor; köpükler önce soğuk bir tat bırakıyor ağzında, sonra havaya karışıp kayboluyor. Jamie, Goldman Sachs'te yaz boyunca staja giren bir arkadaşı hakkında bir hikâye anlatmaya başlıyor. Connell şarabını bitirince Marianne merasimsiz, kadehini dolduruyor. Sağ ol, diyor Connell sessizce. Marianne'in eli bir an sanki ona dokunacakmış gibi havada kalıyor, sonra iniyor. Hiçbir şey söylemiyor Marianne.

Bursların açıklandığı günün ertesi sabahı, kabul seremonisine Marianne'le birlikte gitmişlerdi. Gece eğlenmeye çıkan Marianne akşamdan kalma görünüyordu; Connell bu durumdan mutlu oldu; seremoni gayet resmîydi, cüppe giyip Latince bir şeyler söylemeleri gerekecekti. Sonrasında üniversite yakınlarında bir kafede kahvaltı ettiler. Dışarıda caddeye bakan bir masaya oturdular; insanlar ellerinde kâğıt alışveriş poşetleriyle yürüyor, bağıra bağıra telefonda konuşuyorlardı. Marianne sütsüz bir kahve içti ve kruvasan söyledi, onu da bitirmedi. Connell büyük bir jambonlu ve peynirli omletle iki dilim tereyağlı ekmek yedi, yanında da sütlü çay içti.

Marianne, üçü arasında burs almayan tek arkadaşı olan Peggy için endişeleniyordu. Zorlanacağını söyledi. Connell nefes aldı, bir şey söylemedi. Peggy'nin eğitim masraflarının karşılanmasına ya da kampüs yurtlarında ücretsiz konaklamaya ihtiyacı yoktu, Blackrock'ta[1] ailesiyle yaşıyordu ve anne babası doktordu; ama bursu eko-

1. Dublin'in zengin banliyölerinden biri. (Ç.N.)

nomik bir gerçek değil de, kişisel ve duygusal bir mesele olarak görmekten vazgeçmiyordu Marianne.

Neyse, senin adına sevindim ama, dedi Marianne.

Ben de sevindim senin için.

Ama sen daha çok hak ediyorsun.

Bakışlarını kaldırdı Connell. Ağzını peçeteyle sildi. Para ihtiyacı anlamında mı demek istiyorsun? dedi.

Hı, diye cevapladı Marianne. Yok, daha iyi bir öğrenci olduğun için demek istemiştim.

Kruvasanına ciddi ciddi bakıyordu. Connell gözlerini ayırmıyordu ondan.

Para ihtiyacı anlamında da, elbette, dedi Marianne. Bu sınavlarda adayları neden imkânlarına göre sıralamazlar anlamam.

Herhalde ikimiz çok farklı dünyalardan geliyoruz, sınıfsal olarak.

Bunları pek düşünmüyorum, dedi Marianne. Sonra hemen ekledi: Pardon, cahilce bir şey söyledim. Belki daha çok düşünmem lazım.

Beni işçi sınıfından arkadaşın olarak görmüyor musun?

Yüzünde acı denebilecek bir gülümseme belirdi Marianne'in: Annen aileme yardıma geldiği için birbirimizi tanıdığımızın farkındayım. Annemin iyi bir işveren olduğunu da düşünmüyorum. Bence ona iyi maaş vermiyor.

Evet, bok gibi bir maaş veriyor.

Omletinden ipince bir dilim kesti. Yumurtanın bu kadar lastik gibi olması hoşuna gitmiyordu.

Bu konuyu daha önce konuşmamamıza şaşırdım doğrusu, dedi Marianne. Bana kin besliyorsan bence hakkın var.

Hayır, sana kin beslemiyorum. Neden besleyeyim ki?

Connell çatal bıçağını bırakarak baktı suratına. Yüzünde endişeli bir ifade vardı Marianne'in.

Tuhaf bir his var içimde, dedi Connell. Smokin giymek, Latince bir şeyler söylemek tuhaf geliyor. Geçen akşamki yemekte bize servis yapanlar hep öğrenciydi. Onlar okuyabilmek için çalışıp didinirken biz onların önümüze koyduğu bedava yemeği mideye indiriyoruz. Korkunç bir şey değil mi?

Elbette öyle. "Meritokrasi"nin falan ne kadar aşağılık olduğunu düşündüğümü biliyorsun. Ama ne yapalım yani, bursu geri mi verelim? Kime ne ispatlarız bilmiyorum.

Bir şey yapmak istemiyorsan sebep bulmak kolaydır.

Sen de geri vermeyeceksin, o yüzden bana hiç vicdan yapma, dedi Marianne.

Yemeklerini yemeye devam ettiler; iki tarafın da kendine göre haklı olduğu, tarafların sırf laf olsun diye rasgele belirlendiği bir tartışmayı gerçekleştiriyor gibiydiler sanki. Yakındaki bir sokak lambasının dibine kocaman bir martı kondu; muhteşem bir şekilde tertemiz, yumuşacıktı tüyleri.

İyi bir toplumun neye benzediğini kafanda kesinleştirmen gerekiyor, dedi Marianne. Eğer insanların üniversitede edebiyat okuyabilmeleri gerektiğini düşünüyorsan, okuduğun için suçlu hissetmemelisin, çünkü okumaya herkes kadar hakkın var.

Senin için söylemesi kolay, sen hiçbir konuda suçlu hissetmiyorsun ki.

Çantasında bir şeyler aramaya başladı Marianne. Öylesine sordu: Beni böyle mi görüyorsun?

Hayır, dedi Connell. Sonra, Marianne'in hangi konuda ne kadar suçlu hissettiğini bilemediğinden, ekledi: Bilmem. Trinity'ye geldiğimde durumun böyle olacağını bilmeliydim. Tüm bu burs bilmem nesine bakıyorum da, düşünüyorum, okuldakiler görse ne derdi kim bilir?

Marianne bir şey söylemedi önce. Connell'ın içinde kendisini doğru ifade edemediği gibi bir his vardı ama niye bilmiyordu. Düşününce, dedi Marianne, okuldakilerin ne diyeceğini eskiden beri kafana takardın. O an hatırladı Connell, o zamanlar insanların Marianne'e nasıl davrandığını, kendisinin ona nasıl davrandığını hatırladı; mahcup hissetti. Sohbetin buraya varmasını ümit etmiyordu, yine de gülümseyerek dedi ki: Öf! Marianne de ona gülümsedi ve kahve fincanını ağzına doğru kaldırdı. O an düşündü Connell: Lisedeyken ilişkilerinin şartlarını belirleyen kişi nasıl kendisi olduysa, burada da belirleyen kişi oydu. Ama o benden daha cömert, diye düşündü Connell. Benden daha iyi bir insan.

Jamie hikâyesini anlatmayı bitirdiğinde, Marianne içeri gidiyor ve elinde ikinci bir köpüklü şarap, bir şişe de kırmızı şarapla dönüyor. Niall köpüklü şarabın mantarındaki teli çözüyor; Marianne, Connell'a bir tirbuşon uzatıyor. Peggy sofradaki tabakları topluyor. Connell şişenin folyosunu soyarken, Jamie eğilip Marianne'e bir şey söylüyor. Connell tirbuşonu mantara saplıyor ve çevirerek zorluyor. Peggy önünden tabağını alıyor ve diğer tabakların üstüne koyuyor. Connell tirbuşonun kollarını indiriyor ve dudaktan bir öpücük sesiyle mantar şişeden çıkıyor.

Solan gökyüzünün rengi daha serin bir maviye döndü şimdi; gümüşi bulutlar belirdi ufuk çizgisinde. Connell yüzünün kızardığını hissediyor ve acaba güneşte yandığı için mi diye düşünüyor. Marianne'i yıllar sonra çocuklu bir kadın olarak hayal etmek hoşuna gidiyor bazen. Hep beraber İtalya'dalar, Marianne bir yandan salata gibi bir şey yaparken bir yandan da Connell'a kocasını şikâyet ediyor. Kocası ondan yaşça büyük, muhtemelen entelektüel falan bir adam; Marianne sıkıcı buluyor onu. Neden seninle evlenmedim ki? diyor sonra Connell'a.

Marianne'i çok net bir şekilde görüyor bu hayalinde, yüzünü de; onun yıllarca gazetecilik yaptığını, Lübnan gibi bir yerde yaşamış olduğunu düşlüyor. Kendisini o kadar iyi görmüyor, ne yaptığını tam anlamıyor. Ama ona ne söyleyeceğini biliyor. Para, diyor. Marianne salata tabağından kafasını kaldırmadan gülümsüyor bu cevaba.

Sofrada Venedik'e yapacakları günübirlik ziyareti konuşuyorlar; hangi trene bineceklerini, hangi galerilerin görmeye değer olduğunu. Marianne, Connell'a Guggenheim'ı çok seveceğini söylüyor. Onun kendisiyle konuşması, modern sanattan anlayan biri olarak ayrı tutması hoşuna gidiyor Connell'ın.

Venedik'e ne diye gideceğimizi anlamıyorum, diyor Jamie. Her yer önüne gelenin fotoğrafını çeken Uzakdoğulularla dolu.

Aman, sen ne yap et Uzakdoğulu biriyle karşılaşma zaten, diyor Niall.

Masada bir sessizlik oluyor. Jamie soruyor: Ne dedin? Sesinden ve tepkisinin geç gelmesinden sarhoş olduğu anlaşılıyor.

Uzakdoğulular hakkında biraz ırkçı bir laf ettin, diyor Niall. Büyütmüyorum meseleyi.

Niye, sofradaki Uzakdoğulular çok mu alınır? diyor Jamie.

Marianne yerinden fırlıyor: Tatlıyı getireyim. Connell bu omurgasızlık karşısında hüsrana uğrasa da, kendisi de bir şey söylemiyor. Peggy, Marianne'in peşinden içeri giriyor; sofrada oturan herkes susuyor. Karanlıkta uçuşan devasa pervaneyi Jamie peçetesiyle savuşturuyor. Bir-iki dakika geçmeden Peggy ve Marianne mutfaktan tatlıyla geliyor: Dev cam bir kâsenin içinde yarım yarım kesilmiş çilekler, üst üste istiflenmiş beyaz porselen tabaklar ve gümüş kaşıklar. İki şişe de şarap. İnsanlar elden ele dolaşan tabakları meyvelerle dolduruyor.

Marianne bütün gün bu namussuzları kesmekle uğraştı, diyor Peggy.

Şımartıyorsunuz bizi valla, diyor Elaine.

Krem şanti nerede? diyor Jamie.

İçeride, diyor Marianne.

Neden getirmedin? diyor Jamie.

Marianne soğuk bir edayla sandalyesini itiyor ve içeri dönmek için kalkıyor. Neredeyse karanlık artık. Jamie sofradakilerin gözünün içine bakıyor; biri bakışlarına yanıt versin, ona krem şantiyi istemekte haklı olduğunu ya da Marianne'in masum bir soruya aşırı tepki verdiğini söylesin diye bekliyormuş gibi. İnsanların gözünü kaçırdığını fark edince abartılı bir iç çekişle sandalyesini iterek kalkıyor ve Marianne'in peşinden gidiyor. Sandalyesi sessizce devriliyor çimlere. Yan kapıdan mutfağa giriyor ve kapıyı çarparak kapıyor arkasından. Evin bahçenin diğer tarafına, ağaçların olduğu yere çıkan bir de arka kapısı var. Arada bir duvar olduğundan buradan yalnızca ağaçların tepeleri görünüyor.

Connell dikkatini tekrar sofraya çevirdiğinde Niall'ın kendisine baktığını fark ediyor. Niall'ın bakışının ne anlama geldiğini anlamıyor Connell. Anlamadığını göstermek için gözlerini kısıyor. Niall eve anlamlı bir bakış attıktan sonra tekrar ona dönüyor. Connell sağ omzunun üzerinden geriye bakıyor. Mutfakta ışıklar açık, bahçe kapısından sarı bir ışık yayılıyor. Yandan bakabildiği için içeride ne olduğunu tam olarak göremiyor. Elaine ve Peggy çilekleri övüyorlar. Sustukları an evden bir ses yükseldiğini duyuyor Connell, tiz bir haykırışa benziyor. Herkes donakalıyor. Masadan kalkıp eve doğru ilerliyor Connell; tansiyonunun düştüğünü hissediyor. Bir şişe şarap içmiş olmalı; belki daha da fazla.

Bahçe kapısına vardığında Jamie ve Marianne'i mutfak tezgâhının başında tartışır gibi bir halde görüyor.

Connell'ın camda olduğunu fark etmiyorlar. Eli kapıda, bir an duraksıyor Connell. Marianne'in yüzü kıpkırmızı olmuş; çok fazla güneşte kaldığından ya da belki öfkesinden. Ayakta zor duran Jamie, şampanya kadehini kırmızı şarapla dolduruyor. Connell kapı kolunu çevirip içeri giriyor. N'abersiniz? diyor. İkisi de ona dönüyor, ikisi de susuyor. Marianne'in sanki üşümüş gibi titrediğini fark ediyor. Jamie alaycı bir edayla kadehini Connell'a kaldırıyor, şarap kadehten dökülüp yere saçılıyor.

Bırak elindekini, diyor Marianne sessizce.

Pardon, anlamadım? diyor Jamie.

Lütfen bırakır mısın o kadehi, diyor Marianne.

Jamie gülümsüyor, kendi kendine başını sallıyor. Bırakayım mı? diyor. Tamam. Tamam, bak, bıraktım.

Sonra elinden bırakıyor; kadeh yerde paramparça oluyor. Marianne bir çığlık, gırtlağından gelen gerçek bir çığlık koparıyor, üzerine çullanıyor Jamie'nin, sağ elini kaldırmış, vuracak gibi. Connell aralarına atlıyor, ayakkabılarının altında cam kırıkları çıtırdıyor; Marianne'i kollarından yakalıyor. Arkasında Jamie'nin gülüşünü duyuyor. Connell'ı üzerinden itmeye çalışıyor Marianne, tüm bedeni sarsılıyor, yüzü sanki ağlamış gibi yer yer solgun, yer yer mosmor. Gel hadi, diyor Connell ona. Marianne dönüp yüzüne bakıyor. Marianne'in okuldaki hali aklına geliyor, o herkese olan acımasızlığını ve inadını hatırlıyor. O zamanlar onun hakkında bildiği şeyler vardı. Göz göze geliyorlar, Marianne'in kaskatılığı gidiyor ve sanki vurulmuş gibi, vücudu gevşiyor.

Sen var ya, akıl hastasısın, diyor Jamie. Yardıma ihtiyacın var senin.

Connell, Marianne'i çeviriyor ve arka kapıya doğru götürüyor. Karşı koymuyor Marianne.

Nereye? diyor Jamie.

Connell cevap vermiyor. Kapıyı açıyor, Marianne

bir şey söylemeden çıkıyor. Arkalarından kapıyı kapıyor Connell. Bahçenin bu kısmı karanlık şimdi, yalnızca buzlu camdan gelen ışık ortalığı aydınlatıyor. Vişneler dallarında hafifçe parlıyor. Duvarın ardından Peggy'nin sesi duyuluyor. Marianne'le birlikte bir şey söylemeden basamakları iniyorlar. Arkalarında mutfağın ışığı sönüyor. Jamie'nin duvarın arkasında diğerlerinin yanına döndüğünü duyuyorlar sonra. Marianne elinin tersiyle burnunu siliyor. Dallardan sarkan vişneler gökcisimleri gibi parlıyor. Hava kokulu ve hafif, klorofil yeşilimsi. Avrupa'da klorofilli sakız varmış, Connell gördü. Tepelerinde gökyüzü kadifemsi bir mavi. Yıldızlar hiçbir ışık vermeden yanıp sönüyorlar. Bir sıra ağacın yanından birlikte geçiyor, evden uzaklaşıyorlar, sonra duruyorlar.

Marianne ince gümüş rengi bir ağacın gövdesine yaslanıyor, Connell ona sarılıyor. Ne kadar ince, diye düşünüyor. Eskiden de ince miydi böyle. Marianne, geriye kalan tek temiz tişörtüne bastırıyor yüzünü. Gündüz giydiği beyaz elbise üzerinde hâlâ, omuzlarında altın işlemeli bir şal var şimdi. Connell sımsıkı sarılıyor ona; şu sağlığa faydalı olduğu söylenen yataklar gibi, onunkine göre biçim alıyor bedeni. Kollarında yumuşuyor Marianne. Sakinleşmişe benziyor şimdi. Nefes alıp verişleri tek bir ritim halinde yavaşlıyor. Mutfak ışığı bir süre yanıyor ve sonra yine sönüyor, sesler bir yükselip bir uzaklaşıyor. Connell ne yaptığından emin ama boş bir emin olma hali bu, ezberlediği bir görevi farkında olmadan yerine getiriyormuş gibi. Ellerinin Marianne'in saçlarında olduğunu, onun ensesini sakince okşadığını fark ediyor. Ne kadar zamandır eli orada, bilmiyor. Bileğiyle gözlerini ovuşturuyor Marianne.

Connell bırakıyor onu. Marianne cebini yoklayıp sigara paketini ve ezilmiş kibrit kutusunu çıkarıyor. Onun uzattığı sigarayı alıyor Connell. Marianne bir kibrit yakıyor, alevin yaydığı ışık karanlıkta yüzünü aydınlatıyor. Kuru ve iltihaplı duruyor cildi; gözleri şiş. Bir nefes alıyor; sigara kâğıdının yanma sesi duyuluyor. Connell da sigarasını yakıyor, sonra kibriti çimlere atıp ayağıyla eziyor. Sessizce içiyorlar sigaralarını. Ağaçtan uzaklaşıp bahçenin sonuna bakıyor Connell ama ortalık karanlık, pek bir şey görünmüyor. Dalların altında duran Marianne'in yanına dönüyor, geniş, parlak bir yaprak koparıyor öylesine.

Bu gece senin odanda kalabilir miyim? diyor Marianne. Yerde yatarım.

Yatak kocaman, diyor Connell, olur mu öyle şey.

İçeri girdiklerinde ev kapkaranlık. Connell'ın odasında soyunup iç çamaşırlarıyla kalıyorlar. Marianne'in pamuklu beyaz sutyeni memelerini küçük ve üçgen gösteriyor. Yorganın altında yan yana uzanıyorlar. Connell istese şimdi onunla yatabileceğini biliyor. Kimseye söylemez Marianne. Garip bir huzur duygusu veriyor bunu bilmek Connell'a; nasıl olurdu diye aklından geçiriyor. Marianne, derdi sessizce. Sırtüstü dönsene biraz? Onun sözünü dinler ve sırtüstü yatardı Marianne. İnsanlar arasında kimsenin duymadığı o kadar şey yaşanıyor. Böyle bir şey yaşansa nasıl bir insan olurdu Connell? Bambaşka biri mi? Yoksa yine aynı insan mı, kendisi mi olurdu, hiçbir şey değişmez miydi.

Bir süre sonra tam duyamadığı bir şeyler söylüyor Marianne. Duymadım, diyor.

Neyim var, bilmiyorum, diyor Marianne. Niçin normal insanlar gibi olamıyorum, bilmiyorum.

Sesinde tuhaf bir soğukluk ve mesafe var, sanki bir yere gitmiş ya da kaçmış da, arkasında bıraktığı ses kaydını çalıyorlarmış gibi.

Ne bakımdan? diyor Connell.

İnsanlara neden kendimi sevdiremediğimi bilmiyorum. Bence doğuştan bir sıkıntı var bende.

Seni seven çok insan var, Marianne. Tamam mı? Ailen ve arkadaşların seviyorlar seni.

Birkaç saniye boyunca suskun Marianne, sonra konuşuyor: Sen benim ailemi tanımıyorsun.

Connell "aile" kelimesini kullandığını fark etmemişti bile; teselli etmek amacıyla öylesine anlamsız bir lafa sarılmıştı. Şimdi ne dese bilemiyor.

Marianne aynı düz sesle devam ediyor: Nefret ediyorlar benden.

Onu daha iyi görebilmek için yatakta doğruluyor Connell. Tartıştığınızı biliyorum, diyor, ama bu senden nefret ettikleri anlamına gelmez.

Eve son gittiğimde ağabeyim kendimi öldürmemi söyledi.

Connell istemsiz bir şekilde doğruluyor, kalkacakmış gibi atıyor yorganı üzerinden. Dilini damağında gezdiriyor.

Ne diye öyle bir şey söyledi? diyor.

Bilmem ki. Ölsem kimsenin beni özlemeyeceğini, çünkü arkadaşım olmadığını söyledi.

Seninle bu şekilde konuştuğu zaman annene söylemiyor musun?

O da oradaydı, dedi Marianne.

Connell çenesini oynatıyor. Boynunda nabzı küt küt atıyor. Sahneyi gözünün önüne getirmeye çalışıyor; Sheridan'ların ailecek evde oturduğunu, Alan'ın bir sebepten Marianne'e intihar etmesini söylediğini; ama bir ailenin onun anlattığı şekilde davrandığını gözünün önüne getirmekte zorlanıyor.

Peki o ne söyledi? diye soruyor. Demek istediğim, nasıl tepki verdi yani?

Galiba, ay, sen de cesaretlendirmesene şu kızı, gibi bir şey söyledi.

Connell burnundan içeri ağır bir nefes alıyor, sonra dudaklarının arasından veriyor.

Neden böyle bir gerginlik oldu? diyor. Yani, nasıl başladı kavga?

Marianne'in suratında bir şeyin değiştiğini ya da sertleştiğini hissediyor şimdi, ama ne olduğunu tam kestiremiyor.

Hak edecek bir şey yaptığımı düşünüyorsun, diyor Marianne.

Hayır, herhalde öyle bir şey söylemiyorum.

Ben de bazen hak ediyor olmalıyım diye içimden geçiriyorum. Yoksa ne diye başıma gelsin ki tüm bunlar. Ama keyfi kötü olduğu zamanlarda evde peşimde dolaşıyor. Yapabileceğim hiçbir şey yok. Odama paldır küldür giriyor, uyuyor olsam da fark etmiyor.

Connell avuçlarını nevresime siliyor.

Sana hiç vurduğu oldu mu? diyor.

Bazen. Taşındığımdan beri eskisi kadar değil. Aslında o kadar sorun etmiyorum. Yaptığı psikolojik şeyler daha çok canımı sıkıyor. Nasıl açıklayacağımı hiç bilmiyorum. Eminim diyeceksin ki...

Connell elini alnına götürüyor. Cildinin ıslak olduğunu hissediyor. Ne diyeceğine dair cümlesini bitirmiyor Marianne.

Neden daha önce söylemedin ki? diyor ona. Marianne cevap vermiyor. Oda loş olmasına rağmen Marianne'in açık gözlerini görebiliyor. Marianne, diyor. Birlikte olduğumuz o süre boyunca niçin bana hiçbir şey anlatmadın?

Bilmem. Benim zarar görmüş falan olduğumu düşünmeni istemedim herhalde. Beni bu yüzden istemeyeceğinden korktum muhtemelen.

Bunu duyunca artık yüzünü ellerinin arkasına gömüyor Connell. Gözkapaklarında parmaklarındaki soğukluğu ve nemi hissediyor, gözlerinde yaşlar var. Parmaklarını bastırdıkça gözyaşları daha da fışkırıyor; ıpıslak, sızıyor derisine. Tanrım, diyor. Sesi boğuk çıkıyor, öksürüyor. Gel buraya, diyor. Marianne ona doğru geliyor. Feci bir utanç ve şaşkınlık duyuyor Connell. Yüz yüze yatıyorlar, Connell kollarıyla onu sarıyor. Kulağına fısıldıyor: Çok üzgünüm, tamam mı? Sımsıkı sarılıyor ona Marianne, kolları bedenine dolanıyor, Connell alnından öpüyor onu. Ama o da zarar görmüş olduğunu düşünmüştü başından beri, düşünmüştü işte. Gözlerini suçluluk duygusuyla sımsıkı yumuyor Connell. Birbirlerine değen yüzleri sıcak ve ıslak şimdi. Beni istemeyeceğini düşündüm, deyişini düşünüyor. Ağızları birbirine öyle yakın ki Marianne'in nefesi dudaklarını ıslatıyor. Öpüşmeye başlıyorlar, şarap gibi koyu bir tat geliyor ağzından. Marianne'in bedeni onunkine doğru kıvrılıyor, Connell'ın eli memesine dokunuyor, birkaç saniye içinde bir kez daha onun içinde olabilir Connell, tam o sırada Marianne diyor ki: Hayır, yapmayalım. Sonra da kendini çekiveriyor. Sessizlikte kendi nefes alışını duyabiliyor Connell; rezil, ağır nefesini. Yavaşlayana kadar bekliyor, konuşurken sesi çatlak çıksın istemiyor. Çok özür dilerim, diyor. Elini sıkıyor Marianne. Hazin mi hazin bir nezaket. Connell yaptığı şeyin salaklığından kahroluyor. Özür dilerim, diyor tekrar. Ama Marianne çoktan sırtını dönmüş bile.

Beş Ay Sonra

(ARALIK 2013)

Marianne dil-edebiyat binasının lobisinde oturup e-postalarına bakıyor. Birazdan kalkacağı için paltosunu çıkarmıyor. Karşıdaki süpermarketten az önce aldığı kahvaltısı masada, yanı başında duruyor: esmer şekerli sütsüz kahve ve limonlu rulo çörek. Bu aynı kahvaltıyı düzenli olarak yiyor. Son zamanlarda çöreğini ağır ağır, şekerli lokmaları dişlerine yapıştıra yapıştıra yemeye başladı. Yavaş yediği ve yediklerinin içinde ne olduğuna kafa yorduğu müddetçe açlık duymuyor. Akşam sekize ya da dokuza kadar bir daha yemeyecek.

İki yeni e-postası var; biri Connell'dan, biri Joanna'dan. İmlecini ikisinin arasında gezdiriyor, sonra Joanna'nınkine tıklıyor:

burada yeni bir şey yok, her şey bildiğin gibi. bu aralar akşamları evde oturup amerika içsavaşı hakkında dokuz bölümlük bir belgesele bakıyorum. bir sonraki Skype'laşmamızda seninle çeşitli içsavaş generalleri hakkında paylaşacağım bir sürü yeni bilgi olacak. senden n'aber? Lukas nasıl? şu fotoğrafları çekti mi yoksa bugün müydü? asıl soruma geliyorum... bitince ben de görebilir miyim?? yoksa fazla mı meraklı davranmış olurum. senden haber bekliyorum. xx

Marianne limonlu çöreği alıyor, kocaman bir lokmayı yavaşça ısırıyor ve dilinin üzerinde katmanlar halinde erimesini bekliyor. Çiğniyor, yutuyor, sonra kahve bardağını alıyor. Koca bir yudum da kahve. Bardağı yerine bırakıyor ve Connell'ın mesajını açıyor.

Son cümlende tam olarak ne demek istediğini anlamadım. Uzak olduğumuz için mi böyle diyorsun, yoksa insan olarak değiştiğimiz için mi? Eskiyi düşününce çok başka biri gibi hissediyorum ama belki o kadar da değişmemişimdir, kim bilir. Bu arada arkadaşın Lukas'a Facebook'tan baktım da, tam "İskandinav tipli" diyeceğin türden bir çocuk. İsveç bu yıl Dünya Kupası'na maalesef katılamıyor, o yüzden kendine İsveçli bir sevgili yaparsan onunla başka türlü arkadaşlık etmem gerekecek. Lukas sevgilin olacağından, olsa da benimle futbol muhabbeti yapacağından değil de, bir ihtimal olur diye söyleyeyim dedim. Uzun boylu yakışıklı çocuklardan hoşlandığını söylersin ya, neden Lukas olmasın ki, o da uzun boylu ve yakışıklı sonuçta (Helen da fotoğrafını gördü, o da öyle düşünüyor). Neyse işte, sevgili konusunda ısrar etmeyeceğim, psikopat falan olmadığından emin ol yeter. O konuda hislerin her zaman kuvvetli olmayabiliyor.

Bu arada dün gece taksiyle Phoenix Park'tan geçiyorken bir sürü geyik gördük. Geyikler tuhaf hayvanlar. Geceleri hayalet gibi duruyorlar, gözlerinde araba farları zeytin yeşili ya da gümüş renginde yansıyor, sanki özel bir efekt gibi. Geçerken bir ara durup taksiye uzun uzun baktılar. Hayvanlar duraksayınca garip geliyor, çok zeki buluyorum, duraksamayı düşünmekle özdeşleştirdiğim için belki de. Geyikler zarif hayvanlar yalnız. Bir hayvan olsa, geyik olduğuna üzülmez insan. Düşünceli yüzleri, ince, kibar bedenleri var. Ama ne zaman ürkeceklerini kestiremiyor da insan. O an bakarken sen aklıma gelmemiştin ama şimdi düşününce bir benzerlik görüyorum. Bu benzetmeye bozulmazsın umarım. Taksiye binip Phoenix Park'tan geçmemizden önceki partiyi de anlatırdım da işin doğrusu sıkıcıydı ve geyikler kadar güzel değildi. Yakından tanıdığın kimse yoktu. Son e-postan çok güzeldi, teşekkür ederim. Her zaman olduğu gibi haberlerini bekliyorum.

Marianne ekranın sağ üst köşesindeki saate bakıyor: 09.49. Joanna'nın mesajına dönüyor ve "Yanıtla"ya basıyor.

Fotoğrafları bugün çekecek, şu an oraya gidiyordum. Bitince elbette göndereceğim VE senden hepsine ayrı ayrı uzun ve iltifatlarla dolu yorumlar bırakmanı bekliyorum. ABD İçsavaşı hakkında neler öğrendiğini merak ettim. Ben burada yalnızca "hayır teşekkür ederim" (*nej tack*) ve "gerçekten hayır" (*verkligen, nej*) demeyi öğrendim. Görüşürüz xxx

Marianne dizüstü bilgisayarını kapatıyor, çöreğinden iki ısırık daha alıyor ve kalanını minik folyosuna sarıyor. Bilgisayarı çantasına yerleştiriyor ve içinden yumuşak, keçe bereyi çıkarıp kulaklarına kadar çekiyor. Çöreği bulduğu bir çöp kutusuna atıyor.

Dışarıda hâlâ kar yağıyor. Dış dünya, ayarı bozulmuş eski bir televizyon ekranı gibi. Görsel gürültü, etrafını yumuşak parçalara bölüyor. Marianne ellerini ceplerine iyice sokuyor. Kar taneleri yüzüne düşüyor ve oracıkta eriyor. Soğuk bir kar tanesi üstdudağına konuyor, dilinin ucuyla dokunuyor ona. Soğuğa karşı başını eğmiş, Lukas'ın stüdyosuna doğru gidiyor. Lukas'ın saçları öyle sarı ki saçının telleri tek başına beyaz gibi duruyor. Marianne giysilerinin üstünde bazen onun iplikten de ince saç tellerini buluyor. Tepeden tırnağa siyah giyiniyor Lukas: Siyah tişörtler, siyah kapüşonlular, kalın siyah kauçuk tabanlı siyah çizmeler. Lukas sanatçı. İlk tanıştıklarında, Marianne de ona yazar olduğunu söylemişti. Yalandı. Şimdi o konuyu hayatta açmıyor.

Lukas tren istasyonuna yakın oturuyor. Marianne elini cebinden çıkarıyor, parmaklarına üflüyor ve zile basıyor. Yanıt İngilizce: Kim o?

Benim, diyor Marianne.

Aa, erken geldin, diyor Lukas. Gelsene.

Neden "erken geldin" diyor ki? diye düşünüyor Marianne merdivenleri çıkarken. Lukas'ın sesi cızırtılıydı ama gülümseyerek söylemiş gibiydi. Onu fazla hevesli göstermek için mi söylemişti? Gerçi Marianne ne kadar hevesli göründüğünü önemsemediğini fark ediyor; ortada öyle bir heves falan yok çünkü. Şu an burada, Lukas'ın stüdyosunun merdivenlerini çıkıyor da olabilir, kampüs kütüphanesinde de olabilir, yurtta kendisine kahve yapıyor da olabilirdi. Birkaç haftadır bir his var üzerinde; koruyucu bir ambalajın içinde gezindiğini, cıva gibi yüzdüğünü hayal ediyor. Dış dünya dış yüzeyine dokunuyor ama diğer kısma, içeriye ulaşmıyor. Lukas her ne sebepten "erken geldin" demiş olursa olsun, önemli gelmiyor Marianne'e.

Yukarıda Lukas araç gerecini kurmakla meşgul. Marianne beresini çıkarıp silkeliyor. Lukas başını kaldırıyor, sonra tekrar tripoduna dönüyor. Havaya alışabildin mi? diye soruyor. Marianne beresini kapının arkasına asıp omuz silkiyor. Paltosunu çıkarmaya başlıyor. Biz İsveçlilerin bir deyişi vardır, diyor Lukas. Kötü hava yoktur, yanlış kıyafet vardır.

Marianne paltosunu şapkasıyla beraber asıyor. Kıyafetlerimin nesi var? diye soruyor masumca.

Lafın gelişi işte, diyor Lukas.

Lukas giysilerine laf söylemek istemiş miydi, tam anlamıyor Marianne. Gri kuzu yünü bir kazak, siyah kalın bir etek ve diz boyu çizme giymişti. Lukas'ın kötü huyları var, Marianne de bunu çocuksu buluyor. Geldiğinde değil kahve ya da çay bir bardak su bile ikram etmiyor Marianne'e. Ayağının tozuyla son görüşmelerinden beri ne okuduğunu ya da ne yaptığını anlatmaya başlıyor. Marianne'den bir yanıt bekliyora da benzemiyor, hatta bazen aldığı cevaplara şaşırdığı, ne diyeceğini bilemediği oluyor Lukas'ın; bunun da kötü İngilizcesinden kaynaklandığını iddia ediyor. Aslında gayet iyi anlıyor. Her neyse, bugün durum farklı zaten. Marianne çizmelerini çıkarıp kapının yanına bırakıyor.

Stüdyonun köşesinde bir döşek var; Lukas orada uyuyor. Pencereler yüksek, neredeyse yere kadar uzanıyor; panjurları ve ipince, salınan perdeleri de var. Alakasız nesneler süslüyor odayı: Birkaç büyük saksı bitkisi, üst üste dizilmiş atlaslar, bir bisiklet tekerleği. Bu objeler başta Marianne'in hoşuna gittiyse de sonra Lukas bu eşyaları fotoğraf çekimi için özellikle topladığını söylediğinde birden yapay görünmüştü gözüne. Her şeyinde bir yapmacıklık var, demişti Marianne bir keresinde ona. Lukas bunu sanatına yapılmış bir iltifat olarak kabul etmişti. Olağanüstü bir zevke sahip gerçekten de Lukas. Resimde, sinemada, hatta roman ve televizyon dizilerinde bile en ufak estetik kusurlara karşı hassas. Bazen Marianne yakın zamanda izlediği bir filmden bahsedecek olduğunda Lukas elini savurarak diyor ki: Benim gözümde başarısız. Zevkli biri olmasının Lukas'ı iyi biri yapmadığını zamanla anladı Marianne. Doğru ve yanlışı enikonu bilmeden iyi bir sanat duyarlılığı edinmiş. Böyle bir şeyin mümkün olması huzursuz ediyor Marianne'i, sanat bir anlamda anlamsız bir uğraş gibi geliyor.

Lukas'la birlikte, birkaç haftadır devam eden bir anlaşma yaptılar. Lukas buna "oyun" diyor. Her oyun gibi bu oyunun da kuralları var. Oyun devam ederken Marianne'in konuşması, göz teması kurması yasak. Kurallara uymadığında, sonrasında cezalandırılıyor. Oyun seks sona erdiğinde değil, Marianne duşa girdiği zaman bitiyor. Lukas seksten sonra bazen duşa girmesin diye Marianne'i oyalıyor, onunla konuşuyor. Ona kendisi hakkında kötü şeyler söylüyor. Bu sözleri duymak Marianne'in hoşuna gidiyor mu, anlaması zor; duymayı arzuluyor ama bir yandan istemediği şeyleri arzulayabildiğinin de farkında artık. İnce ve sert bir haz duygusu bir anda geliveriyor ve geçtiğinde de hasta hissediyor, ürperiyor Marianne. Değersizsin, diyor Lukas ona. Bir hiçsin sen. Gerçekten kendini hiç gibi, zorla içi doldurulan bir boşluk gibi hissediyor Marianne. Hoşuna gitmese de, böyle hissettiği zaman nedense rahatlıyor. Sonra duş alıyor ve oyun sona eriyor. İçine girdiği depresyon öylesine derin ki Marianne'i sakinleştiriyor; Lukas ne derse onu yiyor; atacağı çöpün ne kadar sahibiyse, vücuduna da o kadar sahipmiş gibi geliyor.

İsveç'e geldiğinden, ama aslında daha çok bu oyun başladığından beri, insanları sanki gerçek değil de, renkli kâğıt parçaları gibi görüyor Marianne. Bazen bir otobüs şoförü, ya da bozuk para isteyen biri onunla göz teması kurunca Marianne, hayatının gerçekten bu olduğunu, diğer insanların aslında onu görebildiğini fark ediyor ve anlık bir dehşet duygusuna kapılıyor. Bu his onda açlık ve susuzluk, İsveççe konuşma isteği gibi bazı özlemler uyandırıyor; yüzmek ya da dans etmek gibi bedensel şeyler istiyor bedeni. Ama belirdikleri hızda gene kayboluyorlar. Lund'da asla tam anlamıyla aç hissetmiyor Marianne; her sabah plastik Evian şişesini suyla doldursa da akşamları çoğunu gerisingeri lavaboya boşaltıyor.

Marianne şimdi döşeğin köşesine oturuyor; Lukas ise lambayı bir yakıp bir söndürüyor, fotoğraf makinesini kurcalıyor. Işığı ne yapsam bilmiyorum hâlâ, diyor. Belki mesela önce bir tane, sonra bir tane daha yaparız. Marianne omuzlarını silkiyor. Lukas'ın söylediklerinin önemini tam anlamıyor. Tüm arkadaşları İsveççe konuştuklarından, Lukas'ın arkadaş çevresinde ne kadar sevildiğini ya da sayıldığını çözmekte güçlük çekiyor Marianne. Millet sık sık stüdyosuna geliyor ve fotoğraf araç gerecini sürekli indirip çıkarıyorlar gibi düşünüyor ama ondan ilgi görmekten memnun hayranları mı bu insanlar? Yoksa çalışma alanının uygun bir yerde olmasını kullanıp arkasından gülüyorlar mı Lukas'ın?

Tamamdır, hazırız galiba, diyor Lukas.

Nasıl yapmamı istersin...

Şimdilik sadece kazak diyelim.

Marianne kazağını çıkarıyor. Kucağına alıyor, katlıyor ve kenara koyuyor. Üzerinde minik çiçekler olan siyah dantelli bir sutyen var. Lukas fotoğraf makinesiyle bir şeyler yapmaya başlıyor.

Diğerleriyle çok haberleşmiyor artık: Peggy, Sophie, Teresa, o tayfa. Jamie ayrılmalarından memnun değildi; memnun olmadığını insanlara söylemişti, insanlar da onun haline üzülmüşlerdi. Marianne gitmeden önce kendisi için işlerin tersine dönmeye başladığını seziyordu. Başta bu durum rahatsız ediyordu onu, bir odaya girdiğinde tüm gözler ondan kaçıyor ya da devam eden bir sohbet o geldiğinde aniden kesiliyordu; sosyal çevresindeki yerini kaybettiğini, artık insanların ona hayranlıkla ve imrenerek bakmadıklarını, elindeki her şeyi aniden yitirdiğini hissediyordu. İçinde eskiden beri erkeklerin hükmetmek istedikleri bir şey vardı; onların bu tahakküm isteği cazibe, hatta aşk gibi gelebiliyordu Marianne'e. Lisedeki erkekler acımasızca davranarak ve önemsemeyerek onu yaralamak istemişlerdi, üniversitedekilerse bunu seks ve popülerliği kullanarak yapmaya çalıştılar; ikisinde de amaçları,

Marianne'in şahsında var olan bir güce diz çöktürmekti. İnsanların kendilerini böyle ele vermeleri canını sıkıyordu Marianne'in. Saygı da görse, hakir de görülse, sonunda çok fark etmiyordu. Hayatının her aşamasında tekrar tekrar aynı şeyle mi karşılaşacaktı; kendini aynı çarpık tahakküm yarışmasında mı bulacaktı?

Peggy'yle anlaşmaları kolay olmamıştı. Peggy giderek tuhaflaşan bir ses tonuyla: *Ben senin en iyi arkadaşınım*, deyip duruyordu ona. Marianne'in "bırakınız yapsınlar" tavrını kabullenemiyordu. Bir gece, Marianne'in eşyalarını topladığı sırada Peggy: İnsanların senin hakkında konuştuklarının farkındasın değil mi, demişti. Ne diyeceğini bilemedi Marianne. Bir an duraksadı, sonra düşünceli bir yanıt verdi ona: Senin önemsediğin şeyleri her zaman önemsediğimi düşünmüyorum. Ama seni çok önemsiyorum. Peggy çileden çıkmış gibi kollarını savurarak sehpanın etrafında iki tur attı.

Ben senin en iyi arkadaşınım, dedi Peggy. Ne yapmamı bekliyorsun?

Bu soruyla ne kastettiğini anlamıyorum.

Beni nasıl bir durumda bırakıyorsun şimdi? Çünkü ben kimseyle taraf tutmuş olmak istemem.

Marianne kaşlarını çattı, saç fırçasını bavulunun ceplerinden birine koyup fermuarı çekti.

Yani, benimle taraf tutmuş gibi olmak istemediğini söylüyorsun, dedi Marianne.

Sehpanın etrafında dolaşmaktan nefes nefese kalan Peggy yüzüne baktı. Marianne hâlâ bavulunun önünde eğilmiş halde duruyordu.

İnsanların ne hissettiklerinin farkında mısın anlamıyorum, dedi Peggy. İnsanların bu işe canı çok sıkıldı.

Jamie'den ayrılmama mı?

Bütün bu harala güreleye işte. İnsanların bayağı canı sıkıldı.

Peggy cevap beklermiş gibi bakıyordu yüzüne; sonunda Marianne cevap verdi: Peki. Peggy eliyle yüzünü ovuşturdu ve dedi ki: Ben gideyim de sen toplan artık. Tam kapıdan çıkıyorken ekledi: Bence bir terapiste falan görün. Marianne ne ima ettiğini anlamadı Peggy'nin. Benim canım sıkkın *değil* diye mi terapiste görünmem gerekiyor? diye düşündü. Yine de hayatı boyunca çeşitli kişilerden duyduğu bir şeyi duymamış gibi yapması zordu; akıl sağlığı iyi değildi, yardıma ihtiyacı vardı.

Yalnız Joanna görüşmeye devam ediyor Marianne'le. Akşamları Skype'ta derslerinden, seyrettikleri filmlerden, Joanna'nın okul gazetesine yazdığı yazılardan konuşuyorlar. Ekranda Joanna'nın yarı aydınlık yüzünün ardındaki zemin, yatak odasının krem renkli duvarları hiç değişmiyor. Makyaj yapmıyor artık Joanna, saçlarını bile taramadığı oluyor. Uluslararası Barış Araştırmaları'nda yüksek lisans yapan Evelyn adında bir kızla çıkıyor şimdi. Marianne bir keresinde Joanna'ya Peggy'yle sık sık görüşüyor mu diye sorduğunda Joanna yüzünü ekşitmişti; saniyenin binde biri kadar bir andı ama Marianne yakaladı ifadesini. Hayır, dedi Joanna. Hiçbiriyle görüşmüyorum. Senin arkanda olduğumu biliyorlar zaten.

Özür dilerim, dedi Marianne. Kimseyle benim yüzümden aran bozulsun istemezdim.

Joanna tekrar bir ifade takındı; ama ya kötü ışıktan ya ekrandaki pikselleşmeden ya da çelişkili hislerini yansıtmak istediği için suratındaki ifade daha belirsizdi.

Sonuçta ben onlarla hiç arkadaş olmadım ki, dedi Joanna. Onlar daha çok senin arkadaşındı.

Ben hepimiz arkadaşız sanıyordum.

Ben bir tek seninle anlaşıyordum. Jamie ya da Peggy'nin iyi insanlar olduğunu da düşünmüyorum. Onlarla arkadaş olmak istiyorsan orası beni ilgilendirmez ama düşüncem bu.

Yok, ben de öyle düşünüyorum, dedi Marianne. Beni seviyor gibi göründükleri için kendimi kaptırdım herhalde.

Evet. Bence aklın başına gelince ne kadar gıcık tipler olduklarını anladın. Benim için daha kolay oldu gerçi, beni pek sevmezlerdi zaten.

Konuşmalarının böyle sert bir yere sapmış olması şaşırtmıştı Marianne'i; biraz azarlandığını da hissediyordu, Joanna sıcakkanlı davranmaya devam etse de. Peggy ve Jamie iyi insanlar değillerdi, doğru; başkalarını aşağılamaktan zevk alan, düpedüz kötü insanlardı. Bu numarayı yediği için incinmiş hissediyor Marianne; onlarla ortak bir yanı olduğunu düşündüğü için, onların arkadaşlık olarak yutturdukları alım satım pazarına iştirak ettiği için incinmiş hissediyor. Lise yıllarında sosyal sermayenin böyle açıktan mübadele edildiği ortamların ona gelmediğini düşünürdü; oysa üniversite hayatında yaşadıkları, lisede yüz vermiş olsalar kimseden aşağı kalır yanı olmayacağını göstermişti. Hiçbir şeyiyle diğerlerinden üstün değildi.

Yüzünü pencereye döner misin? diyor Lukas.

Olur.

Marianne bacaklarını göğsüne doğru çekip, yatakta dönüyor.

Acaba bacaklarını... aşağı indirebiliyor muydun? diyor Lukas.

Marianne bacak bacak üstüne atıyor. Lukas tripodunu ileri doğru sürükleyip makinenin açısıyla oynuyor. Connell'ın e-postasında onu bir geyiğe benzetmesi Marianne'in aklına geliyor. Düşünceli yüz ve kibar bedenlerden bahsettiği cümle hoşuna gitti. İsveç'te çok kilo verdi, daha ince şimdi, daha da kibar duruyor.

Marianne bu Noel eve gitmemeye karar verdi. Sık

sık "aile meselesi"nden nasıl yakasını kurtaracağını düşünüyor. Geceleri yatakta annesinden ve ağabeyinden tamamen bağını kopardığı senaryolar düşlüyor; araları ne iyi ne kötü, hayatlarında tarafsız bir izleyici olarak bulunuyor sadece. Çocukluk ve ilkgençliğinin büyük bir kısmını aile kavgalarından uzaklaşmak için olmadık numaralar düşünerek geçirmişti Marianne: Tamamen sessiz durmak; yüzünü ve bedenini tamamen ifadesiz ve hareketsiz bırakmak; tek söz söylemeden odadan çıkıp kendi odasına gitmek ve kapıyı sessizce arkasından kapamak. Kendini tuvalete hapsetmek. Evi ucu açık saatler boyunca terk etmek ve okul otoparkında tek başına oturmak. Bu stratejilerin hiçbirinin faydası olmamıştı. Hatta uyguladığı bu taktikler yüzünden olayı asıl çıkaran olarak cezalandırıldığı bile olmuştu. Marianne şimdi görebiliyor ki aile içi düşmanlıkların tam mevsimi olan Noel'de, aralarına katılmaması evdeki muhasebe defterinde kendi hanesine bir başka kırıcı davranış olarak işlenecek.

Noel mevsimini düşününce gözünde Carricklea canlanıyor; caddeye ışıklar asılmış; Kelleher's'in camında plastik Noel Baba lambasının kolu tekrar tekrar katı bir şekilde selamlıyor. Alüminyum folyodan kar taneleri eczaneye asılmış. Kasabın savrularak açılıp kapanan kapısı, köşeden seslenenler. Kilise otoparkında geceleri sis gibi havaya yükselen nefesler. Foxfield'da akşam saati; uyuyan kediler gibi sessiz evler; aydınlık pencereler. Connell'ların oturma odasındaki Noel ağacı; hışırdayan süsler; yer açılsın diye tıklım tıklım edilmiş mobilyalar; çınlayan keyif dolu kahkahalar. Onu göremeyeceğine üzüleceğini söyledi Connell. Sensiz aynı olmaz, diye yazdı. O an aptal gibi hissetti, ağlamak istedi Marianne. Ne kadar steril bir hayatı var şimdi, içinde hiçbir güzellik yok.

Şunu da çıkarsan diyorum, diyor Lukas şimdi.

Sutyenini işaret ediyor. Sırtına uzanıyor ve kopçayı çözüyor, sonra askılarını indiriyor omzundan. Fotoğraf makinesinin görebileceği alanın dışına fırlatıyor. Lukas birkaç resim çekiyor, tripodda fotoğraf makinesini indiriyor, birkaç santim ileri alıp devam ediyor. Marianne pencereye bakıyor. Deklanşörün sesi nihayet susunca arkasını dönüyor. Lukas masanın altındaki bir çekmeceyi açıyor. Yumak halinde kalın, siyah bir kurdele çıkarıyor; kaba pamuktan ya da lifli bir keten kumaştan.

O ne? diye soruyor Marianne.

Biliyorsun ne olduğunu.

Başlamasan şimdi.

Lukas hiç umurunda değil gibi elindeki bezi çözmeye devam ediyor. Marianne'in kemikleri ağırlaşmaya başlıyor; tanıdık bir duygu bu. Öyle ağırlar ki şimdi, zor hareket edebiliyor. Bir şey söylemeden dirseklerini birleştirip kollarını ona doğru uzatıyor. Aferin, diyor Lukas. Eğiliyor ve sıkıca bağlıyor kollarını. Marianne'in bilekleri ince ama Lukas kurdeleyi öyle sıkıca bağlıyor ki, bileklerindeki et iki uçta da hafiften şişiyor. Gördükleri çirkin geliyor Marianne'e, farkında olmadan başını çeviriyor, tekrar pencereden bakıyor. Aferin sana, diyor Lukas. Fotoğraf makinesine dönüyor. Marianne gözlerini yumuyor ama Lukas açmasını söylüyor ona. Yorgun hissediyor artık. Bedeninin içi giderek aşağı doğru çöküyor gibi hissediyor, yere doğru, dünyanın merkezine doğru. Bakışlarını kaldırdığında, Lukas'ın bir kurdeleyi daha çözdüğünü görüyor.

Olmaz, diyor Marianne.

İşleri zorlaştırma.

Yapmak istemiyorum.

Biliyorum, diyor Lukas.

Tekrar önünde çömeliyor. Elinden uzaklaşmak için başını çekiyor ama hızlı bir hareketle boğazına yapışıyor

Lukas. Bu hareket onu korkutmuyor; öyle feci bir yorgunluk duyuyor ki ne konuşası ne hareket edesi geliyor artık. Bırakıyor kendini, çenesi öne doğru düşüyor. Kurtulmak için uğraşıp duracağına teslim olmak ne kadar kolay, ne zahmetsiz. Lukas hafifçe gırtlağını sıkınca Marianne öksürüyor. Sonra, bir şey söylemeden bırakıyor Marianne'i. Kumaşı alıyor ve gözlerini bağlıyor. Nefes almak bile yorucu geliyor şimdi. Gözleri kaşınıyor. Lukas yanağına elinin tersiyle dokununca Marianne'in midesi kalkıyor.

Görüyorsun, seni seviyorum, diyor Lukas. Sen de beni seviyorsun, biliyorum.

Dehşetle irkiliyor Marianne ve geri çekilirken ensesini duvara vuruyor. Birbirine bağlı bilekleriyle, zorluk içinde göz bağını açmaya çalışıyor, zar zor görebilecek kadar kaldırmayı başarıyor.

Ne oldu? diyor Lukas.

Çöz beni.

Marianne.

Çöz beni, polis çağırırım, diyor Marianne.

Elleri hâlâ bağlı olduğu için tehdidi pek gerçekçi gelmiyor ama, belki de ortamdaki havanın değiştiğini hissettiği için Lukas hemen bileklerini çözmeye başlıyor. Şiddetle titriyor şimdi Marianne. Ellerini kurtarabileceği kadar çözüldüğü an kollarını birbirinden ayırıyor. Göz bağını çıkarıyor ve kazağını kaptığı gibi üzerine geçiriyor, kollarını sokuyor. Yatağın tepesinde, ayakları üzerinde duruyor şimdi.

Niçin böyle davranıyorsun? diyor Lukas.

Uzak dur benden. Bir daha sakın bu şekilde konuşma benimle.

Ne şekilde? Ne dedim?

Döşeğe atılmış sutyeni alıyor, elinde buruşturuyor ve hızlı adımlarla yürüyüp çantasının içine tıkıyor. Çizmelerini ayağına geçirmeye başlıyor, tek ayağı üzerinde aptal gibi sekiyor.

Marianne, diyor Lukas. Ne yaptım ben?

Sen ciddi misin yoksa yaptığın sanatsal pratiğin mi?

Tüm hayat sanat pratiğidir.

Marianne boş boş bakıyor. Olacak şey değil, şunu da ekliyor Lukas: Bence sen çok yetenekli bir yazarsın. Marianne gülüyor, tiksintiden.

Benim için aynısını hissetmiyorsun, diyor Lukas.

Çok açık konuşacağım, diyor Marianne. Sana karşı hiçbir şey hissetmiyorum. Hiçbir şey. Anladın mı?

Fotoğraf makinesine dönüyor Lukas; sanki ifadesini gizlemek istermiş gibi sırtını dönüyor. Üzüntüme karşı hain kahkahasını mı bastırıyor? diye düşünüyor Marianne. Öfkesini mi gizliyor? Aklından geçirmek bile Marianne'i dehşete düşürüyor ama, yoksa kırıldığını mı? Lukas makinesini tripoddan söküyor. Marianne sokak kapısını açıyor ve merdivenlerden inmeye başlıyor. Yaptığı o ürkünç şeyleri sevgisinden yaptığına gerçekten inanıyor olabilir mi? Şu dünya, sevgi denen şeyi kimsenin şiddetin en adi ve aşağılık biçimlerinden ayırt edemediği kadar kötü bir yer olabilir mi? Dışarıda nefesi ince bir sis halinde yükseliyor ve kar yağdıkça yağıyor; tek bir mini minnacık hatanın bitip tükenmeden tekrar edip durması gibi.

Üç Ay Sonra
(MART 2014)

Connell'ın bekleme odasında form doldurması gerekiyor. Parlak renkli oturma yerleri bir sehpanın etrafına dizilmişler; sehpanın üzerinde bir çocuk abaküsü duruyor. Sehpa eğilip yazamayacağı kadar alçak olduğu için kâğıtları rahatsız bir şekilde kucağına diziyor. İlk soruda kâğıdı tükenmezkalemle delip yırtıyor. Formu kendisine veren resepsiyoniste bakıyor ama kadın başka bir yere dönmüş, o yüzden gözlerini tekrar indiriyor. İkinci sorunun başlığı "Karamsarlık". Aşağıdaki ifadelerin yanındaki rakamlardan birini işaretlemesi isteniyor.

0 Geleceğim konusunda ümitsiz değilim
1 Geleceğim konusunda eskiye göre daha ümitsizim
2 Hayatımın iyi gideceğine dair bir beklentim yok
3 Geleceğimin ümitsiz olduğunu ve daha da kötüye gideceğini hissediyorum

Bu ifadelerin hepsi doğru olabilirmiş ya da aynı anda birden fazlası doğru olabilirmiş gibi geliyor. Kaleminin ucunu dişlerinin arasına götürüyor. Anlaşılmayan bir nedenden "3" rakamı verilmiş dördüncü cümle Connell'ın burnunun içindeki yumuşak dokuyu karıncalandırıyor, bu cümle sanki onu çağırıyor. Doğru evet, geleceğinin ümitsiz olduğunu ve daha da kötüye gideceğini hissediyor. Düşündükçe, daha da doğru geliyor. Düşünmesine gerek bile yok, çünkü hissediyor: Cümlenin sözdizimi sanki içinde oluşuyor. Dilini damağına yaslıyor ve ciddi bir dikkat ifadesi takınmaya çalışıyor. Formu alacak kadını telaşlandırmamak için 2 numaralı ifadeyi işaretliyor.

Ona bu hizmetten bahseden Niall'dı. Tam olarak söylediği şuydu: Sonuçta bedava, ne kaybedeceksin ki. Pratik bir insan Niall, şefkatini de pratik şekillerde gösteriyor. Connell bu aralar Niall'ı pek görmüyor; bursluların yurdunda kaldığından zaten kimseyi pek görmüyor artık. Dün gece yerden bir buçuk saat kalkamadı, tuvaletinden yatağına dönemeyecek kadar yorgundu çünkü. Tuvaleti orada, arkasındaydı, yatağıysa orada, önündeydi; ikisi de görüş alanındaydı ama ne ileri ne geri gitmek mümkündü; yalnızca aşağı, yere gidebiliyordu, sonunda halıya hareketsiz bir şekilde uzandı. Ee, yerdeyim işte, diye düşündü. Yatakta ya da bambaşka bir yerde değil de burada olunca daha mı kötüymüş hayat? Yoo, hayat her şeyiyle aynı. İnsan kafasının içinde hayatı oradan oraya götürüyor. Burada uzanmışım, halının iğrenç tozunu ciğerlerime solumuşum, bedenimin ağırlığının altında sağ kolumun yavaş yavaş uyuştuğunu hissetmişim, ne fark eder? Herhangi bir deneyimden esasında hiçbir farkı yok.

0 Kendime dair hislerim her zamanki gibi
1 Kendime güvenimi kaybettim
2 Kendimi hayal kırıklığına uğrattım
3 Kendimden hoşlanmıyorum

Connell camın arkasındaki kadına bakıyor. Bu kadınla bekleme odasındaki insanlar arasına bir cam yerleştirdiklerini ilk kez o an fark ediyor. Connell gibi insanların camın ardındaki kadın için tehlikeli olacağını mı sanıyorlar? Buraya gelip sabırla form dolduran öğrencilerin, kadın bilgisayara girsin diye isimlerini tekrar tekrar söyleyen bu insanların masadaki kadının canını yakmak isteyeceklerini mi sanıyorlar? Sırf arada sırada yerde saatler boyunca yatıyor diye, Connell bir gün internetten yarı otomatik makineli tüfek alıp bir alışveriş merkezini kana bulayabilir mi? Aklının ucundan bile geçmez böyle bir şey. Telefonda kekelediği zaman bile kendini suçlu hisseder Connell. Arkasındaki mantığı anlamıyor değil yine de: Akıl sağlığı yerinde olmayan insanlar bir yerde kirlidirler ve tehlikeli olabilirler. Önüne geçemedikleri şiddet eğilimleri yüzünden o kadına saldırmasalar da nefesleri ona bir çeşit mikrop bulaştırabilir, geçmişteki başarısız ilişkilerini sağlıksız bir şekilde kafasına takmasına sebep olabilir. 3 numaralı cümleyi işaretliyor ve devam ediyor.

0 Kendimi öldürmeyi düşünmedim
1 Kendimi öldürmeyi düşündüysem de asla intihara kalkışmam
2 Kendimi öldürmek istiyorum
3 Fırsatını bulsam kendimi öldürürdüm

Gözucuyla tekrar kadına bakıyor. Hiç tanımadığı bir insana gidip de kendini öldürmek istediğini itiraf etmek istemiyor Connell. Dün gece yerdeyken susuzluktan ölene kadar tamamen hareketsiz bir şekilde yatmanın hayalini kurmuştu. Ne kadar sürerse sürsün; belki günler alacaktı ama hiçbir şey yapmayacağı, pek bir şeye kafa yormayacağı için rahat geçecekti o günler. Kim bulacaktı cesedini? Ona ne. Haftalar boyu tekrar tekrar kurularak tertemiz hale gelen hayal, ölüm anında sona eriyor:

Sakin ve sessiz gözkapağı her şeyi son bir kez örtüyor. Connell 1 numaralı cümleyi işaretliyor.

Son derece kişisel, sonuncusu da cinsel hayatı hakkında olan soruların geri kalanını da doldurduktan sonra sayfaları katlıyor ve resepsiyoniste geri götürüyor. Bu son derece hassas bilgileri tanımadığı birine verince ne olacağını düşünemiyor. Yutkunuyor, gırtlağı öyle dar ki canı acıyor. Kadın kâğıtları geç teslim edilmiş bir ödev misali alıyor ve boş, neşeli bir gülümsemeyle yüzüne bakıyor. Teşekkürler, diyor. Siz oturun, danışman hanım sizi çağırır. Bön bir ifadeyle duruyor Connell. Kadın, Connell'ın kimseyle paylaşmadığı kadar mahrem bilgileri elinde tutuyor. Bu lakaytlık karşısında kâğıtları geri isteyesi geliyor; bu alışverişin sebebini yanlış anlamış da, farklı bir şekilde doldurmalıymış gibi hissediyor. Bunun yerine, Peki, diyor. Geçip yerine oturuyor.

Bir süre hiçbir şey olmuyor. Kahvaltı yapmadığı için midesinden boğuk sızlanma sesleri yükseliyor. Son zamanlarda akşamları yemek yapamayacak kadar yorgun olduğundan, burslular sitesinde akşam yemeğine ismini yazdırıyor ve yemek salonundaki yemeklere gidiyor Connell. Yemekten önce herkes Latince okunan dua için ayağa kalkıyor. Sonra da baştan aşağı siyah giyimli öğrenciler, giyim kuşamları dışında onlardan hiçbir farkı olmayan öğrencilerin yemeklerini getiriyor. Her zaman aynı bu yemekler: tuzlu, turuncu bir çorba; yanında yuvarlak ekmek ve folyoya sarılı bir parça tereyağı. Arkasından sulu et ve yanına elden ele dolaştırılan gümüş tabaklarda patates. Son olarak da tatlı; ya ıslak ve şekerli bir pasta ya da meyve salatası, eğer öyleyse genelde üzüm. Tüm bu yiyecekler hızlıca önüne konur ve önünden alınırken, duvardaki portrelerde başka yüzyıllarda yaşamış adamlar şatafatlı giysileriyle onları seyrediyor. Yalnız başına yemek yiyen, başkalarının konuşmalarını duyabilen ama onlara katılamayan Connell tüm bedenine, neredeyse tahammül edilemez bir şekilde yabancılaşıyor. Yemek bittikten sonra bir dua daha okunuyor, arkasından masalardan itilen sandalyelerin çirkin sesi yükseliyor. Saat yedide meydanın karanlığına çıktığında lambalar yakılmış oluyor.

Uzun gri hırkalı orta yaşlı bir kadın bekleme odasına giriyor o sırada ve, Connell? diyor. Yüzünü çarpıtarak gülümsemeye çalışıyor Connell, sonra vazgeçiyor, eliyle çenesini okşayarak başını sallıyor. Ben Yvonne, diyor kadın. Benimle gelmek ister miydin? Arkalarından kapıyı kapatıyor. Odanın bir ucunda bir masa var, tarihöncesi Microsoft bilgisayarın uğultusu geliyor, diğer uçtaysa iki nane renkli koltuk karşılıklı duruyor. Pekâlâ Connell, diyor Yvonne. İstediğin yere oturabilirsin. Pencereye bakan koltuğa oturuyor Connell; dışarıda beton bir binanın arka cephesi ve paslanmış bir su borusu görünüyor. Yvonne karşısına oturuyor ve boynuna zincirle asılı gözlüğü alıyor, burnuna iliştiriyor ve elindeki panodaki kâğıtlara bakıyor.

Pekâlâ, diyor Yvonne. Nasıl hissettiğinden başlayalım mı?

Olur. Pek iyi değil.

Üzüldüm. Ne zamandır böyle hissediyorsun?

Şey, diyor Connell. Birkaç ay oldu. Ocaktan beri, herhalde.

Yvonne tükenmezkaleminin arkasına basıyor ve bir şeyler yazıyor. Ocak, diyor. Tamam. O dönem bir şey oldu mu, yoksa ortada bir şey yokken mi böyle hissetmeye başladın?

Yeni yıla gireli birkaç saat olmuşken, Rachel Moran'dan bir mesaj gelmişti. Saat ikiydi, Helen'la Connell dışarıdan dönmüşlerdi. Ekranı Helen'ın görmeyeceği bir açıda tutarak mesajı okudu: Tüm okul arkadaşlarına yollanmış grup mesajında Rachel, Rob Hegarty'yi gören ya da ondan haber alan var mı diye soruyordu. Birkaç saattir kimsenin Rob'a ulaşamadığını yazmıştı. Mesajda ne yazdığını sordu Helen ve nedense Connell şöyle cevap verdi: Hiç, bir grup mesajı işte. "Mutlu Yıllar" diyor. Ertesi sabah Rob'un cesedi Corrib Nehri'nde bulundu.

Connell daha sonra arkadaşlardan Rob'un ölümünden önceki haftalarda kendini içkiye verdiğini ve keyifsiz olduğunu öğrendi. Haberi yoktu bu durumdan, bir önceki dönem Carricklea'ye pek uğramamıştı, kimseyle görüştüğü de yoktu. Facebook'ta Rob'un en son ne zaman ona yazdığına baktı ve 2012 başında yazılmış bir mesaj buldu: Bir eğlence sırasında çekilmiş bir fotoğrafta Connell, elini Marianne'in arkadaşı Teresa'nın beline dolamıştı. Rob şöyle yazmıştı: Götürüyormusun ablayı?? HELAL haha. Connell yanıt yazmamıştı. Rob'u Noel'de görmemişti; geçen yaz görüşmüşler miydi onu da tam hatırlamıyordu. Rob'un yüzünü gözünde canlandırmaya çalışınca beceremediğini fark etti Connell: Başta tanıdık ve tam bir yüz beliriyor, ama yaklaştıkça parçalar birbirinden uzaklaşıyor, bulanıklaşıyor, birbirine geçiyordu.

Sonraki günlerde liseden arkadaşları, intihar konusunda bilinçlendirici durum güncellemeleri paylaştılar. O zamandan sonra Connell'ın zihinsel sağlığı haftadan haftaya düzenli bir şekilde kötüleşti. Eskiden kronik ve düşük seviyeli şekilde var olan ve bir çeşit çok amaçlı ketleyici olarak hazır bulunan anksiyetesi had safhadaydı şimdi. Kahve söylemek ya da derste bir soru cevaplamak gibi küçük etkileşimlere girdiği zaman bile elleri karıncalanmaya başlıyordu. Bir-iki defa ağır panik atak da geçirmişti: Nefes tıkanması, göğüs sancısı, tüm bedenine iğne batırılıyormuş gibi his. Duyularından yabancılaştığı duygusu; düzgün düşünme yetisini, gördüğü ya da işittiği şeyleri anlama becerisini kaybetme. Etrafındaki şeyler başka türlü görünmeye ve ses vermeye başlıyor, ağırlaşıyor, yapaylaşıyor, gerçekliğini yitiriyordu. Bunu ilk yaşadığında aklını kaybettiğini sanmıştı; dünyasına anlam vermek için kullandığı bilişsel çerçevenin temelli dağıldığını, artık hiçbir şeyi ses ve görüntü olarak birbirinden ayırt edemeyeceğini düşünmüştü. Birkaç dakika içinde bu duygu geçmiş, kendini terler içinde yatağına uzanmış bir halde bulmuştu.

Üniversite tarafından para karşılığında dertlerini dinlemesi için görevlendirilen Yvonne'a bakıyor Connell.

Bir arkadaşım ocak ayında intihar etti, diyor. Liseden arkadaşım.

Ay, çok üzücü. Çok üzüldüm, Connell.

Üniversiteye girdikten sonra pek haberleşmedik. O Galway'deydi, ben de buradaydım. Arayı biraz açtığım için suçlu hissediyorum galiba.

Anlayabiliyorum, dedi Yvonne. Ne kadar üzülsen de, arkadaşına olanlar senin suçun değil. Onun verdiği kararlardan sorumlu değilsin sen.

Gönderdiği son mesaja cevap bile yazmamışım. Yıllar olmuş gerçi ama yine de yazmamışım.

Ne kadar acı olduğunu anlayabiliyorum, elbette çok acı olmalı. Zor durumdaki birine yardım etme imkânını kaçırdığını düşünüyorsun.

Connell konuşmadan başıyla onaylıyor ve gözünü ovuşturuyor.

Bir yakını intihar ettiğinde insanın acaba nasıl yardımcı olabilirdim diye düşünmesi çok doğal, diyor Yvonne. Eminim ki arkadaşının hayatındaki hemen herkes aynı şeyi soruyordur kendisine.

Diğer insanlar yardım etmek istemiş en azından.

Ağzından çıkan laflar amaçladığından daha agresif ya da numaracıymış gibi geliyor. Yvonne'un doğrudan cevap vermek yerine kendisine baktığını, gözlüğünün camlarının ardından kendisini izlediğini ve gözlerini kıstığını görüyor, şaşırıyor. Başını aşağı yukarı sallıyor Yvonne. Sonra masadan bir deste kâğıt alıyor ve resmî bir edayla Connell'a gösteriyor.

Bizim için doldurduğun envantere baktım, diyor Yvonne. Seninle açık konuşacağım, Connell, beni son derece kaygılandırabilecek şeyler görüyorum burada.

Anladım. Öyle mi?

Yvonne kâğıtları karıştırıyor. Connell ilk kâğıtta kalemiyle açtığı deliği görebiliyor.

Beck Depresyon Ölçeği diyoruz buna, diyor Yvonne. Herhalde nasıl işlediğini anlamışsındır; her maddeye sıfırdan üçe kadar bir puan veriyoruz. Şimdi, benim gibi birisi böyle bir testte örneğin sıfır ila beş arasında bir puan alabilir; hafif bir depresyon dönemi geçirmekte olan birisiyse on beş ya da on altı gibi bir puan bekleyebilir.

Tamam, diyor Connell. Anladım.

Senin testindeyse puan kırk üç olarak hesaplanmış.

Tamam. Peki.

Çok ciddi bir depresyon aralığında olduğunu görüyoruz. Sen de böyle olduğunu söyler miydin?

Tekrar gözünü ovuşturuyor Connell. Zorlukla fısıltı halinde cevaplıyor: Evet.

Kendine karşı hislerinin son derece olumsuz olduğu, bazen intihar etmeyi düşündüğün gibi şeyler görüyorum. Bu gibi şeyleri ciddiye almamız gerekiyor.

Anladım.

Arkasından Yvonne tedavi yollarını anlatmaya başlıyor. İlaç tedavisi seçeneğini görüşmeleri için Connell'ı üniversitedeki revire sevk edeceğini söylüyor. Ben sana burada reçete yazamıyorum, biliyorsun, diyor Yvonne. Birden huzursuzlaşan Connell, başıyla onaylıyor. Evet, biliyorum, diyor. Gözlerini ovuşturup duruyor; nedense çok kaşınıyor gözleri. Yvonne bir bardak su ikram ediyor ama istemiyor Connell. Ailesi hakkında sorular soruyor; annesini, nerede oturduğunu, kardeşi olup olmadığını.

Peki bir erkek ya da kız arkadaşı durumu var mı bu aralar? diyor Yvonne.

Hayır, diyor Connell. Öyle birisi yok.

Helen cenaze için onunla Carricklea'ye gelmişti. Cenaze sabahı odasında sessizlik içinde giyinmişlerdi; Lorraine'in saç kurutma makinesinin sesi duvarın arkasından uğultu halinde geliyordu. On altı yaşındayken bir kuzeninin Komünyon'u için aldığı, var olan tek takım elbisesini giyiyordu Connell. Ceketin omuzlarının dar olduğu kollarını kaldırdığında hissediliyordu. Kötü göründüğü hissini atamıyordu üzerinden. Helen oturmuş aynada makyajını yapıyor, Connell arkada kravatını bağlıyordu. Helen uzanıp yüzüne dokundu. Çok yakışıklı oldun, dedi. Connell nedense öfkelendi, sanki Helen'ın söyleyebileceği en duyarsız, en bayağı şeymiş gibi geldi bu sözler, cevap vermedi. Helen elini indirdi ve ayakkabılarını giymeye gitti.

Kilisenin girişinde durup Lorraine'in bir tanıdığıyla konuştular. Connell'ın saçları yağmurda ıslanmıştı ve eli sürekli kafasındaydı; Helen'a bakmıyor, konuşmuyordu. Sonra kilisenin açık kapısının ardında Marianne'i gördü. Cenaze için İsveç'ten geleceğinden haberi vardı. Kapıda üzerinde siyah paltosu, elindeki ıslak şemsiyesiyle çok ince ve solgun gözüktü ona Marianne. İtalya'dan beri görüşmemişlerdi. Dokunsan, diye düşündü Connell, kırılacakmış gibiydi. Marianne girişteki şemsiyeliğe bıraktı şemsiyesini.

Marianne, dedi Connell.

Düşünmeden çıkmıştı ağzından bu sözler. Marianne ancak o an başını kaldırdı ve gördü onu. Yüzü ince beyaz bir çiçek gibiydi. Marianne kollarını boynuna doladı,

Connell ona sımsıkı sarıldı. Giysilerinde Marianne'in evinin kokusunu alıyordu Connell. Her şey normaldi son görüştükleri zaman. Rob hâlâ hayattaydı; Connell ona mesaj atabilir, hatta arayıp onunla konuşabilirdi, hâlâ mümkündü o sırada, mümkündü aramak. Connell'ın ensesini okşadı Marianne. Herkesin durmuş, onları seyrettiğini hissediyordu Connell. Daha fazla sarılmaya devam edemeyeceklerini anladıklarında bıraktılar birbirlerini. Helen hızlı bir hareketle Connell'ın omzuna dokundu. İnsanlar giriş salonundan geçmekteydiler, paltoları ve şemsiyeleri karolara sessizce damlıyordu.

Gelin taziyelerimizi iletelim, dedi Lorraine.

Herkes gibi sıraya girip Rob'un ailesiyle el sıkıştılar. Rob'un annesi Eileen hüngür hüngür ağlıyordu; sesi kilisenin ta öbür ucundan duyuluyordu. Sıranın yarısına geldiklerinde Connell'ın bacakları titremeye başladı. Helen değil de Lorraine yanında olsaydı diye geçirdi içinden. Midesinin bulandığını hissetti. Nihayet sıra onlara geldiğinde, Rob'un babası Val elinden yakaladı ve dedi ki: Connell, aslanım benim. Trinity'den haberlerini alıyoruz, gurur duyuyoruz. Connell'ın elleri sırılsıklam olmuştu. Üzgünüm, dedi ince bir sesle. Çok üzgünüm. Val elini bırakmıyor, ondan gözlerini ayırmıyordu. Aslanım benim, dedi. Sağ olasın geldiğin için. Sonra bitti. Connell bulduğu ilk iskemleye oturdu, tir tir titriyordu. Helen yanına oturdu, rahatsız olmuş gibiydi, eteğinin ucunu çekiştiriyordu. Lorraine geldi ve çantasından bir peçete uzattı; Connell aldı, alnını ve dudaklarının üstünü sildi. Connell'ın omzunu sıktı Lorraine. Her şey yolunda, dedi. Üzerine düşeni yaptın, rahatla şimdi. O an, sanki utanmış gibi başını çevirdi Helen.

Duadan sonra mezarlığa gittiler, arkasından bara dönüldü, dans salonunda sandviç yendi, çay içildi. Connell'ın alt devresi bir kız bardaydı, üzerinde beyaz gömlek ve yeleği, gelenlere bira servis ediyordu. Connell, Helen'a bir fincan çay koydu, sonra da kendisine aldı. Çay tepsilerinin yanında duvara yaslandılar, konuşmadan çaylarını yudumladılar. Connell'ın fincanı tabağında sarsılıyordu. O sırada Eric içeri girdi ve onların yanına geldi. Parlak mavi bir kravatı vardı.

Ne var ne yok? dedi Eric. Yüzünü gören cennetlik.

Biliyorum, evet, dedi Connell. Epey oldu gerçekten.

Kim bu? dedi Eric, başıyla Helen'ı göstererek.

Helen, dedi Connell. Helen, bu Eric.

Eric'in uzattığı eli sıktı Helen; sol elinde tuttuğu fincanını kibarca dökmemeye çalışıyordu, suratı gergindi.

Manita mı? dedi Eric.

Connell'a gözucuyla bakarak başıyla onayladı Helen ve yanıtladı: Evet.

Eric elini bıraktı Helen'ın, sırıtıyordu. Bir de Dublin'li çıktın, dedi.

Helen gergin bir gülümsemeyle karşılık verdi: Aynen.

Bu herif senin yüzünden bu taraflara uğramaz oldu, dedi Eric.

Onun bir suçu yok, benim yüzümden, dedi Connell.

Takılıyorum canım, dedi Eric.

Birkaç saniye boyunca konuşmadan odayı seyrettiler. Helen gırtlağını temizleyerek nazik bir sesle: Başınız sağ olsun Eric, dedi. Eric döndü ve efendice başını eğdi. Tekrar odaya baktı. Evet, insan inanamıyor, dedi. Sonra arkalarındaki demlikten bir fincan çay daha aldı. Marianne de o kadar yol gelmiş, dedi. İsveç'te mi, öyle bir yerde sanıyordum onu.

Öyle, dedi Connell. Cenaze için geldi.

İpincecik olmuş, değil mi?

Eric fincanından bir ağız dolusu çay aldı, yutkundu, dudaklarını şapırdattı. Konuştuğu kişilerin yanından ayrıldı Marianne, çay tepsisine doğru ilerledi.

İşte kendisi, dedi Eric. O kadar yol geldin İsveç'ten, eksik olma Marianne.

Marianne teşekkür etti ve Eric'e onu gördüğüne sevindiğini söyleyip kendine çay almaya koyuldu.

Tanışıyor musunuz Helen'la? diye sordu Eric.

Marianne fincanını tabağına yerleştirdi. Elbette tanışıyoruz, dedi. Aynı üniversitedeyiz ya.

Anlaşıyorsunuz değil mi, dedi Eric. Bak öyle aranızda rekabet falan olmasın ha.

Terbiyeni takın bakayım, dedi Marianne.

Marianne'in çay koyuşunu, güleç tavrını, "terbiyeni takın bakayım" deyişini izledi Connell; onun doğallığına, hayatı tasasız bir şekilde yaşayışına hayranlık duydu. Lisedeyken böyle değildi, tam tersiydi. O zamanlar içlerinde nasıl davranması gerektiğini bilen Connell'ken, Marianne herkesi sinir ederdi.

Cenazeden sonra ağladı Connell ama ağlamak yetmiyordu. Beşinci senelerinde[1] Connell okulun bir futbol maçında gol attığında Rob sahaya atlayıp sarılmıştı ona. Connell'ın adını haykırmış ve alnını coşku dolu öpücüklere boğmuştu. Bir-sıfırdı daha maç, bitmesine de yirmi dakika vardı. Ama o zamanlar böyleydi dünyaları. Günlük hayatlarında duygularını öyle dikkatle bastırıyorlar, öyle daraldıkça daralan alanlara sıkıştırıyorlardı ki sonunda en ufak bir olay bile delirtici, korkutucu bir önem kazanıyordu. Futbol maçlarında birbirlerine dokunabilir, ağlayabilirlerdi. Connell, Rob'un kollarının onu nasıl sıkıca tuttuğunu hâlâ hatırlıyordu. Balo gecesi Rob'un, Lisa'nın çıplak fotoğraflarını göstermesini de hatırlıyor-

1. İrlanda eğitim sisteminde ortaöğretim, ilköğretim gibi altı yıldır. Öğrenciler üç yıl *junior* seviyesinde öğrenim görür, dördüncü *idirbhliain* (Galce "geçiş yılı") yılından sonra beşinci ve altıncı yılları (*senior*) tamamlayıp mezun olurlar. (Ç.N.)

du. Başkalarının onayı Rob'un hayatta en çok aradığı şeydi; iyi biri olduğunun, önemli biri olduğunun düşünülmesini isterdi. Bir çevreye kabul edilmek için anlatmayacağı sır, yapmayacağı iyilik yoktu. Connell'ın lafı yoktu buna. O da eskiden Rob gibiydi, belki daha da beterdi ondan. Normal olmak, utandığı ve anlamadığı taraflarını gizlemek isterdi eskiden. Ona başka şeylerin mümkün olabildiğini gösteren Marianne'di. Hayat ondan sonra çok farklıydı; belki de ne kadar farklı olduğunu hiç anlamamıştı.

Cenaze gecesi Helen'la karanlıkta uyumadan yatıyorlardı. Neden onu diğer arkadaşlarıyla tanıştırmadığını sordu Helen. Lorraine'i uyandırmamak için fısıldayarak konuşuyordu.

Eric'le tanıştırdım ya seni? dedi Connell.

O beni sorduktan sonra tanıştırdın. Doğrusu benimle tanışmasını istiyor gibi bir halin de hiç yoktu.

Connell gözlerini yumdu. Cenazedeydik, dedi. Biri öldü, farkındaysan. Bence insanlarla tanışmak için doğru bir ortam değildi.

Gelmemi istemiyorduysan çağırmasaydın, dedi Helen.

Yavaşça nefes alıp verdi Connell. Peki, dedi. Keşke çağırmasaymışım o zaman.

Yattığı yerde doğruldu Helen. O ne demek? dedi. Orada olduğuma pişman mısın yani?

Hayır, nasıl bir ortam olacağına dair seni yanılttıysam özür dilerim diyorum.

Orada olmamı istemedin, değil mi?

Açıkçası ben de orada olmak istemezdim, dedi Connell. Eğlenemediysen üzgünüm ama, ne bileyim, cenazeydi sonuçta. Ne bekledin bilmiyorum.

Helen burnundan hızlıca nefes aldı; Connell sesini duyabiliyordu.

Marianne'i görmezden gelmedin ama, dedi Helen.

Kimseyi görmezden gelmiyordum.

Onu gördüğüne bayağı bir sevinmiş gibiydin, yalan mı?

Yine mi aynı terane Helen, dedi Connell sessizce.

Ne?

Her tartışma nasıl dönüp dolaşıp aynı yere geliyor!? Arkadaşım intihar etmiş diyorum, sen hâlâ kalkıp Marianne'i mevzu ediyorsun. Evet, ne var, gördüğüme mutlu olduysam ne oldu, çok mu ayıp ettim?

Konuştuğunda Helen'ın sesi bir tıslamaya dönüşmüştü. Arkadaşın konusunda sana gayet anlayışlı davrandım, sen de biliyorsun, dedi. Sen de ne bekliyorsun, önümde başka bir kadına bakmanı fark etmemiş gibi mi davranayım?

Marianne'e bakmıyordum.

Kilisedeyken bakıyordun ona.

Bilerek yapmıyordum, dedi Connell. Kilisedeki ortam bana pek seksi gelmedi, tamam mı? Bu konuda bana güvenebilirsin.

Niçin onun yanında o kadar tuhaf davranıyorsun?

Kaşlarını çattı Connell; gözleri halen kapalı, yüzü tavana dönüktü. Normalde nasılsam onun yanında öyle davranıyorum, dedi. Belki de tuhaf bir insanımdır.

Helen bir şey söylemedi. Sonunda tekrar yanına uzandı. İki hafta sonra her şey bitti, ayrıldılar. Connell o noktada artık öyle yorulmuş ve sefil bir haldeydi ki cevap vermek bile gelmedi içinden. Bir şeyler oluyordu ona, ağlama nöbetleri, panik ataklar gibi; ama içinden yayılıyor değil de, dışarıdan üzerine çöküyor gibiydi bu şeyler. Hiçbir his yoktu içinde. Dondurucudan çıkarılmış bir yiyecek gibiydi; sanki dışı hızla erimiş ve her tarafa akmış haldeydi ama içi hâlâ kaskatı, donuktu. Nasıl oluyorsa duygularını hayatında hiç olmadığı kadar ifade ederken bir yandan duyguları azalıyor, hiçbir şey hissetmiyordu.

Yvonne ağır ağır başını sallıyor, cana yakın bir edayla ağzını kıpırdatıyor. Peki Dublin'de hiç arkadaş edindin mi? diyor. Yakın olduğun, hislerini paylaşabileceğin biri var mı?

Arkadaşım Niall olabilir. Bana bu olaydan bahseden de oydu.

Üniversite rehberlik servisinden.

Evet, diyor Connell.

Peki, güzel. Demek ki senin iyiliğini düşünen biri. Niall, anladım. O da Trinity'de okuyor.

Connell boğazındaki kuruluğu temizlemek için öksürüyor ve diyor ki: Evet. Normalde çok yakın olduğum bir arkadaşım daha var ama o bu yıl Erasmus'a gitti.

Üniversiteden mi arkadaşın?

Liseyi de beraber okuduk ama o da şimdi Trinity'de. O da Rob'u tanırdı. Ölen arkadaşımızı. Ama dediğim gibi o bu yıl burada değil.

Yvonne'un ismini defterine geçirmesini, "M"nin yüksek tepeciklerini seyrediyor Connell. Neredeyse her akşam Marianne'le Skype'laşıyorlar; bazen akşam yemeğinden sonra bazen, Marianne dışarıdan geliyorsa geç saatlerde. İtalya'da olanları hiç konuşmadılar. Marianne konuyu açmadığı için minnet duyuyor. Konuşurlarken görüntü kaliteli olsa da sesler bir türlü eşleşmiyor; bu da Marianne'i hareketli bir resme, seyredilmesi gereken bir şeye dönüştürüyor. Marianne gitti gideli üniversitedeki insanlar arkasından konuşuyorlar. Jamie gibi insanların onun hakkında neler söylediğinden haberi var mı, bilmiyor Connell. Bu insanlarla pek arkadaş olmamasına rağmen Connell her şeyi biliyor. Gittiği bir partide adamın teki Marianne'in tuhaf şeylerden hoşlandığını, internette resimlerinin olduğunu söyledi Connell'a. Resimlerin gerçekten olup olmadığından emin değildi Connell. Marianne'in ismini internette arattı ama hiçbir şey çıkmadı.

Neler hissettiğini anlatabileceğin biri midir Marianne? diyor Yvonne.

Evet, destek oluyordu bana. Nasıl anlatsam... tanımayan birine onu anlatmak da zor. Zeki biri, benden çok daha zeki; yine de dünyaya benzer şekilde baktığımızı söyleyebilirim. Hayatımız boyunca aynı yerde yaşadık tabii, o yüzden ondan uzak olmak biraz farklı bir his.

Zormuş gibi geliyor.

Etrafımda gerçekten kafa dengi bulduğum insanlar çok yok, diyor Connell. Bu da benim için zor bir durum.

Peki bu sence yeni bir sorun mu, yoksa eskiden beri olan bir şey mi?

Eskiden beri var herhalde. Üniversiteden önce de yalnızlık çektiğim olurdu. Ama insanlar severlerdi beni. Burada insanların beni pek sevmediğini hissediyorum.

Duraksıyor; Yvonne bu duraksamayı fark ediyor ve lafa girmiyor.

Mesela Rob vardı, şu ölen arkadaşım, diyor Connell. Onunla kafalarımızın tamamen aynı olduğunu söyleyemezdim ama yine de arkadaştık.

Elbette.

Fazla ortak yanımız yoktu, ilgi alanı olarak yani. Siyasi konularda da muhtemelen anlaşamazdık. Ama lise yıllarında bu konular o kadar da önemli olmuyor. Aynı grupta olduğumuz için arkadaştık işte.

Anlayabiliyorum, diyor Yvonne.

Bazı yaptıkları hiç hoşuma gitmezdi mesela. Kızlara bazı davranışlarını çok hatalı bulurdum. Yani sonuçta on sekiz falandık, hepimiz geri zekâlıydık o yaşlarda. Ama beni biraz soğuturdu bu davranışları.

Connell tırnağını kemiriyor, sonra elini tekrar kucağına bırakıyor.

Buraya taşınırsam çevreme daha iyi uyum sağlayacağımı sandım, diyor Connell. Ne bileyim, daha iyi anlaşacağım insanlar bulacağımı sandım. Ama buradaki insanlar lisede tanıdığım insanlardan çok daha rezil. Herkes birbiriyle anne babasının parasını yarıştırıyor. Hiç abartmıyorum, gözümün önünde oldu böyle şeyler.

Connell derin bir nefes alıyor, bir sürü şeyi hızlı hızlı anlattığı için nefes nefese kaldığını hissediyor ama susmak gelmiyor içinden.

Carricklea'den ayrılırken bambaşka bir hayatım olabilir diye düşünmüştüm, diyor Connell. Ama buradan nefret ediyorum ve oraya da asla geri dönemeyeceğim. O arkadaşlıklarım bitti artık. Rob da yok, onu da bir daha göremeyeceğim. O hayatıma bir daha dönemeyeceğim.

Yvonne sehpada duran mendil kutusunu ona doğru itiyor. Yeşil palmiye ağacı yapraklarıyla resimlenmiş kutuya bakıyor önce Connell, sonra Yvonne'a. Yüzüne dokunuyor ve ağlamaya başladığını anlıyor. Konuşmadan kutudan bir mendil alıyor ve yüzünü siliyor.

Kusura bakmayın, diyor.

Yvonne onunla göz teması kuruyor ama kendisini dinliyor mu, dinliyorsa da anladı mı ya da anlamaya çalıştı mı, Connell tam algılayamıyor artık.

Bu seanslarda hislerin, düşüncelerin ve davranışların üzerine çalışmayı deneyebiliriz. İçinde bulunduğun şartları değiştiremeyiz ama şartlara nasıl yanıt vereceğini değiştirebiliriz. Anlatabiliyor muyum?

Evet.

Seansın bu aşamasında Yvonne ona çalışma kâğıtları uzatıyor; bu kâğıtlarda kocaman ok çizimleri, metin kutularını işaret ediyor. Connell bu kâğıtları alıyor ve daha sonra dolduracakmış gibi davranıyor. Yvonne sonra ona anksiyeteyle başa çıkma yollarıyla alakalı fotokopiler veriyor, Connell bunları da daha sonra okuyacakmış gibi davranıyor. Üniversite sağlık servisine götürmesi için Connell'ın depresyonu konusunda tavsiyelerde bulunduğu bir çıktı da veriyor; Connell iki hafta sonra tekrar görüşmeye geleceğini söylüyor. Sonra odadan çıkıyor.

Connell birkaç hafta önce üniversiteyi ziyarete gelen bir yazarın okumasına gitmişti. Amfinin arkasında tek başına oturdu, okumaya az kişi geldiği ve gelenler de gruplar halinde oturduğu için fazlasıyla mahcup hissediyordu. Güzel sanatlar binasının katlanır masalı sandalyelerle dolu, büyük ve penceresiz salonlarından birindelerdi. Hocalarından biri yazarın eserleri hakkında kısaca ahkâm kesmiş, sonra otuzlarında gençççe bir adam olan yazarın kendisi kürsüye çıkmış, davetleri için üniversiteye teşekkür etmişti. Connell katılıp katılacağına pişman olmuştu. Resmî ve sıkıcıydı etkinlik, en ufak bir enerji yoktu. Neden geldiğini bilmiyordu Connell. Yazarın öykü derlemesini okumuş ve istikrarsız bulmuştu; ama bazı yerlerde hassaslığını, zekâsını da belli ediyordu. Şimdi bu doğallıktan mahrum ortamda yazarı görmek, kitabını okumuş insanlara kitabını okuyuşunu izlemek bu zevki de almıştı elinden. Adamın donuk okuma biçimi, kitaptaki gözlemleri de sahteleştiriyordu; onu anlattığı insanlardan ayırıyor, sanki sırf Trinity'li insanlara bu insanları yetiştirmek istediği için gözlemlemiş gibi geliyordu. Bu edebî etkinliklerin niçin yapıldığını, kime ne yararı olduğunu, ne anlamı olduğunu düşündüğünde Connell'ın aklına bir neden gelmiyordu. Bu etkinliklere yalnız böyle etkinliklere gelen insanlar olmak için geliyordu herkes.

Sonrasında amfinin kapısında ufak bir şarap ikramı

yapıldı. Connell gitmek istedi, ama bağıra çağıra konuşan bir grup öğrenciye takıldı. Tam çıkacağı sırada içlerinden biri dedi ki: Aa Connell, selam. Tanıdı onu, Sadie Darcy-O'Shea'di bu kız. Birlikte aldıkları birkaç edebiyat dersi vardı; Connell aynı zamanda Sadie'nin edebiyat kulübünde de etkin olduğunu biliyordu. İlk yıl Connell'ın suratına "dâhi" diyen kızdı Sadie.

Selam, dedi Connell.

Okumadan memnun kaldın mı?

Connell omuz silkti. Fena değildi işte, dedi. Tedirgin hissediyor, gitmek istiyordu ama Sadie konuşmaya devam ediyordu. Connell avuçlarını tişörtüne sildi.

Uçurmadı mı aklını? dedi Sadie.

Bilmem, böyle şeylerin amacını pek anlamam ben.

Okumaların mı?

Evet, dedi Connell. Ne faydası olduğunu anlamıyorum.

Herkes bir anda bakışlarını diğer tarafa çevirdi, Connell da onların döndüğü yöne baktı. Yazar amfiden çıkmış, onlara doğru geliyordu. Merhaba Sadie, dedi yazar. Connell, Sadie'yle yazar arasında bir tanışıklık olduğunu sezmemişti; pişman oldu söylediklerine. Harika bir okumaydı, dedi Sadie. Rahatsız ve yorgun Connell, yazarın aralarına katılması için dairede yer açtıktan sonra yavaş yavaş uzaklaşmaya başladı. O sırada Sadie kolundan yakaladı ve dedi ki: Connell da tam bu edebiyat okumalarının amacını anlamadığını söylüyordu. Yazar Connell'ın tarafına boş bir bakış attı, sonra başıyla onayladı. Evet, bence de öyle, dedi. Çok sıkıcı oluyorlar, değil mi? Yazarın okurkenki kasıntılığının konuşmasında ve davranışlarında da olduğunu fark etti Connell; belki de sadece çekingen birinin edebiyat görüşünü bu kadar olumsuz bulduğu için kötü hissetti.

Biz çok beğendik valla, dedi Sadie.

Soyadın nedir, Connell? dedi yazar.

Connell Waldron.

Yazar başını salladı. Masadan bir kadeh kırmızı şarap aldı ve diğerlerini dinlemeye başladı. Kalkması için kolladığı boşluğu nihayet yakalamasına rağmen, Connell her nedense gitmemişti. Yazar birkaç yudum şarap aldı ve tekrar ona baktı.

Kitabınızı beğendim, dedi Connell.

Aa, sağ ol, dedi yazar. Buradan bir şeyler içmeye Stag's Head'e gidecekmişiz, geliyor musun sen de? Oraya devam ediyorlarmış galiba.

O geceyi kapanana kadar Stag's Head'de geçirdiler. Edebiyat okumaları konusunda dostça bir tartışma oldu; Connell pek bir şey söylemediyse de yazarın onun tarafını tutması hoşuna gitti. Daha sonra yazar Connell'a nereli olduğunu sordu; Carricklea dedi Connell, Sligo'da bir yer. Yazar başını salladı.

Biliyorum orayı, evet, dedi. Bir bowling salonu vardı eskiden, kapanalı yıllar olmuştur herhalde.

Evet, diye beklemeden cevap verdi Connell. Küçüklüğümde bir yaş günümü orada kutlamıştık. Bowling salonunda yani. Kapanalı yıllar oluyor, tabii. Söylediğin gibi.

Yazar birasından bir yudum aldı ve dedi ki: Trinity nasıl gidiyor, okulu sevdin mi?

Connell karşısında oturan Sadie'ye, bileğinde çarpışan bileziklerine baktı.

Uyum sağlamakta zorlanıyorum biraz, doğrusu, dedi Connell.

Yazar yine başını salladı. O kadar kötü olmayabilir, dedi. Belki ilk öykü derlemeni bu tecrübeden çıkarırsın.

Connell güldü, başını eğdi. Şakasına söylediğini bilse de güzeldi öyle olacağını düşünmek; boşuna acı çekmiş olmayacaktı.

Connell üniversitede edebiyatla ilgilenenlerin çoğunun kitapları kültürlü gözükme amaçlı kullandığını biliyor. Stag's Head'de o akşam hükümetin kemer sıkma politikasına karşı eylemlerin sözü açıldığında Sadie ellerini kaldırıp demişti ki: Siyaset konuşmayalım! Okuma hakkındaki ilk değerlendirmesinde haklı çıkmıştı Connell. Sınıfsal bir temsile dönüşmüştü kültür; edebiyatıysa eğitimli insanlar kendilerini sahte duygusal yolculuklara çıkardığı, sonra da okumaktan hoşlandıkları duygusal yolculukları yaşayan eğitimsiz insanlardan kendilerini üstün görmelerine izin verdiği için fetiş haline getirmişti. Yazar iyi bir insan da olsa, gerçekten zekice bir kitap yazmış da olsa, nihayetinde tüm kitaplar statü göstergesi olarak pazarlanıyordu ve yazarların tamamı da belli bir ölçüde bu pazarlamanın parçasıydılar. Bütün sanayi tahminen bu şekilde ekmek yiyordu. Edebiyat, okuma etkinliklerinde gösterildiği haliyle hiçbir şekilde bir mücadele biçimi olamazdı. Yine de Connell o gece eve döndükten sonra yeni bir öykü için karalamaya başladığı notların üzerinden geçtiği zaman, bedenine o tanıdık hazzın gene çarptığını duydu: Kusursuz bir golü seyretmek gibi, ışığın yapraklardaki hışırtısı gibi, sokaktan geçen bir arabanın camının arkasından gelen bir müzik hecesi gibi. Her şeye rağmen böyle neşeli anları var hayatın.

Dört Ay Sonra

(TEMMUZ 2014)

Marianne'in gözleri kısılıyor, ta ki televizyon ekranı etrafında ışıklar esneyen yeşil bir dörtgene dönüşene kadar. Uyudun mu? diyor yanındaki. Biraz duraksadıktan sonra yanıt veriyor: Hayır. Yanındaki, gözlerini maçtan ayırmadan başını sallıyor. Kolasından bir yudum alıyor, bardakta kalan buzun tatlı tıkırtısı duyuluyor. Yatakta tüm uzuvlarının ağırlaştığını hissediyor Marianne. Connell'ın Foxfield'daki odasında yatağa uzanmış, Dünya Kupası yarı finalinde Hollanda'nın Kosta Rika'yla maçını seyrediyorlar. Connell'ın odası lisedeyken nasılsa öyle; geçen zamanda bir tek Steven Gerrard posterinin bir köşesi kalkmış ve içeri doğru katlanmış. Onun dışında her şey aynı; lambası, yeşil perdeleri, kenarları çizgili yastık kılıflarına kadar hepsi aynı.

İstersen seni devre arasında eve bırakayım, diyor Connell.

Bir an bir şey söylemiyor ona. Yavaşça kapanıyor gözleri; sonra sahada koşuşturan oyuncuları görebilmek için kocaman açılıyorlar tekrar.

Sana engel mi oldum? diyor.

Yok, hiç olmuyorsun. Uykun var gibi de ondan.

Kolandan bir yudum alabilir miyim?

Connell'ın uzattığı bardağı doğrulup içiyor, bebek

gibi hissediyor. Ağzı kupkuru; kola dilinde soğuk ve yavan bir tat bırakıyor. İki büyük yudum alıyor, sonra bardağı geri uzatıyor ve elinin tersiyle ağzını siliyor. Televizyondan gözünü ayırmadan bardağı alıyor Connell.

Susamışsın, diyor ona. İstersen aşağıda daha var.

Ama o başını sallıyor, ellerini ensesinde birleştirerek tekrar uzanıyor.

Dün gece nereye kayboldun? diyor.

Ha. Bilmem, sigara içme alanına gittim biraz.

O kızla öpüştünüz mü?

Hayır, diyor Connell.

Gözlerini kapatıyor Marianne, eliyle yüzünü yelpazeliyor. Çok sıcaklamışım, diyor. Sana da sıcak geldi mi?

Camı aç biraz istersen.

Tam doğrulması gerekmeden pencereye doğru emekleyip kolu çevirmeye çalışıyor. Bir an durup, Connell onun için uzanacak mı diye bekliyor. Bu yaz üniversite kütüphanesinde çalışıyor Connell, ama Marianne döndüğünden beri her hafta sonu Carricklea'yi ziyarete geliyor. Arabasıyla dolaşıyor, Strandhill tarafına ya da Glencar Şelalesi'ne gidiyorlar. Connell tırnaklarını yiyor, pek konuşmuyor. Geçen ay Marianne eğer canı istemiyorsa onu ziyaret etmek zorunda olmadığını söylediğinde Connell onu donuk bir sesle yanıtlamıştı: Hayatta isteyerek yaptığım tek şey bu. Marianne doğruluyor ve kendisi açıyor pencereyi. Gün ışığı zayıflasa da hâlâ ılık, durağan bir hava var.

Neydi şu kızın adı? diyor Marianne. Barda çalışan.

Niamh Keenan.

Hoşlanıyor senden.

Ortak ilgi alanımız olduğunu düşünmüyorum, diyor Connell. Eric seni arıyordu dün akşam, bu arada, görüştünüz mü?

Marianne yatakta bacak bacak üstüne atarak ona

doğru dönüyor. Sırtını yatağın başına yaslamış Connell, kola bardağını göğüs hizasında tutuyor.

Evet, görüştük, diyor Marianne. Tuhaftı.

Niye ki, ne oldu?

Fena sarhoştu. Ne bileyim. Neden bilmem, okuldaki davranışları yüzünden özür dilemeye falan çalıştı.

Öyle mi? diyor Connell. Tuhafmış gerçekten.

Connell tekrar televizyona bakıyor, öyle olunca Marianne rahatça inceleyebiliyor yüzünü. Connell onun bu davranışını muhtemelen fark etse de, kibarlığından bir şey söylemiyor. Lambanın ışığı yüzüne yumuşak bir ışık yayıyor; elmacıkkemiklerine, hafif bir dikkat ifadesiyle çatılmış alnına, dudağının üstünde biriken belli belirsiz tere. Connell'ın yüzünün nasıl göründüğünü incelemekten hep bir haz duyuyor Marianne, muhabbetin ya da ruh halinin o anki seyrine göre başka birçok duygu da beraberinde geliyor. Connell'ın görüntüsü sanki çok sevdiği, her duyduğunda azıcık farklı bulduğu bir ezgi gibi onun için.

Rob'dan bahsetti biraz, diyor Marianne. Rob olsaydı özür dilemek isterdi, falan dedi. Ne bileyim işte. Rob ona böyle bir şey söylemiş miydi yoksa Eric şahsi psikolojisini ona mı yansıtıyordu, tam emin olamadım.

Bana sorarsan Rob gerçekten de özür dilemek isterdi.

Böyle düşünmek istemem. Vicdanında böyle bir şey olmasına çok bozulurdum. Hiç kötülüğünü düşünmedim onun. Ne fark eder, önemi yok, çocuktuk o zamanlar.

Önemi yok deme, diyor Connell. Rahat vermiyordu sana.

Marianne bir şey söylemiyor. Doğru, uğraşırlardı onunla. Eric bir keresinde herkesin önünde ona "tahta göğüslü" demiş, Rob da kahkaha atarak Eric'e doğru eğilmiş, ya onun söylediğini destekleyen ya da herkes içinde ağza alınamayacak kadar ağır bir hakareti kulağına fısıldamıştı. Ocak ayında cenazede herkes Rob'un iyi biri olduğunu söylüyor, onun için hayat dolu bir insan, vefalı bir evlat, vesaire diyordu. Ama Rob bir o kadar da güvensiz bir insandı, sevilme takıntısı vardı ve bu çaresizliği yüzünden acımasızlaşabiliyordu. Marianne zalimliğin yalnız kurbana değil zalime de zarar verdiğini, belki de onda daha derin ve daha kalıcı bir iz bıraktığını düşünüyor. İlk defa da düşünmüyor bunu. İnsan acımasızlığa uğradığında kendisi hakkında derin bir bilgiye sahip olmuyor; ama birine karşı zalimleşmeyegörsün, asla unutamayacağı bir şey öğreniyor.

Cenazeden sonraki akşamlarda Rob'un Facebook sayfasında gezinmişti Marianne. Okuldan birçok insan duvarına yorumlar bırakıyor, onu nasıl özlediklerini söylüyorlardı. Ne yapıyor bu insanlar, diye düşünmüştü Marianne, ölmüş bir insanın Facebook duvarına ne diye yazıyorlardı? Bu mesajların, bu yas ilanlarının kim için ne anlamı vardı? Profilinde karşısına çıktığı zaman nasıl davranmak uygundu? Desteklemek için "beğenmek" mi? Daha iyi bir yorum bulmak için aşağı kaydırmak mı? Gerçi Marianne'i her şey kızdırıyordu o zamanlar. Şimdi düşündüğünde, niçin bu kadar kızdığını anlamıyordu. Hiçbiri kötü bir şey yapmamıştı bu insanların. Yas tutuyorlardı kendilerince. Elbette Rob'un Facebook duvarına yazmanın bir anlamı yoktu ama başka hiçbir şeyin de anlamı yoktu ki. İnsanlar yas halindeyken anlamsız davranışlarda bulunuyorlarsa, insan hayatının anlamı olmamasından ve yasın bu gerçeği açığa çıkarmasındandı. Rob için bir anlamı olmayacaksa da, onu affetseydim diye içinden geçiriyor Marianne. Şimdi onu düşündüğünde Rob hep yüzünü gizlerken canlanıyor; okul dolabının arkasına, arabasının kapalı camlarının ardına saklıyor kendini. Kimdin sen? diye düşünüyor Marianne, ortada bu soruyu cevaplayacak kimse kalmadıktan sonra.

Özrünü kabul ettin mi? diyor Connell.

Başını evet anlamında sallıyor, tırnaklarına bakıyor Marianne. Elbette ettim, diyor. Kimseye kin tutmam ben.

Şanslıyım öyle olduğun için, diye cevap veriyor Connell.

Devre arası düdüğü çalıyor; oyuncular dönüyor ve başlarını eğerek ağır adımlarla sahadan çıkmaya başlıyorlar. Maç hâlâ sıfır-sıfır. Burnunu parmaklarıyla siliyor Marianne. Connell doğruluyor, bardağı komodine bırakıyor. Marianne yine onu eve götürmeyi teklif edeceğini düşünüyor ama Connell ona soruyor: Dondurma ister misin? Evet diyor Marianne. Birazdan gelirim, diyor Connell. Çıkarken yatak odasının kapısını açık bırakıyor.

Liseden beri ilk defa ailesinin evinde kalıyor Marianne. Annesi ve ağabeyi tüm gün işteler; Marianne bütün gün boş boş oturup böceklerin bahçede gezinmesini seyrediyor. İçeride olduğu zamanlarda kahve yapıyor, yerleri siliyor, yüzeyleri bezle temizliyor. Lorraine bir otelde tam zamanlı iş bulduğundan beri, yerine yeni birisini bulamadıklarından evi artık temizleyen yok. Lorraine olmayınca evleri yaşanacak bir yer değil. Bazen günübirlik Dublin'e gidiyor Marianne; Joanna'yla birlikte Hugh Lane'de kolsuz bluzlarıyla dolaşıyor, şişeden su içiyorlar. Joanna'nın kız arkadaşı Evelyn de, ders çalışmadığı ya da işe gitmediği zamanlarda onlara katılıyor; görüştüklerinde Marianne'e hep son derece iyi davranıyor, söylediklerini ilgiyle dinliyor. Joanna ve Evelyn adına öyle seviniyor ki Marianne; onları beraber gördüğü, hatta Joanna telefonda Evelyn'le konuşurken neşeyle, Oldu, seni seviyorum, görüşürüz, dediği zaman kendini şanslı hissediyor. Marianne'in gerçek mutluluğu gördüğü bir pencere oluyor bu; kendisinin açamadığı, açıp da aşamadığı bir pencere.

Geçen hafta Connell ve Niall'la Gazze'deki savaşı protesto etmeye gitmişlerdi. Ellerinde dövizler, megafonlar ve pankartlarla binlerce insan oradaydı. Marianne hayatının bir anlamı olmasını istiyordu o zamanlar, güçlünün zayıfa zulmetmesine engel olmak istiyordu; daha birkaç yıl önce tüm bunları elde edebileceği kadar akıllı, genç ve güçlü hissettiği zamanları da hatırlıyordu; oysa şimdi masumların korkunç bir zulme maruz kaldığı bir dünyada yaşayıp öleceğinin, en fazla bir avuç insana yardım edebileceğinin farkındaydı. Sadece bir avuç insana yardım etme fikriyle barışmak çok daha zordu, bu kadar küçük ve önemsiz bir iş yapacağına kimseye yardım etmese daha iyi diyordu belki ama asıl mesele o da değildi. Gürültülü ve yavaştı eylem; davul sesleri ve atılan sloganlar kulak tırmalıyordu; ses sistemleri cızırtıyla bir bağırıyor, bir susuyordu. O'Connell Köprüsü'nü yürüyerek geçerlerken Liffey akmaya devam ediyordu. Hava sıcaktı; omuzları yanmıştı Marianne'in.

Marianne trene bineceğini söylese de Connell o akşam arabayla onu Carricklea'ye bıraktı. Yol boyunca ikisi de çok yorgundu. Longford'ı geçerlerken o sırada açık olan radyoda lise yıllarında meşhur olan bir White Lies şarkısı çalmaya başladı; Connell şarkıyı değiştirmeden ve radyonun sesini bastırmaya çalışmak için sesini yükseltmeden dedi ki: Seni sevdiğimi biliyorsun. Başka bir şey söylemedi ona. Marianne de onu sevdiğini söyledi; Connell başını salladı ve sanki hiçbir şey olmamış gibi yola devam etti. Bir anlamda hiçbir şey olmamıştı da.

Marianne'in ağabeyi belediyede çalışıyor şimdi. Akşamları eve geldiğinde fellik fellik gezinerek evde Marianne'i arıyor. İçeride ayakkabılarıyla dolaştığından dolaşanın o olduğunu anlıyor Marianne. Oturma odasında ya da mutfakta onu bulamayınca kapısına dayanıyor. Konuşmaya geldim, diyor. Niçin bu kadar korkuyor gibi davranıyorsun? Bir dakika da konuşamayacak mıyız? O zaman kapıyı açması gerekiyor Marianne'in; ağabeyi bir önceki geceki kavgalarının üzerinden geçmek istiyor, Marianne yorgun olduğunu ve uyumak istediğini söylüyor; ağabeyi bir önceki kavgaları yüzünden özür dileyene kadar onu rahat bırakmayacağından özür de diliyor Marianne, ağabeyi de şu karşılığı veriyor: Benim berbat biri olduğumu düşünüyorsun. Marianne doğruyu söylüyor olabilir mi diye düşünüyor. Sana iyi davranmaya çalışıyorum, diyor ağabeyi, ama hep tersliyorsun beni. Marianne bu söylediğinin doğru olmadığını bilse de, ağabeyinin öyle düşündüğünü de biliyor. Bundan daha kötü bir şey yaşanmıyor genellikle, ama tek yaşanan bu, başka da hiçbir şey yaşanmıyor; bir de, hafta içi yüzeyleri temizliyor ve ıslak süngerleri lavaboda sıkıyor ama o kadar.

Connell tekrar yukarı geldiğinde parlak ambalaja sarılı bir çubuk dondurma atıyor ona. Marianne yakalıyor ve doğrudan yanağına götürüyor, soğuğun tatlı bir şekilde suratına yayılmasını hissediyor. Connell tekrar sırtını yatağa yaslıyor ve kendi dondurmasını açmaya başlıyor.

Dublin'de Peggy'yle hiç görüşüyor musun? diye soruyor Marianne. Ya da diğerleriyle.

Duruyor Connell; parmaklarının arasında ambalaj kâğıdı hışırdıyor. Hayır, diyor. Onlarla arkadaşlığın bozuldu diye biliyorum, öyle değil mi?

Onlardan hiç haber alıyor musun diye sordum.

Hayır. Alsam da söyleyeceğim fazla bir şey olmazdı.

Plastik ambalajını açıyor ve içindeki dondurmayı çıkarıyor: Vanilya kremalı ve portakallı. Dilinde şeffaf, tatlandırılmamış buz taneleri.

Jamie'nin iyi olmadığını duymuştum, diye ekliyor Connell.

Benim hakkımda hoş olmayan şeyler söylemiş galiba.

Evet. Yani, sonuçta ben onunla konuşmadım tabii. Ama bir şeyler söylediği benim de kulağıma geldi, evet.

Marianne sanki eğleniyormuş gibi kaşlarını kaldırıyor. Hakkında dolaşan lafları ilk duyduğu zaman hiç komik bulmamıştı aslında. Joanna'ya tekrar tekrar soruyordu: Kimdi bunları söyleyenler, ne söylüyorlardı? Joanna bir şey söylemiyordu. Birkaç hafta içinde insanlar bir başka konuya geçerler diyordu. Joanna'ya göre insanlar cinsellik konusunda hep çocukça davranırdı. Senin cinsel hayatını bu kadar dert etmeleri senin yapmış olabileceğin herhangi bir şeyden daha fetişist, diyordu. Lukas'a tekrar ulaşmış, tüm fotoğraflarını silmesini bile istemişti, gerçi fotoğrafların hiçbirini internete koymamıştı çocuk. Utanç bir örtü gibi kaplıyordu üstünü. Önünü doğru düzgün göremez olmuştu. Örtü ağzına giriyor, tenine batıyordu. Sanki hayatı sona ermişti. Peki ne kadar sürmüştü bu his? İki hafta mı, daha mı fazla? Sonra bu his geçmiş, gençlik hayatının kısa bir bölümü sona ermişti; Marianne'se hayatta kalmıştı. O kadar.

Bu konuyu hiç açmadın bana, diyor Connell'a.

Jamie'nin ondan ayrıldığın için öfkelendiğini, arkandan millete ileri geri konuştuğunu duymuştum. Ama dedikodu bile denemez buna, erkeklerin her zamanki davranışı işte. Umursayanlar olduğunu bilmiyordum.

Bence bir itibar zedelenmesi vakası bu.

Jamie'nin itibarı neden zedelenmedi o zaman? diyor Connell. Sana tüm bunları yapan oydu.

Başını kaldırdığında Connell dondurmasını bitirmiş bile. Parmaklarının arasında tahta çubuğu gezdiriyor. Kendisinin de azıcık dondurması kalmış; çubuğun tepesinde çiçek soğanı gibi duran vanilyalı dondurmanın yüzeyi lambanın ışığında parlıyor.

Erkekler için durum farklı, diyor Marianne.

Evet, yavaş yavaş anlıyorum bunu.

Marianne dondurma çubuğunu yalayarak temizliyor ve bir süre inceliyor. Connell birkaç saniye boyunca bir şey söylemiyor, sonra atılıyor: Eric'in senden özür dilemesi ince bir davranış ama.

Biliyorum, diyor Marianne. Lisedeki insanlar döndüğümden beri çok iyi davranıyorlar aslında. Halbuki hiçbiriyle görüşmeye çalıştığım da yok.

Görüşsen iyi olur belki.

Niye, nankörlük mü ediyorum sence?

Hayır, biraz yalnızlık çekiyor olmalısın diye düşündüm, diyor Connell.

Tahta çubuk işaret ve ortaparmaklarının arasında, duraksıyor Marianne.

Alışkınımdır ben, diyor. Hayatım boyunca hep yalnız oldum aslında.

Connell kaşlarını çatıyor, başını sallıyor. Evet, diyor. Anlıyorum seni.

Niye, Helen'layken yalnız mıydın?

Bilmem. Arada sırada. Yanında kendim gibi davrandığımı hissetmezdim.

Marianne sırtüstü yatıyor şimdi, başını yastığa yaslıyor, çıplak bacaklarını yorgana uzatıyor. Işığa, yıllardır değişmeyen tozlu yeşil lambaya bakıyor.

Connell, diyor. Hani dün akşam dans ediyorduk ya?

Evet.

Bir an öylece kalmak, bu yoğun sessizliği devam ettirmek ve lambayı seyretmek, onunla tekrar bu odada var olmanın ve onu kendisiyle konuşturmanın hazzını sürdürmek istiyor ama devam ediyor zaman.

Ne olmuş? diyor Connell.

Seni kızdıracak bir şey mi yaptım?

Hayır. Ne demek istiyorsun?

Beni orada tek başıma bırakıp çektin gittin, diyor Marianne. Biraz rahatsız oldum. Belki şu kızın, Niamh'ın peşinden gidiyorsundur diye düşündüm, onu da o yüzden sordum. Ne bileyim işte.

Çekip gitmedim. Sigara içme alanına gidelim mi diye sordum, hayır dedin.

Dirsekleri üzerinde doğrulup ona bakıyor Marianne. Connell'ın suratı renklenmiş, kulakları kıpkırmızı şimdi.

Sormadın, diyor Marianne. Ben sigara içme alanına gideceğim, dedin, sonra da gittin yanımdan.

Hayır, sigara içme alanına gelmek ister misin diye sordum, sen de kafanı salladın.

Belki tam duymamışımdır seni.

Herhalde duymadın. Sana böyle sorduğumu hatırlıyorum. Ama müzik bangır bangır çalıyordu, o da doğru.

Bir sessizlik çöküyor tekrar. Marianne tekrar uzanıyor, ışığa çeviriyor başını, yüzünün aydınlandığını hissediyor.

Bana kızdığını sandım, diyor.

Anladım, kusura bakma. Kızmamıştım.

Kısa bir sessizlikten sonra ekliyor Connell: Bazı şeyler farklı olsaymış... arkadaşlığımız daha kolay olurdu, gibi geliyor.

Nesi farklı olsa? diyor Marianne.

Bilmem ki.

Connell'ın nefes alıp verdiğini duyuyor. Onu köşeye kıstırdığını hissediyor Marianne, daha fazla zorlamak istemiyor.

Yalan söylemeyeceğim, diyor Connell, sana karşı belli bir çekim duyuyorum sonuçta. Bahane bulmaya çalışmıyorum. Ama ilişkimizin diğer boyutu olmasa daha rahat düşünürmüşüz gibi hissediyorum.

Ellerini göğüskafesine götürüyor Marianne, diyaframının ağır ağır şişmesini hissediyor.

Hiç beraber olmasaydık daha mı iyi olurdu sence? diyor.

Bilmem. Benim için hayatımı öbür türlü hayal etmek zor. Sen olmasan nerede üniversiteye giderdim, şimdi nerede olurdum, bilmiyorum.

Marianne duruyor, bu düşünceyi bir süre zihninde gezdiriyor, elini karnından çekmeden.

İnsan birinden hoşlandığı için çok acayip kararlar verebiliyor, diyor Connell, ve tüm hayatı değişiyor. Hayatımızın ufacık bir karar yüzünden değişebildiği o tuhaf dönemdeyiz galiba. Ama bana genel olarak çok iyi bir etkin oldu, sayende kesinlikle daha iyi bir insan olduğumu düşünüyorum. Sağ ol.

Yattığı yerde öylece nefes alıyor. Gözleri yanıyor ama elini gözlerine götürmek için hiçbir hareket yapmıyor.

Üniversiteye girdiğimiz sene beraberken, diyor Marianne, o zaman da yalnız mıydın?

Hayır. Ya sen?

Hayır. Bazen asabi oluyordum ama asla yalnız değildim. Seninleyken hiç yalnız hissetmiyorum.

Evet, diyor Connell. Ne yalan söyleyeyim, hayatımın kusursuz bir dönemiydi. Öncesinde hiç gerçekten mutlu olmamışım.

Marianne elini sertçe karnına bastırıyor, eliyle nefesini dışarı itiyor, sonra tekrar nefes alıyor.

Dün akşam beni öpmeni çok istedim, diyor.

Hı.

Göğsü tekrar şişiyor Marianne'in, yavaşça iniyor.

Ben de istedim, diyor Connell. Herhalde yanlış anlamışız birbirimizi.

Neyse, önemli değil.

Connell boğazını temizliyor.

Bizim için doğru olan nedir, bilmiyorum, diyor. Senden bu sözleri duymak tabii çok hoşuma gidiyor. Diğer yandan da geçmişte yaşadıklarımızın sonu hiç iyi olmadı. En iyi arkadaşımsın sonuçta, herhangi bir sebepten seni asla kaybetmek istemem.

Tabii, anlıyorum demek istediğini.

Gözleri ıslak şimdi Marianne'in, yaşları akmasın diye gözlerini siliyor.

Bu konuda düşünebilir miyim? diyor Connell.

Elbette.

Kıymetini bilmediğimi düşünme sakın.

Marianne başını aşağı yukarı sallıyor, parmaklarıyla burnunu siliyor. Connell onu göremesin diye yan dönüp cama mı baksa, diye geçiriyor içinden.

Bana çok destek oldun, diyor Connell. Konuya fazla girmeyeceğim ama, depresyon falan sırasında da bana çok yardım ettin.

Bana hiçbir şey borçlu değilsin.

Hayır, farkındayım. Söylemek istediğim o değil.

Marianne doğruluyor yerinden, yüzünü ellerinin arasına alıyor.

Biraz tedirgin olmaya başladım, diyor Connell. Seni reddettiğimi düşünmüyorsun umarım.

Tedirgin olma. Her şey yolunda. Bir mahzuru yoksa ben eve döneceğim artık.

Seni bırakayım.

İkinci yarıyı kaçırma şimdi, diyor Marianne. Ben yürürüm, ne olacak.

Ayakkabılarını giymeye başlıyor.

Maçı bile unuttum, ne yalan söyleyeyim, diyor Connell.

Ama yerinden kalkmıyor, aramıyor araba anahtarlarını. Marianne ayağa kalkıyor ve eteğini düzeltiyor. Yataktan onu izliyor Connell; dikkatli, neredeyse gergin bir ifade var yüzünde.

Peki, diyor Marianne. Görüşürüz.

Connell eline uzanıyor ve Marianne düşünmeden

elini ona bırakıyor. Bir saniye elini elinde tutuyor Connell, başparmağını parmaklarının üzerinde gezdiriyor. Sonra elini ağzına götürüyor ve öpüyor. Üzerinde Connell'ın kurduğu iktidarın ağırlığı, Connell'ı memnun etmek için kendini bırakacağı coşkulu engin derinliğin altında eziliyor Marianne. Hoşuma gitti, diyor. Connell onaylıyor başıyla. Leğen kemiğine, sırtına, tüm bedenine hafif, tatlı bir sızı yayılıyor Marianne'in.

Biraz gerginim, diyor Connell. Gitmeni istemediğim belli oluyordur herhalde.

İnce bir sesle yanıtlıyor Marianne: Ben ne istediğinin belli olduğunu hiç düşünmedim.

Connell ayağa kalkıyor ve karşısında duruyor. Eğitimli bir hayvan gibi kımıldamadan öylece kalıyor Marianne, her bir sinir ucunun dikleştiğini hissediyor. Bir hıçkırık koparmak geliyor içinden. Connell ellerini kalçalarına götürüyor, Marianne onun açık duran ağzını öpmesine izin veriyor. Öyle şiddetli bir duygu ki bu, kendini kaybedecek gibi oluyor.

Seni çok istiyorum, diyor Marianne.

Bunu senden duymak çok güzel. Sakıncası yoksa, televizyonu kapatacağım şimdi.

O televizyonu kapatırken Marianne yatağa geçiyor. Yanına uzanıyor Connell, tekrar öpüşüyorlar. Uyuşturucu madde gibi dokunuşu. Keyifli bir aptallık çöküyor Marianne'in üzerine, üstündekileri çıkarası geliyor birden. Yorgana bırakıyor kendini, Connell üzerine doğru eğiliyor. Yıllar geçti aradan. Kasıklarına dayanan sertliği hissediyor ve arzusunun zorbalığı karşısında ürperiyor.

Hımm, diyor Connell. Özlemişim seni.

Başkalarıyla böyle olmuyor.

Ben seni başkalarından çok daha fazla sevdiğim içindir.

Uzanıp bir kez daha öpüyor onu; bedeninde hissediyor ellerini. Onun uzanabildiği bir çukur, doldurabildiği bir boşluk gibi hissediyor. Gözleri görmeden, ne yaptığının farkında olmadan çıkarıyor giysilerini; onun da kemerini çözdüğünü duyuyor. Zaman elastik gibi; her seste, harekette esniyor. Yüzüstü yatıyor, yüzünü yatağa bastırıyor; onun elinin kalçalarının arkasında gezindiğini hissediyor. Bedeni bir eşya sanki; elden ele de gezse, bazıları onu hoyratça kullansa da eskiden beri ona aitmiş, şimdi tekrar asıl sahibine dönmüş gibi hissediyor.

Prezervatifim yoktu, diyor Connell.

Sorun değil, hap kullanıyorum.

Saçlarına dokunuyor. Parmak uçlarının ensesini okşadığını hissediyor.

Böyle mi istersin? diyor Connell.

Sen nasıl istersen.

Üstüne çıkıyor şimdi; bir eliyle yatağa, Marianne'in yüzünün hemen yanına bastırırken, diğer elini saçlarında gezdiriyor.

Bir süredir yapmadım, diyor.

Önemli değil.

İçine girdiğinde, kendi sesinin defalarca haykırmasını işitiyor; tuhaf, şiddetli haykırışlarla. Ona yapışmak istese de beceremiyor, sağ elinin yorgana doğru pençeler savurduğunu hissediyor. Üzerine doğru eğiliyor, yüzü kulağına biraz daha yakınlaşıyor.

Marianne? diyor. Önümüzdeki hafta sonu ve sonra böyle buluşmaya devam edelim mi?

Sen ne zaman istersen.

Connell saçlarını kavrıyor; çekmeden, avucuna alıyor yalnızca. Ne zaman istersem mi, gerçekten mi? diyor.

Bana ne istersen yapabilirsin.

Boğazından bir ses geliyor Connell'ın, ona doğru biraz daha eğiliyor. Hoşuma gitti, diyor.

Sesi boğuk çıkıyor artık Marianne'in. Böyle konuşmamdan hoşlandın mı? diyor.

Evet, çok.

Sana ait olduğumu söyler misin?

Ne demek istiyorsun? diyor Connell.

Yanıt vermiyor Marianne, yorgana doğru zorlukla soluyor ve yüzünde nefesini hissediyor sadece. Connell duraksıyor, bir şey söylemesini bekliyor.

Bana vurur musun? diyor Marianne.

Birkaç saniye boyunca sesi soluğu kesiliyor Connell'ın.

Yok, diyor. Öyle bir şey istemem. Üzgünüm.

Bir şey söylemiyor Marianne.

Bir sakıncası var mı? diye soruyor Connell.

Marianne hâlâ bir şey söylemiyor.

Duralım mı? diyor Connell.

Marianne başıyla evet diyor. Connell'ın ağırlığının üzerinden kalktığını hissediyor. Tekrar boş hissediyor, ani bir ürperme geliyor. Connell yatağa oturup yorganı üzerine çekiyor. Kıpırdamadan yüzüstü yatıyor, yapabileceği uygun bir hareketi düşünemeden, öylece duruyor Marianne.

İyi misin? diyor Connell. İstemediğim için kusura bakma, garip olacakmış gibi geldi. Garip değil de işte... ne bileyim. Bence pek iyi olmazdı.

Marianne'in dümdüz yatmaktan memeleri ağrıyor, yüzü karıncalanıyor.

Garip olduğumu mu düşünüyorsun? diyor.

Öyle söylemedim. Ne bileyim işte, aramızda gariplik olmasını istemedim, o anlamda.

Ateşler içinde hissediyor aniden Marianne, cildini ve gözlerini buruk bir ateş sarıyor. Yattığı yerden doğruluyor, cama bakıyor, saçlarını yüzünden çekiyor.

Bir sakıncası yoksa artık eve dönmek istiyorum, diyor Marianne.

Olur. Sen nasıl istersen.

Giysilerini bulup üzerine geçiriyor Marianne. Connell da giyinmeye başlıyor, en azından onu eve bırakmak istediğini söylüyor, Marianne'se yürümek istediğini söylüyor. Hangisinin daha hızlı giyindiği aralarında absürd bir yarışa dönüşüyor, avantaj kendisinde olduğundan Marianne giyinmeyi bitirip merdivenlerden koşarak inmeye başlıyor. Connell tam sahanlığa indiği sırada arkasından sokak kapısını kapatıyor Marianne. Şımarık bir çocuk gibi hissediyor kendini, sahanlıktan fırlayan Connell'ın suratına kapıyı o şekilde çarptığı için. Bir şeyler oldu, ama ne olduğunu anlamıyor Marianne. İsveç'teyken hissettiklerini anımsıyor; bir hiçlik, içinde canlı hiçbir şey olmadığı duygusu. Dönüştüğü insandan nefret ediyor, ama kendisi hakkında hiçbir şeyi değiştirecek güce sahipmiş gibi gelmiyor. Connell'ın bile iğrendiği birine dönüştü, onun tahammül sınırını da aştı artık. Lisedeyken ikisi de aynı noktadalardı, aynı anda hem kafaları karışık, hem zorluk çeken iki insandılar; o günden bugüne o yere beraber dönebilirlerse her şeyin aynı olacağına inanmıştı Marianne. Şimdiyse Connell'ın aradan geçen yıllarda dünyaya yavaş yavaş ayak uydurduğunu, bazen acılı olsa da aksatmadan o yolda ilerlediğini görüyor; kendisininse aşağılık birine dönüştüğüne, sağlıklı bir insan olmaktan adım adım uzaklaştığına, tanınmaz hale gelecek kadar yozlaştığına ve Connell'la artık ortak hiçbir noktalarının kalmadığına inanıyor.

Kendini eve attığında saat onu geçmiş bile. Evin önünde annesinin arabası yok, hol ise soğuk ve boş geliyor. Marianne sandaletlerini çıkarıp ayakkabılığa koyuyor, çantasını askıya asıyor, parmaklarıyla saçını düzeltiyor.

Koridorun öbür ucunda Alan elinde bir şişe birayla mutfak kapısında beliriyor.

Neredeydin sen bu saate kadar? diyor.

Connell'lardaydım.

Bira şişesini bir elinde sallaya sallaya merdivenin önüne geçiyor Alan.

Gitmeyeceksin artık o eve, diyor.

Omuzlarını silkiyor Marianne. Bir tartışmanın az sonra patlak vereceğini, ne yaparsa yapsın engel olamayacağını biliyor. Her yönden üzerine doğru geliyorlar şimdi; hiçbir özel hareket, hiçbir hileli davranış, artık kurtaramayacak onu.

Bayılıyordun Connell'a, diyor Marianne. Lisedeyken öyle söylemiyor muydun?

Nereden bileyim ben herifin kafadan kontak olduğunu? İlaç milaç kullanıyormuş, haberin var mıydı?

Şu an gayet iyi durumda diye biliyorum ben.

Sana ne diye yapıştı, söyle? diyor Alan.

Ne bileyim ben, git ona sor.

Merdivene doğru bir hamle yapıyor ama Alan boş olan elini tırabzana koyup önünü kesiyor.

O üşütüğün kardeşimi götürdüğünü el âlemden duymak istemiyorum, diyor Alan.

Çıkabilir miyim artık, lütfen?

Bira şişesini elinde sımsıkı tutuyor Alan. Bir daha seni onun yanında görmeyeceğim, diyor. Uyarıyorum seni bak. Herkes seni konuşuyor zaten.

İnsanların hakkımda ne düşündüklerini önemsiyor olsam hayatım nasıl olurdu kim bilir?

Marianne ne olduğunu anlamadan Alan kolunu kaldırıp şişesini ona doğru fırlatıyor. Şişe duvar fayanslarına çarpıp parçalanıyor. Bir yerde kendisine atmadığının farkında Marianne; aralarında birkaç metre ya var ya yokken şişe alakasız bir yere gitti sonuçta. Yine de Alan'ın yanından geçerek merdivenleri hızlı adımlarla çıkıyor. Evin serin havasında bedeninin hızını hissediyor. Alan da dönüp peşinden geliyor ama onu yakalayamadan Marianne odasına giriyor ve sırtını tüm gücüyle kapısına yaslıyor. Kapıyı zorluyor Alan, çeviremesin diye Marianne zorlukla kola asılıyor. Adrenalinden tüm bedeni sarsılıyor.

Manyak karı! diyor Alan. Aç ulan şu kapıyı, bir şey yaptım mı sana!

Alnını tahtanın pürüzsüz yüzeyine dayayarak sesleniyor Marianne: Beni yalnız bırak lütfen. Git uyu, olur mu? Ben aşağıyı temizlerim, Denise'e de hiçbir şey söylemem.

Aç dedim kapıyı, diyor Alan.

Marianne tüm ağırlığıyla kapıya yükleniyor, elleriyle kapı kolunu sımsıkı kavrıyor, gözlerini sıkıca yumuyor. Küçüklüğünden beri normal olmadı hayatı, bunu biliyor. Ama zaman çok şeyin üstünü kapladı, düşen yaprakların yerin üstünü örtmesi, sonunda toprağa karışması gibi. O zamanlar yaşadığı şeyler, bedeninin toprağına gömülü artık. İyi bir insan olmaya çabalıyor Marianne. Ama içten içe kötü bir insan olduğunu, kirlenmiş, hatalı olduğunu biliyor. Doğru fikirlere sahip olma, doğru şeyleri söyleme gibi doğru olma çabalarıyla içine gömülmüş olan o kötü yanını gizlemeye çalıştığını da.

Kapı kolunun bir anda elinin altından kaydığını hissediyor ve geri adım atmasına fırsat olmadan kapı savrularak açılıyor. Kapının yüzüyle buluştuğu yerde bir çatırtı sesi işitiyor, arkasından kafasında tuhaf bir his duyuyor. Alan odaya girdiği sırada bir adım çekiliyor. Bir çınlama var, ama bir sesten çok somut bir his olarak var; kafatasında iki hayalî levha birbirine sürtüyormuş gibi. Burnu akıyor. Alan'ın odada olduğunun farkında Marianne. Eliyle yüzünü siliyor. Burnu çok fena akıyor. Eline baktığında parmaklarının kanla kaplı olduğunu görüyor, sıcak bir kanla, ıpıslak. Bir şeyler söylüyor Alan. Kan yüzünden akıyor olmalı. Görüş alanı dalgalanıyor ve çınlama sesi artıyor.

Bu da mı benim suçum? diyor Alan.

Marianne elini tekrar burnuna götürüyor. Kan öyle hızlı boşalıyor ki akmasını parmaklarıyla durduramıyor. Kanın ağzından, çenesinden aşağı aktığının farkında, hissediyor. Halının mavi ipliklerine dolgun damlalar halinde düştüğünü görebiliyor.

Beş Dakika Sonra

(TEMMUZ 2014)

Connell mutfağa gelip dolaptan bir kutu bira alıyor ve masaya oturup açıyor. Bir dakika sonra açılan sokak kapısından Lorraine'in anahtarlarının sesi geliyor. Annesinin duyabileceği bir şekilde sesleniyor: Selam. İçeri giriyor Lorraine, mutfak kapısını kapatıyor. Muşamba döşemeleri ayakkabılarına yapışıyor; birbirinden ayrılan ıslak dudaklar gibi. Avizede şişman bir güvenin kıpırdamadan durduğunu fark ediyor. Lorraine eliyle kafasına hafifçe dokunuyor.

Marianne eve mi döndü? diyor Lorraine.

Evet.

Maç ne oldu?

Bilmem ki, diyor. Penaltılara kaldı galiba.

Lorraine bir sandalye çekip yanına oturuyor. Saçındaki firketeleri çıkarıp masaya dizmeye başlıyor. O ise birasından ağız dolusu alıyor ve yutmadan önce ağzında ısıtıyor. Tepelerindeki güve kanatlarını çırpıyor. Mutfak lavabosunun tepesindeki jaluzi açık, karanlıkta ağaçların siyah silueti görünüyor.

İyi geçti benim de, sağ ol sorduğun için, diyor Lorraine.

Pardon.

Bir keyifsiz gibisin. Bir şey mi oldu?

Başını sallıyor. Geçen haftaki görüşmelerinde Yvonne "ilerleme kaydettiğini" söylemişti ona. Akıl sağlığı uzmanları hep bu hijyenik, beyaz tahta gibi tertemiz silinmiş, alt anlamlardan, cinsellikten yoksun sözcüklere başvuruyorlar. "Aidiyet" hissini sordu ona. İki mekân arasında hapsolduğunu söylüyordun, dedi, ne evine ne de buraya ait hissediyordun. Hâlâ böyle mi hissediyorsun? Cevaben omuz silkmişti. O ne yaparsa yapsın, ne söylerse söylesin, kullandığı ilaç beyninde kimyasal görevini yerine getiriyordu zaten. Her sabah kalkıyor ve duş alıyor, kütüphanedeki işine gidiyor, köprüden aşağı atlama hayalleri de kurmuyor. İlacını kullanıyor, hayat devam ediyor.

Firketeleri masaya dizdikten sonra Lorraine parmak uçlarıyla saçını kabartmaya başlıyor.

Isa Gleeson hamileymiş, duydun mu?

Duydum, evet.

Eski arkadaşın.

Bira kutusunu alıyor ve elinde tartıyor. Isa ilk sevgilisi, ilk eski sevgilisiydi. Ayrılmalarından sonra akşamları onu evden arar, telefonu Lorraine açardı. Odasından, saklandığı yorganın altından duyardı Lorraine'in sesini: Üzgünüm canım, şu an telefona gelemiyor. Okulda konuşursunuz artık. Beraberlerken tel takıyordu, herhalde çıkarmıştır artık. Isa ya, doğru. Isa'nın yanında çok çekingendi. Isa da onu kıskandırmak için akla gelmeyecek şeyler yapar, sonra da ne yaptığını ikisi de anlamamış gibi masum numarası yapardı: Belki onun göremediğini düşünüyordu Isa, belki kendisi de göremiyordu. Hiç hoşuna gitmezdi böyle şeyler. Ondan giderek soğumuş, soğumuş, nihayet bir mesajda artık erkek arkadaşı olmak istemediğini yazmıştı. Onu görmeyeli yıllar oluyor şimdi.

Ne diye aldırmıyor, anlamıyorum, diyor annesine. Kürtaj karşıtı bir tip falan mı sence?

Tabii, kadınlar sırf bu yüzden çocuk yapıyor, değil mi? Köhne siyasi görüşleri olduğu için.

Duyduğum kadarıyla bebeğin babasıyla birlikte değilmiş işte. İşi var mı yok mu onu bile bilmiyorum.

Seni doğurduğumda ben de işsizdim, diyor Lorraine.

Bira kutusunda iç içe geçen beyaz ve kırmızı harfleri, "B" harfinin tepesinin ters dönerek kendi içine doğru geri kıvrılmasını izliyor.

Pişmanlık duymuyor musun peki? diyor annesine. Şimdi beni üzmemeye çalışacaksın biliyorum ama ciddi ciddi soruyorum. Çocuk yapmasaydın daha iyi bir hayatın olmaz mıydı?

Yüzü kaskatı kesilen Lorraine boş boş bakıyor şimdi.

Eyvahlar olsun, diyor. Ne oldu? Yoksa Marianne hamile mi?

Ne? Yok canım.

Kahkaha atıyor, eliyle göğüskafesine bastırıyor Lorraine. İyi iyi, diyor. Aman yavrum.

Ne bileyim, değildir herhalde, diye ekliyor annesine. Hamileyse de benimle bir alakası yok.

Annesi eli hâlâ göğsünde, duraklıyor, sonra diplomatik bir cevap veriyor: Yani, sonuçta beni ilgilendirmez.

O ne demek şimdi, yalan mı söylüyorum sanıyorsun? Bir şey olduğu yok, güven bana.

Lorraine birkaç saniye boyunca bir şey söylemiyor. O ise birasından birkaç yudum alıyor ve kutuyu masaya bırakıyor. Annesinin onu Marianne'le birlikte sanmasına sinir oluyor; halbuki ikisi yıllardan beri birlikte olmaya ilk defa yaklaşalı birkaç saat olmuştu, o da odasında yalnız başına ağlamasıyla sona erdi.

Her hafta sonu anneciğini görmek için geliyorsun değil mi? diyor Lorraine.

Omuz silkiyor annesine. Gelmemi istemiyorsan gelmem, diyor.

Bak şimdi.

Lorraine kalkıp su ısıtıcıyı dolduruyor. Annesinin

çay poşetini en sevdiği kupasında dans ettirmesini tembel bakışlarla izliyor, sonra tekrar gözlerini ovuşturuyor. Kenarından da olsa onu sevmeye yaklaşmış olan herkesin hayatını karartıyormuş gibi hissediyor.

Nisan ayında Connell öykülerinden birini, aslında tamamlanmış olduğu söylenebilecek tek öyküsünü Sadie Darcy-O'Shea'e göndermişti. Sadie'den bir saat içinde cevap gelmişti:

Connell muhteşemmiş! lütfen yayımlayalım! xxx

Mesajı gördüğünde bir makine gibi tüm bedenini sarsarak gürültüyle vurmaya başladı nabzı. Bir süre uzanıp beyaz tavanı seyretti. Sadie üniversitenin edebiyat dergisinin editörüydü. Connell nihayet doğruldu ve bir cevap yazdı:

Beğenmene sevindim ama bence henüz yayımlanacak kadar iyi değil, sağ ol yine de.

Sadie hemen bir cevap yazdı:

LÜTFEN? XXX

Connell'ın tüm bedeni bir taşıma bandı gibi pat pat atıyordu. O âna kadar kimse yazdıklarından tek bir kelime bile okumamıştı. Yepyeni bir deneyim alanıydı bu. Odada ensesini ovuşturarak bir süre gezindi. Sonra cevabı yazdı:

Peki, şuna ne dersin, öyküyü müstear adla yayımlayabilirsiniz. Ama kimin yazdığını kimseye söylemeyeceğine söz vermen lazım, derginin diğer editörleri bile bilmeyecek. Olur mu?

Sadie'den cevap geldi:

haha ne kadar da gizemliyiz öyle, bayıldım! teşekkür ederim canım! dudaklarım mühürlüdür artık xxx

Öyküsü noktasına virgülüne dokunulmamış bir halde derginin mayıs sayısında çıkmıştı. Basıldığı sabah güzel sanatlar binasında dergiyi bulmuş ve doğrudan öykünün basılı olduğu sayfaya atlamıştı. "Conor McCready" müstear adıyla yayımlanmıştı öykü. Gerçek bir isim gibi bile durmuyor, diye düşündü Connell. Etrafında insanlar güzel sanatlar binasındaki sabah derslerine giriyor, ellerinde kahveleri, aralarında konuşuyorlardı. Daha ilk sayfada iki hata bulmuştu Connell. Dergiyi birkaç saniyeliğine kapatıp derin nefesler almak zorunda kalmıştı. Öğrenciler ve öğretim üyeleri ondaki çalkantıdan bihaber, yanından geçip gidiyorlardı. Dergiyi açıp okumaya devam etti. Bir hata daha. Bir bitkinin altına kıvrılıp toprağın içini oymak istiyordu. İşte, yayımlanma hikâyesi de bu şekilde kapanmıştı. Öyküyü onun yazdığını kimse bilmediğinden kimsenin ne düşündüğünü öğrenememiş, beğenildi mi beğenilmedi mi, tek bir kişiden duymamıştı. Sonunda Sadie'nin teslim tarihine eksikle girdiği için öyküsünü basmış olduğuna inanmaya başladı. Bu deneyim sevinçten çok üzüntü verdiğiyle kaldı. Yine de dergiden iki kopya almıştı Connell; biri Dublin'de, diğeri de evde yatağın altında duruyordu.

Marianne niye erken döndü ki? diyor Lorraine.

Bilmiyorum.

O yüzden mi böyle suratsızsın?

Ne demeye getiriyorsun? diyor annesine. Marianne'in özleminden mi böyle oldum sence?

Lorraine bilmediğini söylemek ister gibi ellerini açıyor ve ısıtıcıdaki suyun kaynamasını beklerken tekrar sandalyeye oturuyor. Utanıyor şimdi Connell, utandığı için de bozuluyor. Marianne'le aralarında her ne varsa, bir yararı olmadı hiç kimseye. Yalnız akıl bulandırdığı, ıstırap çektirdiğiyle kaldı. Ne yaparsa yapsın, Marianne'e yardımcı olamıyor Connell. Korkunç bir tarafı var Marianne'in; varlığının zemininde kocaman bir boşluk var. Hani asansör beklersin de kapılar açıldığında karşında hiçbir şey yoktur, uzayıp giden korkunç ve karanlık asansör boşluğuyla karşılaşırsın ya, aynen öyle. Diğer insanları anlaşılır kılan ilkel bir savunma ya da hayatta kalma içgüdüsü yok Marianne'de. Bir noktada bir dirençle karşılaşacağını düşünerek eğildikçe eğiliyorsun ama önünde her şey dağılıyor. Buna rağmen her an onun uğruna yere yatıp ölmeye de hazır ki Connell'ı kendi gözünde değerli bir insan yapan tek şey de bu.

Bugün olanların önüne geçmek imkânsızdı. Yvonne'a, hatta Niall'a ya da karşısında hayal ettiği herhangi birine olanları nasıl anlatabileceğini biliyor: Marianne bir mazoşist, Connell'sa bir kadına vuramayacak kadar beyefendi bir çocuk. Ne de olsa yaşananlar harfiyen bu şekildeydi. Marianne ona vurmasını söylemiş, Connell istemediğini söyleyince cinsel ilişkiyi sonlandırmıştı. Peki niçin, tüm bu söyledikleri doğru olsa da, bu şekilde anlatmak yalancılıkmış gibi geliyor ona? Hikâyede ikisini de üzenin ne olduğunu açıklayan o eksik parça, o dışarıda bırakılan kısım ne? Aralarındaki geçmişle alakalı, o kadarını biliyor. Lise günlerinden beri Marianne'deki gücünün farkında Connell. Bir bakışı ya da dokunuşunun ona ne yaptığını görüyor. Marianne'in yüzünün renk değiştirişi, ondan bir emir bekliyormuşçasına kaskatı kesilişi. Başkalarının gözünde bu kadar kurşun işlemez olan birine bu kadar zahmetsizce tahakküm edebilmek. Onun üzerindeki gücünü kaybetme fikriyle oldum olası barışamadı Connell; gelecekte belki kullanılır diye boş duran bir evin anahtarı gibi. Hatta Connell onun üstündeki gücünü besledi, beslediğinin de farkında.

İkisi için geriye ne kaldı öyleyse? İkisinin ortasında bir konum artık var gibi görünmüyor. Aralarında çok şey yaşandığından, mümkün olamaz. Her şey bitti, hiçbir şey mi oldular yani? Onun gözünde hiçbir şey olmak ne demek ki? Uzak durabilir Marianne'den, ama onu tekrar görecek olsa, bir derslikte göz göze bile gelseler o bakışın içi boş olamaz ki. Böyle bir şeyi gerçekten isteyemez de. Ölmeyi gerçekten dilediği zamanlar oldu Connell'ın, ama Marianne'in kendisini unutmasını asla tüm yüreğiyle istemedi. Connell'ın kendine ait muhafaza etmek istediği tek parça da, Marianne'in içinde var olan parçası zaten.

Isıtıcıdaki su kaynıyor. Lorraine sıra halindeki firketeleri avucuna döküyor, elinde sıkıyor ve cebine atıyor. Sonra kalkıyor, kupasını dolduruyor, süt ekliyor ve şişeyi buzdolabına geri koyuyor. Annesini izliyor Connell.

Peki, diyor annesi. Yatma vakti.

Tamam. İyi uykular.

Annesinin kapı koluna uzandığını duyuyor ama kapı açılmıyor. Arkasını dönüyor ve annesinin orada, kendisine baktığını görüyor.

Pişmanlık duymuyorum, bu arada, diyor. Çocuk sahibi olduğum için. Hayatımın en doğru kararıydı. Seni her şeyden çok seviyorum ve oğlum olduğun için gurur duyuyorum. Bunu umarım biliyorsundur.

Annesine bakıyor. Boğazını hafifçe temizliyor.

Ben de seni seviyorum, diyor annesine.

Hadi, iyi geceler.

Kapıyı arkasından kapatıyor Lorraine. Connell, merdivende adımlarını dinliyor. Birkaç dakika geçtikten sonra ayağa kalkıyor, birasının dibini lavaboya boşaltıyor ve tenekeyi ses çıkarmamaya çalışarak çöp kutusuna atıyor.

Masada telefonu çalmaya başlıyor. Titreşime aldığı için masanın üzerinde kıvranmaya başlıyor, tepesindeki ışığı yansıtıyor telefon. Masadan aşağı düşmeden yakalamak için uzandığında, arayanın Marianne olduğunu görüyor. Duraksıyor. Ekrana bakıyor. Nihayet parmağını kaydırarak telefonu açıyor.

Alo, diyor.

Hattın öbür ucunda onun ağır ağır nefes aldığını işitebiliyor. İyi olup olmadığını soruyor.

Gerçekten çok üzgünüm, diyor Marianne. Aptal gibi hissediyorum.

Tıkalı geliyor sesi; sanki nezleymiş ya da ağzı doluymuş gibi. Yutkunuyor Connell, mutfak penceresine doğru yürüyor.

Akşam olanlar yüzünden mi? diyor. Ben de onu düşünüyordum şimdi.

Yok, o değil. Aptalca bir şey yaptım da. Takılıp düştüm gibi bir şey oldu, azıcık yaralandım. Seni rahatsız ettiğim için kusura bakma. Önemli bir şey değil. Ne yapacağımı bilemedim sadece.

Elini eviyeye yaslıyor Connell.

Neredesin? diyor.

Evdeyim. Ciddi bir şey yok, acıyor biraz, o kadar. Niye aradığımı da bilmiyorum aslında. Kusura bakma.

Seni almaya gelebilir miyim?

Duraksıyor Marianne. Boğuk bir sesle yanıtlıyor: Lütfen gel.

Yola çıkıyorum, diyor Connell. Arabaya biniyorum, tamam mı?

Telefonu kulağıyla omzunun arasına sıkıştırarak masanın altından ayakkabısının sol tekini buluyor ve ayağına geçiriyor.

Çok düşüncelisin, diyor kulağında Marianne'in sesi.

Birkaç dakikaya görüşürüz. Şimdi çıkıyorum. Tamam mı? Birazdan görüşürüz.

Evden çıkıp arabaya biniyor ve kontağı çalıştırıyor. Kendi kendine açılan radyoyu elinin tersiyle kapatıyor. Nefes alıp verişinde bir tuhaflık var. Bir bira içmiş olmasına rağmen aklı yerinde değilmiş, tetikte değilmiş gibi; ya da fazla tetikteymiş, kaşı gözü oynuyormuş gibi hissediyor. Araba fazla sessiz, ama radyoyu kaldıracak gibi değil kafası. Elleri direksiyonu ıslatıyor. Marianne'lerin sokağına döndüğünde yatak odasının penceresinde ışığı görüyor. Sinyal veriyor ve evin önündeki boş yola arabasını bırakıyor. Kapıyı arkasından kaparkenki ses, evin taş cephesinde yankılanıyor.

Zili çalıyor ve neredeyse çalar çalmaz kapı açılıyor. Marianne karşısında duruyor; sağ eli kapıda, sol elinde buruşturulmuş bir mendille yüzünü kapamış. Gözleri şişmiş, ağlıyormuş gibi. Tişörtü, eteği ve sol bileğinin bir kısmında kan olduğunu fark ediyor Connell. Görüş alanındaki nesnelerin boyutları bir netleşip bir bulanıklaşıyor; biri dünyayı alıp da şöyle bir sallamış gibi.

Ne oldu? diyor ona.

Marianne'in arkasında merdivenlerden ayak sesleri geliyor. Connell, sanki gerçekleşmekte olan sahneyi kozmik bir teleskoptan seyrediyormuş gibi, Marianne'in ağabeyinin merdivenlerden indiğini görüyor.

Niye kan var üzerinde? diyor Connell.

Burnum kırıldı galiba, diyor Marianne.

Kim o? diye sesleniyor Alan, arkasından. Kapıda kim var?

Hastaneye gitmen gerekiyor mu? diyor Connell.

Marianne başını sallıyor; acile gidecek bir durum olmadığını, internetten baktığını söylüyor. Yarın hâlâ canı yanıyorsa doktora gidebilirmiş. Connell başını aşağı yukarı sallıyor.

O muydu? diyor Connell.

Başını evet anlamında sallıyor Marianne. Gözlerinde korku dolu bir ifade var.

Git arabaya bin, diyor Connell.

Marianne ona bakıyor, elleri hareket etmiyor. Yüzündeki mendili indirmiyor. Anahtarları sallıyor Connell.

Yürü, diyor.

Elini kapıdan ayırıp avucunu açıyor Marianne. Connell anahtarları avucuna bırakıyor ve Marianne, gözleri hâlâ Connell'ın üzerinde, dışarı çıkıyor.

Nereye gidiyorsun? diyor Alan.

Connell hemen içeride duruyor şimdi. Marianne'in arabaya binmesini seyrederken evin önündeki yola renkli bir ışık dalgası yayılıyor.

Ne oluyor? diyor Alan.

Marianne sağ salim arabaya biner binmez Connell sokak kapısını kapatıyor, böylece Alan'la baş başa kalıyorlar.

Ne yapıyorsun? diyor Alan.

İyiden iyiye bulanık görmeye başladığından, Alan'ın kızgın mı yoksa korkmuş mu olduğunu anlamıyor.

Seninle bir konuşmamız lazım, diyor Connell.

Gözünün önünde her şey öyle fena çalkalanıyor ki, düşmemek için bir elini kapıya yaslıyor.

Ben bir şey yapmadım, diyor Alan.

Connell, Alan'ın üzerine yürüyor, sonunda sırtını tırabzana yaslayana kadar geri çekiliyor Alan. Ufalmış, korkmuş görünüyor şimdi. Boynunu kopacak kadar çevirip annesine sesleniyor ama merdivenin tepesinde kimse belirmiyor. Connell'ın suratı terden sırılsıklam. Alan'ın yüzü sadece renkli noktalardan ibaret görünüyor.

Bir daha Marianne'e elini sürecek olursan öldürürüm seni, diyor Connell. Tamam mı? O kadar. Ağzından bir kelime daha çıkarsa, buraya gelir, öldürürüm seni. Bu kadar.

Connell tam iyi göremiyor ve duyamıyor ama, Alan ağlıyor gibi geliyor.

Anladın mı beni? diyor Connell. Evet ya da hayır diye cevap ver.

Alan cevap veriyor: Evet.

Connell arkasını dönüyor, çıkıyor ve sokak kapısını arkasından kapatıyor.

Arabada sessizce bekliyor Marianne; bir eliyle yüzünü kapatmış, diğer elini kucağına bırakmış. Connell şoför koltuğuna oturuyor ve koluyla ağzını siliyor. Arabanın sıkışık sessizliğine hapsolmuş durumdalar şimdi. Connell ona dönüyor. Marianne hafifçe bükülmüş oturuyor, acı içinde gibi.

Seni rahatsız ettim, diyor. Özür dilerim. Ne yapsam bilemedim.

Özür dileme. İyi ki beni aramışsın. Tamam mı? Bir saniye yüzüme bak. Bir daha kimse sana bu şekilde zarar vermeyecek.

Marianne beyaz mendilin örtüsünün ardından ona bakıyor; onun açılmış gözlerinden, sahip olduğu gücün tekrar içine dolduğunu hissediyor Connell.

Her şey yoluna girecek, diyor Connell. Güven bana. Seni seviyorum, sana bir daha böyle bir şey olmasına izin vermeyeceğim.

Bir-iki saniyeliğine gözünü ondan ayırmıyor Marianne, sonunda nihayet yumuyor gözlerini. Yolcu koltuğuna arkasını yaslıyor, kafasını koltuk başlığına dayıyor; eli, hâlâ yüzünü kapattığı mendilde. Üzerine sonsuz bir yorgunluk ya da rahatlık çökmüş gibi.

Teşekkürler, diyor Marianne.

Arabayı çalıştırıyor ve yola çıkıyor Connell. Bakışı tekrar netleşti, nesneler tekrar önünde somutlaştı şimdi; tekrar nefes alabiliyor artık. Tepelerinde ağaçların gümüşi yaprakları birer birer, sessizce dalgalanıyor.

Yedi Ay Sonra

(ŞUBAT 2015)

Mutfakta Marianne kahvenin üstüne sıcak su döküyor. Pencerede alçak ve tüylü bir gökyüzü var; kahve demlenirken gidip alnını cama yaslıyor. Nefesinin buğusunun ardında üniversite yavaş yavaş kayboluyor: Ağaçların hatları yumuşuyor, eski kütüphane binası ağır bir buluta dönüşüyor. Paltolarına sarınmış, kollarını kavuşturarak meydandan geçen öğrenciler önce leke haline geliyor, sonra tamamen kayboluyorlar. Marianne ne hayranlık ne nefret duyulan birisi artık. İnsanlar unuttu onu. Artık normal bir insan. O yanından geçerken kimse kafasını kaldırmıyor. Üniversite havuzunda yüzüyor, ıslak saçlarıyla yemek salonunda yemek yiyor, akşamları kriket sahasında dolaşmaya çıkıyor. Hava ıslak olduğunda Dublin gözünde olağanüstü güzel bir yer oluyor Marianne'in; gri taşların kararışı, yağmurun çimlerin üzerinde süzülüşü ve ıslak damlara fısıldayışı. Yağmurluklar, sokak lambalarının deniz altı renklerinde ışıldıyor. Yanıp sönen trafikte bozuk para grisi bir yağmur.

Koluyla pencereyi sildikten sonra dolaptan fincan indirmeye gidiyor. Bugün saat ondan ikiye kadar çalıştıktan sonra modern Fransa hakkındaki seminerine girecek. İşyerinde, patronuna gelen e-postaları yanıtlayarak kendisinin meşgul olduğunu söylüyor. Patronunun ne yaptığı Marianne için şüpheli. Onunla görüşmek isteyen kimseyle buluşacak zamanı olmadığından adam ya çok meşgul, ya da mütemadiyen boş geziyor. Ofise geldiği zamanlarda sanki Marianne'i sınamak istermiş gibi göstere göstere sigarasını yakıyor. Ama neyin sınavı bu? Marianne masasında oturup, her zamanki gibi nefesini alıp veriyor. Ne kadar akıllı bir adam olduğunu anlatmaya bayılıyor patronu. Marianne sıkılsa da, onu dinlemek yorucu değil. Haftanın son günü içi para dolu bir zarf alıyor. Joanna duyduğunda şok olmuştu. Niye elden nakit veriyor ya? demişti. Uyuşturucu taciri falan mı bu adam? Marianne adamın müteahhitlik gibi bir iş yaptığını söylemişti. Ay, demişti Joanna. Daha da kötü çıktı, iyi mi.

Marianne kahveyi haznesinde bastırıyor ve iki fincan dolduruyor. Fincanlardan birine: çeyrek kaşık şeker, bir damla süt. Diğer kahve sade, şekersiz. Her zamanki gibi tepsiye yerleştiriyor, holü geçiyor, tepsinin kenarıyla kapıyı tıklıyor. Yanıt yok. Sol eliyle tepsiyi kalçasına dayayarak kapıyı sağ eliyle açıyor. Oda havasız kalmış gibi, ter ve bayat alkol kokuyor; sürgülü penceredeki sarı perdeler hâlâ kapalı. Çalışma masasında yer açıp tepsiyi bırakıyor, sonra büro sandalyesine oturup kahvesini içmeye başlıyor. Ekşi bir tadı var, odadaki havadan farklı sayılmaz. Marianne için işe gitmeden önceki saatler günün güzel bir dilimi. Kahvesi bittiğinde elini uzatıp perdenin köşesini parmaklarıyla aralıyor. Beyaz bir ışık dolduruyor masayı.

O sırada yataktan Connell'ın sesi geliyor: Uyanıktım aslında.

Nasıl hissediyorsun?

Eh, idare eder.

Şekersiz sade kahveyi ona götürüyor Marianne. Connell yatakta dönüp, kısılmış minik gözlerle ona bakıyor. Marianne yatağa oturuyor.

Dün gece için kusura bakma, diyor Connell.

Sadie hafiften yazıyor sana, bu arada.

Öyle mi dersin?

Yastığını karyolanın başına yaslayıp Marianne'den kahveyi alıyor. Ağız dolusu bir kahve yuttuktan sonra tekrar bakıyor Marianne'e, gözlerini öyle kısmış ki sol gözü tamamen kapalı.

Zerre tipim değil kendisi, diye ekliyor.

Senin işin belli olmuyor çünkü.

Başını sallıyor Connell, bir ağız dolusu kahve daha alıp, yutuyor.

Hiç de öyle değil, diyor. İnsanların gizemli olduğunu düşünmek istiyorsun ama ben öyle gizemli biri değilim.

Connell kahvesini bitirirken Marianne bu sözleri düşünüyor.

Herkesin bir anlamda bir sır olduğu söylenebilir, diyor Connell'a. Bir insanı asla tam olarak tanıyamıyorsun ya, falan.

Doğru. Öyle düşünüyor musun gerçekten?

İnsanlar öyle söyler.

Hakkında bilmediğim ne var mesela? diyor Connell.

Marianne gülümsüyor, esniyor, ellerini omuzlarını silkerek kaldırıyor.

İnsanlar sandıklarından çok daha tanınabilir varlıklar, diye ekliyor Connell.

Duşa önce ben mi gireyim, sen mi girmek istersin?

Sen gir. Bu arada bilgisayarından e-postalarıma baksam olur mu?

Olur, bak, diyor Marianne.

Mavi ışıkta banyo bir hastane odası gibi. Marianne duşun kapısını açıp musluğu çeviriyor, suyun ısınmasını bekliyor. Beklerken de hızlı hızlı dişlerini fırçalıyor, beyaz köpüğü lavaboya nişanlayarak tükürüyor, sonra da ensesindeki topuzu çözerek saçlarını açıyor. Bornozunu çıkarıp banyo kapısının arkasına asıyor.

Kasım ayında, üniversitenin edebiyat dergisinin yayın yönetmeni istifa ettiğinde, Connell bir başkası bulunana kadar geçici olarak derginin işleriyle ilgilenmeyi teklif etmişti. Aradan aylar geçmesine rağmen öyle biri çıkmadığından dergiyi hâlâ kendi başına yapıyor. Dün gece yeni sayı için lansman yapmışlar, Sadie Darcy-O'Shea kocaman bir kâsede içinde minik meyve parçaları yüzen, pespembe bir votkalı punç getirmişti. Sadie bu davetlere gelip Connell'ın kolunu sıkmaktan, "meslek hayatı" hakkında baş başa sohbetler etmekten hoşlanıyor. Dün gece Connell o kadar çok punç içti ki, kalkayım derken yere kapaklandı. Marianne'e bu durumun suçlusu bir bakıma Sadie gibi gelse de, diğer yandan, düşününce, Connell'ın suçu da reddedilemezdi. Marianne onu eve götürüp yatağa yatırdığında bir bardak su istemiş, onu da üstüne başına ve yorgana dökmüş, sonra da sızmıştı.

Bir önceki yaz Connell'ın ilk defa bir öyküsünü okudu. Zımbası olmadığı için katlanarak sol üst köşesinden tutturulmuş basılı sayfaları okurken Marianne, garip bir şekilde insaniyetini hissetmişti Connell'ın. Bir bakıma çok yakınlık duymuştu ona, sanki en saklı düşüncelerine tanık oluyormuş gibi; diğer taraftan onun kendisinden uzaklaştığını ve kendisinin asla bir parçası olamayacağı, anlaşılması zor bir işin başına oturduğunu da hissetmişti. Elbette Sadie de bu işin bir parçası olamazdı sonuçta, ama en azından o da bir yazardı, onun da kendine ait saklı bir dünyası vardı. Marianne'in hayatı sadece gerçek dünyada, gerçek insanların yaşadığı bir yerde geçiyor. Connell'ın söylediklerini düşünüyor: İnsanlar sandıklarından çok daha tanınabilir varlıklar. Yine de kendisinde olmayan bir şeye, başkasının dahil olmadığı bir iç hayata sahip Connell.

Connell onu gerçekten seviyor mu diye düşünüyordu eskiden. Yatakta sevgiyle şöyle mırıldanırdı Marianne'e:

Şimdi sana söylediğimi aynen yapacaksın, değil mi? Connell ona istediğini vermeyi, onu savunmasız, zayıf, güçsüz, bazen gözü yaşlı halde bırakmayı biliyordu. Biliyordu onu incitmesinin gerekmediğini: Acı çektirmeden, onun kendisini teslim etmesine izin vermek de mümkündü. Tüm bunları kişiliğinin en derin noktasında yaşıyordu Marianne. Peki Connell hangi noktasında yaşıyordu? Bir oyun muydu bu, yoksa ona yaptığı bir iyilik mi? Kendisinin hissettiği gibi hissediyor muydu aynı şeyi? Her gün, hayatlarının günlük akışında ona karşı sabırlıydı, hislerine karşı düşünceli yaklaşıyordu. Hastayken ona bakıyor, üniversite ödevlerinin bitmemiş hallerini okuyor, düşüncelerini anlatırken oturup onu dinliyor, sesli olarak itiraz ediyor ve fikrini değiştiriyordu. Ama seviyor muydu onu? Bazen şöyle sorası geliyordu ona: Bir gün artık bana sahip olmasan, beni özler miydin? Bir keresinde hayalet sitedelerken sormuştu ona; daha çocuktular. Evet demişti ama o zamanlar hayatında yalnızca Marianne vardı, kendine ait olan tek şeyiydi; bir daha öyle olmayacaktı.

Aralık başında arkadaşları Noel planlarını sormaya başlamışlardı. Marianne yazdan beri görüşmemişti ailesiyle. Annesi bir kez bile aramamıştı onu. Alan'ın gönderdiği birkaç mesajda şöyle şeyler yazıyordu: Annem seninle konuşmuyor, rezil etti beni diyor. Marianne cevap yazmadı. Annesi nihayet onu aradığı zaman nasıl bir konuşma yapacaklarının, nasıl suçlamaların yöneltileceğinin, kendisinin hangi gerçeklerde ısrar edeceğinin provasını kafasında yapmıştı. Ama olmadı böyle bir konuşma. Doğum günü geldi ve geçti ama evden ses seda yok. Arkasından aralık olmuş, Marianne Noel'i üniversitede yalnız geçirmeyi ve bağımsızlık sonrası İrlanda ıslahevleri üzerine yazdığı teze kafa yormayı planlamaya başlamıştı. Connell onun kendisiyle Carricklea'ye dönmesini istedi. Lorraine çok sevinir gelsen, dedi. Arayayım, konuşun. Lorraine sonunda kendisi aramış, Marianne'i Noel'de onlarda kalmaya çağırmıştı. Lorraine'in doğru olanı bildiğine güvenen Marianne, kabul etti.

Carricklea yolunda Connell'la durmadan konuşmuş, şakalaşmış, birbirlerini güldürmek için komik taklitler yapmışlardı. Şimdi düşününce acaba gergin miydiler diye düşünmeden duramıyor Marianne. Foxfield'a geldiklerinde karanlık olmuştu; pencereler rengârenk ışıklarla süslüydü. Connell valizleri bagajdan alıp içeri getirdi. Marianne oturma odasında ateşin başında otururken, Lorraine çay yaptı onlara. Televizyonla kanepenin arasına sıkışmış ağacın ışıkları yanıp yanıp sönüyordu. Connell bir fincan çayla içeri girdi, koltuğun kolçağına bıraktı. Oturmadan önce durup ağaçtaki süsü düzeltti. Düzelttiği şekliyle daha iyi oldu gerçekten. Marianne'in yüzü ve elleri ateşin yanında sımsıcak olmuştu. Lorraine geldi, Connell'a hangi akrabalarının geldiği, yarın kimlerin geleceği gibi şeyleri anlatmaya başladı. O an öyle rahat hissetti ki, gözlerini kapayıp oracıkta uyuyası geldi Marianne'in.

Foxfield'daki ev Noel boyunca doluydu. Gece saatlerine kadar insanlar ellerinde kurabiye kutuları ya da viski şişeleriyle girip çıkıyorlardı. Diz boyunda çocuklar anlaşılmaz bağrışmalarla koşuşturuyordu. Bir akşam biri eve PlayStation getirdiğinde Connell küçük kuzenlerinden biriyle saat ikiye kadar FIFA oynadı; ekranın ışığında yemyeşildiler, Connell'ın yüzünü neredeyse iman dolu bir ciddiyet bürümüştü. Marianne ve Lorraine çoğunlukla mutfaktaydılar, bulaşıkları lavaboda duruluyor, çikolata kutularını açıyor, habire su ısıtıcıyı dolduruyorlardı. Bir keresinde oturma odasından hayret dolu bir ses geldi: Connell'ın sevgilisi mi var? Bir diğer ses cevap verdi: Evet, mutfakta. Lorraine ve Marianne bakıştılar. Paldır paldır ayak sesleri duyuldu, sonra United formalı bir delikanlı mutfak kapısında belirdi. Lavabo başındaki Marianne'i görür görmez çocuk suspus oldu, başını aşağı indirdi. Selam, dedi Marianne. Göz teması kurmadan başını hafifçe kaldırdı çocuk, sonra gerisingeri oturma odasına döndü. Lorraine çok güldü olanlara.

Yeni yıl gecesi Marianne'in annesini süpermarkette gördüler. Koyu renk bir tayyör, sarı ipek bir bluz giymişti. Her zaman "iki dirhem bir çekirdek" görünürdü zaten. Lorraine kibarca selam vermiş, Denise tek söz söylemeden, gözlerini karşıya dikerek yanlarından geçmişti. Kendince ne gibi bir derdi vardı, hiçbiri tahmin edemedi. Süpermarketten dönerlerken arabada Lorraine ön koltuktan uzanıp Marianne'in elini sıktı. Connell arabayı çalıştırdı. Kasabadakiler ne diyor onun için? dedi Marianne.

Kim, annen mi? dedi Lorraine.

Yani işte, insanlar nasıl görüyorlar onu?

Lorraine, yüzünde anlayışlı bir ifadeyle tatlı tatlı yanıtladı: Herhalde biraz tuhaf buluyorlar.

Daha önce hiç duymamış, hatta hiç düşünmemişti bunu Marianne. Connell konuşmaya girmemişti. O akşam yeni yılı Kelleher's'da kutlamak istedi Connell. Okuldan herkesin orada olacağını söyledi. Marianne evde kalabileceğini söyledi; Connell bir süre düşündükten sonra: Hayır, dedi, sen de dışarı çıkmalısın. Connell tişört değiştirirken Marianne yüzüstü uzandı yatağa. Emre itaatsizlik bize düşmez, dedi. Aynaya baktı ve onunla göz göze geldi Connell. Evet, aynen öyle, dedi.

Kelleher's o akşam tıklım tıklımdı ve sıcaktan adeta ıslaktı. Doğru söylüyordu Connell, okuldan herkes oradaydı. Uzaktan insanlara el sallamak ve dudaklarını oynatarak selamlaşmak durumunda kaldılar. Barda karşılaştıkları Karen, Marianne'e kucak dolusu sarıldı; hafif, ama tatlı bir parfüm kokusu aldı Marianne. Seni görmek ne güzel, dedi Marianne. Gel dans edelim, dedi Karen. Connell içkilerini dans pistine götürdü; Rachel ve Eric oradaydılar, Lisa ve Jack de öyle, bir alt devrelerinden Ciara Heffernan da. Eric nedense abartılı bir reveransla selamlamıştı onları. Sarhoştu muhtemelen. Normal bir konuşma yapılamayacak kadar gürültülüydü ortam. Connell içkilerini tutarken Marianne paltosunu çıkarıp masanın altına kaldırdı. Kimse tam olarak dans etmiyordu, herkes öylece duruyor, birbirinin kulağına bir şeyler bağırıyordu. Karen arada sevimli bir boksör edasıyla havayı yumrukluyordu. Diğerleri de onlara katıldı, aralarında Marianne'in daha önce hiç görmediği insanlar da vardı; herkes birbirine sarılıyor, bir şeyler bağırıyordu.

Gece yarısı herkes yeni yılı kutlarken Connell Marianne'i kollarına aldı ve öptü. Diğerlerinin onları izlediğini sanki cildine bastırıyorlarmış gibi bedeninde hissedebiliyordu Marianne. Belki o âna kadar hâlâ inanmıyordu insanlar; ya da bir zamanlar çok konuşulmuş bir konuya hâlâ garip bir merak besleyenler vardı. Belki de geçen birkaç yıl içerisinde ne yapsalar da birbirinden uzak kalamamış iki insan arasındaki kimyayı merak ediyorlardı. Marianne de muhtemelen bakmadan duramazdı, diye itiraf ediyor kendine. Sonrasında Connell gözlerine baktı ve dedi ki: Seni seviyorum. Gülüyordu o an Marianne, yüzü kıpkırmızıydı. Emrine amadeydi Marianne o an; Connell onun ruhunu kurtarmayı seçmişti ve kurtarmıştı. İnsanların önünde bu şekilde davranmak Connell'ın o kadar alışkanlığı değildi ki bilerek, onu memnun etmek için yaptığı kesindi. Ne garip bir başkasının buyruğu altında hissetmek; ama bir yandan da ne kadar sıradan. Kimse başkalarından bağımsız olamayacağına göre ne diye karşı koymaktan vazgeçmiyoruz, diye düşündü, niçin öbür yöne doğru koşmuyor, her şeyimizde insanlara bağlı olmuyor, onların bize bağlı olmasına izin vermiyoruz ki, ne çıkar bundan. Biliyor kendisini sevdiğini, artık şüphe etmiyor.

Duştan çıkıyor şimdi ve mavi bir havluya sarınıyor. Ayna buğulanmış. Kapıyı açıyor, yataktan Connell ona bakıyor. Selam, diyor Marianne. Odadaki bayat hava serinletiyor cildini. Connell kucağında dizüstü bilgisayarla yatakta oturuyor. Marianne şifonyere gidip temiz iç çamaşırı alıyor, giyinmeye başlıyor. Connell seyrediyor onu. Marianne havlusunu gardırobun kapağına asıyor, gömlekten kollarını geçiriyor.

Bir şey mi oldu? diyor.

Bir e-posta aldım da.

Öyle mi? Kimden?

Boş boş bilgisayarın ekranına, sonra tekrar ona bakıyor Connell. Gözleri kızarmış, uykulu. Düğmelerini ilikliyor Marianne. Connell yorganın altında dizleri üstünde oturmuş, ekran yüzünü aydınlatıyor.

Connell, kimden?

New York'taki bir üniversiteden. Yüksek lisansa kabul edilmişim de. Yaratıcı yazarlık programına.

Öylece duruyor Marianne. Saçları hâlâ ıslak, bluzunun kumaşını yavaşça ıslatıyor.

Öyle bir yere başvurduğunu söylememiştin, diyor.

Connell boş boş bakıyor suratına.

Şey, tebrik ederim, diyor. Seni kabul etmelerine şaşırmadım. Hiç bahsetmedin diye şaşırdım.

Connell başını aşağı yukarı sallıyor, yüzünde hiçbir ifade yok; bakışlarını tekrar bilgisayara çeviriyor.

Bilmem, diyor. Gideceğimden değil zaten. Niye başvurdum, onu bile bilmiyorum.

Marianne gardırobun kapağından havluyu alıyor ve saçlarının uçlarına yavaş yavaş masaj yapmaya başlıyor. Büro sandalyesine oturuyor.

Sadie başvurduğunu biliyor muydu? diyor.

Ne? Niye sordun ki bunu?

Biliyor muydu?

Yani, evet, diyor Connell. Nereden çıktı şimdi, anlamadım sadece.

Neden bana söylemedin de ona söyledin?

Connell iç çekiyor, parmak uçlarıyla gözlerini ovuşturuyor, sonra omuzlarını silkiyor.

Bilmem, diyor. Başvurmamı söyleyen oydu. Gerçekten saçma geldi bana, sana da o yüzden söylemedim zaten.

Ona âşık mısın?

Connell odanın karşısından Marianne'e dikiyor gözlerini ve birkaç saniye boyunca ne kıpırdıyor, ne de bakışlarını ondan ayırıyor. Yüzündeki ifadeyi anlamak çok zor. Nihayet Marianne havlusunu ters çevirmek için gözlerini ayırıyor.

Dalga mı geçiyorsun sen? diyor Connell.

Neden sorumu cevaplamıyorsun?

Her şeyi birbirine karıştırıyorsun, Marianne. Sadie'yi arkadaş olarak bile sevmiyorum, tamam mı, acayip gıcık buluyorum. Daha kaç defa söyleyeceğim sana, bilmiyorum. Başvuru meselesini açmadığım için kusura bakma ama şimdi, sırf bu yüzden başkasına âşık olduğumu nereden çıkarıyorsun?

Marianne saç uçlarını ovuşturmaya devam ediyor.

Bilmem ki, diyor nihayet. Bazen seni anlayan insanların etrafında olmak istiyormuşsun gibi hissediyorum.

Evet, o insan da sensin. Beni anlamakta ciddi sıkıntısı olan insanların bir listesini yapacak olsam, Sadie en başlarda olurdu.

Marianne tekrar susuyor. Connell bilgisayarı kapattı şimdi.

Sana söylemediğim için özür dilerim, tamam mı?

diyor. Bazen sana böyle şeyler söylemekten utanıyorum çünkü aptalca geliyor bana. Halen seni çok örnek alıyorum, beni şey gibi görme istiyorum, ne bileyim işte. Dangalak gibi.

Havlunun içindeki saçlarını sıkıyor, her bir telin pürüzlü, sert dokusunu hissediyor.

Gitmelisin, diyor Marianne. New York'a, yani. Teklifi kabul etmelisin ve gitmelisin.

Connell bir şey söylemiyor. Marianne bakışlarını kaldırıyor. Connell'ın ardındaki duvar bir kalıp tereyağı gibi sapsarı.

Hayır, diyor Connell.

Kesin burs da alırsın.

Niçin böyle söylüyorsun? Hani gelecek sene burada kalmak istiyordun?

Ben kalabilirim, sen gidebilirsin, diyor Marianne. Bir sene zaten. Gitmelisin bence.

Neredeyse bir kahkahaya benzeyen tuhaf, şaşkın bir ses çıkarıyor Connell. Boynuna dokunuyor eliyle. Marianne havluyu bırakıyor ve fırçayla yavaş yavaş saçındaki düğümleri taramaya başlıyor.

Saçmalama, diyor Connell. Sensiz New York'a gitmem ben. Sen olmasan burada bile olamazdım.

Doğru, diye düşünüyor Marianne, olmazdı. Bambaşka bir yerde, bambaşka bir hayat yaşıyor olurdu. Kadınlara olan davranışı da, aşktan beklentileri de bambaşka olurdu. Marianne ise tamamen apayrı bir insan olurdu. Acaba hiç mutlu olur muydu? Olsa da nasıl olurdu mutluluk? Bunca yıldır aynı toprağı paylaşan iki bitki gibilerdi; birbirine dolanarak büyüyor, diğerine yer açmak için eğiliyor, olmadık biçimlere giriyorlardı. Ama sonunda onun için bir şey yapmış, onun için yeni bir hayatı mümkün kılmıştı, bu yüzden her zaman iyi hissedebilir artık kendini.

Seni çok özlerim orada, diyor Connell. Dayanamam.

Başta öyle olur. Sonra geçer.

Sessizce oturuyorlar; Marianne fırçayı saçında güzelce gezdiriyor, düğümleri bulup hepsini ağır ağır, sabırla teker teker çözüyor. Artık sabırsızlığın bir anlamı yok.

Seni sevdiğimi biliyorsun, diyor Connell. Bir başkasına asla aynı hisleri duymayacağım.

Başını aşağı yukarı sallıyor Marianne; peki. Doğruyu söylüyor.

Ne yapacağımı gerçekten hiç bilmiyorum, diyor Connell. Kalmamı istediğini söyle, kalayım.

Marianne yumuyor gözlerini. Dönmez herhalde, diye düşünüyor. Dönse bile aynı olmaz. Şu an yaşadıkları hayata bir daha asla dönemezler. Yine de Marianne için yalnızlığın acısı, eski acısına, hissettiği değersizliğe kıyasla hiçbir şey. Connell'ın bir armağan gibi hayatına getirdiği iyilik, şimdi kendisine ait. Connell'ın önünde hayat dört bir yöne birden açılıyor şimdi. Çok iyi geldiler birbirlerine. Gerçekten, diye düşünüyor Marianne, gerçekten. İnsanlar birbirlerini değiştirebiliyormuş gerçekten.

Gitmelisin, diyor Marianne. Ben hep burada olacağım. Biliyorsun.

Teşekkür

Öncelikle, yazmayı bitirmemden çok zaman öncesinden beri bu romana eşlik etmiş, sohbetleri ve kılavuzluğuyla gelişimine katkıda bulunmuş John Patrick McHugh'ya; metne yaptığı düşünceli, ayrıntılı yorumlar için Thomas Morris'e; romanın ilk bölümlerinin taslaklarını okuyan ve bilgece tavsiyelerde bulunan David Hartery ve Tim MacGabhann'a; yazarlığımın ilk zamanlarında tüm desteklerinden ötürü Ken Armstrong, Iarla Mongey ve tüm Castlebar yazarlar grubu üyelerine; kitabı yazmak dışında her şeyi yaptığı için Tracy Bohan'a; bu romanın daha iyi bir roman, benim de daha iyi bir yazar olmamı sağlayan Mitzi Angel'a; John'un ailesine; kendi aileme, özellikle anne babama; her zamanki dostlukları için Kate Oliver ve Aoife Comey'ye; ve her şey için John'a teşekkürlerimle.